武大通识

珞珈博雅文库
通识教材系列

博雅弘毅
文明以止
成人成才
四通六识

英文小说名篇导读：从文字到光影的嬗变

主　编　程向莉
副主编　陆　朋　钱　妍　邓长慧　史　霁

WUHAN UNIVERSITY PRESS
武汉大学出版社

图书在版编目(CIP)数据

英文小说名篇导读:从文字到光影的嬗变:汉、英/程向莉主编.—武汉:武汉大学出版社,2021.6

珞珈博雅文库.通识教材系列

ISBN 978-7-307-22189-5

Ⅰ.英…　Ⅱ.程…　Ⅲ.英语文学—小说—文学欣赏—世界—高等学校—教材—汉、英　Ⅳ.I106.4

中国版本图书馆 CIP 数据核字(2021)第 047301 号

责任编辑:谢群英　邓　喆　　责任校对:汪欣怡　　版式设计:韩闻锦

出版发行:**武汉大学出版社**　(430072　武昌　珞珈山)

(电子邮箱:cbs22@ whu.edu.cn　网址:www.wdp. com.cn)

印刷:武汉中科兴业印务有限公司

开本:787×1092　1/16　印张:14　字数:294 千字　插页:2

版次:2021 年 6 月第 1 版　2021 年 6 月第 1 次印刷

ISBN 978-7-307-22189-5　定价:40.00 元

主编简介

程向莉，女，英语语言文学博士，武汉大学外国语言文学学院副教授、副院长，硕士生导师，国家级精品课程《大学英语》主讲教师，英国布里斯托尔大学访问学者。现为中国特殊用途英语理事会理事，亚洲英语教师协会会员。曾获湖北省第八届高等学校教学成果一等奖（排名第四），武汉大学第一届优秀本科教学业绩奖。近年来承担研究生“第二语言习得”，本科生“高级英语”“英美经典短篇小说赏析”“英语电影和西方文化”以及一般通识课“英文小说名篇导读”等课程教学。在*Journal of Asia TEFL*《西安外国语大学学报》《中国英语教学》等国内外学术期刊发表论文十余篇，主编《走进英美经典短篇小说》等教材四部，主持和参与省部级科研项目七项。

副主编简介

陆朋，女，武汉大学外国语言文学学院讲师，民俗学博士，加拿大不列颠哥伦比亚大学访问学者。研究方向为民间文学和中西民俗文化比较。参编《商务交际英语听说教程》《走近英美经典短篇小说》《中西民俗文化对比赏析》等书籍。

钱妍，女，武汉大学外国语言文学学院讲师，文学博士，研究方向为文学和英语教学法。近年在CSSCI等国内刊物发表论文5篇，任副主编参与主编教材一部，另参编教材两部。多次在武汉大学青年教师讲课比赛中获奖。

邓长慧，女，武汉大学外国语言文学学院副教授，硕士生导师，研究方向为应用语言学。主讲“大学英语”和“中西民俗文化对比赏析”。主编并出版多部相关英语教学书籍，曾两次获得武汉大学本科优秀教学业绩奖。

史霁，男，武汉大学外国语言文学学院副教授，主讲“高级英语”及“英美社会与文化”等课程，研究方向为应用语言学和英美文学。

《珞珈博雅文库·通识教材系列》总序

小而言之，教材是“课本”，是一课之本，是教学内容和教学方法的语言载体；大而言之，教材是国家意志的体现，是高校教学成果和科研成果的重要标志。一流大学要有一流的本科教育，也要有一流的教材体系。新形势下根据国家有关要求，为进一步加强和改进学校教材建设与管理，努力构建一流教材体系，武汉大学成立了教材建设工作领导小组、教材建设工作委员会，设立了教材建设中心，为学校教材建设工作提供了有力保障。一流教材体系要注重教材内容的经典性和时代性，还要注重教材的系列化和立体化。基于这一思路，学校计划按照学科专业教育、通识教育、创业教育等类别规划建设自成系列的教材。通识教育系列教材即是学校大力推动通识教育教学工作的重要成果，其整体隶属于“珞珈博雅文库”，命名为“通识教材系列”。

在长期的办学实践和教学文化建设过程中，武汉大学形成了独具特色的融“五观”为一体的本科人才培养思想体系：即“人才培养为本，本科教育是根”的办学观；“以‘成人’教育统领成才教育”的育人观；“厚基础、跨学科、鼓励创新和冒尖”的教学观；“激发教师教与学生学双重积极性”的动力观；“以学生发展为中心”的目的观。为深化本科教育改革，打造世界一流本科教育，武汉大学于2015年开展本科教育改革大讨论并形成《武汉大学关于深化本科教育改革的若干意见》《武汉大学关于进一步加强通识教育的实施意见》等文件，对优化通识教育顶层设计、理顺通识课程管理体制、提高通识教育课程质量、加强通识教育保障机制等方面提出明确要求。

20世纪八九十年代，武汉大学就有学者专门研究大学通识教育。进入21世纪，武汉大学于2003年明确提出“通专结合”，将原培养方案的“公共基础课”改为“通识教育课”，作为全国通识教育改革的先行者率先开创“武大通识1.0”；2013年，经过十年的建设，形成通识课程的七大板块共千门课程，是为“武大通识2.0”；2016年，在武汉大学本科教育改革大讨论基础上，学校建立通识教育委员会及其工作组，成立通识教育中心，重启通识教育改革，以“何以成人，何以知天”为核心理念，以《人文社科经典导引》和《自然科学经典导引》两门基础通识必修课为课程主体，同时在通识课程、通识课堂、通识管理和通识文化四大层次全面创新通识教育，从而为在校本科生逾3万的综合性大学如何实现通识教育的品质提升和卓越教学探索了一条新路径，是为“武大通识3.0”。

当前，高校对大学生要有效“增负”，要提升大学生的学业挑战度，合理增加课程难度，拓展课程深度，扩大课程的可选择性，真正把“水课”转变成有深度、有难度、有挑战度的“金课”。那么通识课程如何脱“水”冶“金”？如何建设具有武汉大学特色的通识教育金课？这无疑要求我们必须从课程内容设计、教学方式改革、课程教材资源建设等方面着力。

一门好的通识课程应能对学生正确价值观的塑造、健全人格的养成、思维方式的拓展等发挥重要作用，而不应仅仅是传授学科知识点。我们在做课程设计的时候要认真思考“培养什么人、怎样培养人、为谁培养人”这一根本问题，从而切实推进课程思政建设。武汉大学学科门类丰富，教学资源齐全，这为我们跨学科组建教学团队，多维度进行探讨，设计更具前沿性和时代性的课程内容，提供了得天独厚的条件。

毋庸讳言，中学教育在高考指挥棒下偏向应试思维，过于看重课程考核成绩，往往忘记了“教书育人”的初心。那么，应如何改变这种现状？答案是：立德树人，脱“水”冶“金”。具体而言，通识教育要注重课程教学的过程管理，增加小班研讨、单元小测验、学习成果展示等鼓励学生投入学习的环节，而不再是单一地只看学生期末成绩。武汉大学的“两大导引”试行“8+8”的大班授课和小班研讨，经过三个学期的实践，取得了很好的成效，深受同学们欢迎。我们发现，小班研讨是一种非常有效的教学方式，能够帮助学生深度阅读、深度思考，增加学生课堂参与度，培养学生独立思考、理性判断、批判性思维和团队合作等多方面的能力。

课程教材资源建设是十分重要的。老师们精心编撰的系列教材，精心录制的在线开放课程视频，精心设计的各类题库，精心搜集整理的与课程相关的文献资料，等等，对于学生而言，都是精神大餐之中不可或缺的珍贵元素。在长期的教学实践中，老师们不断更新、完善课程教材资源，并且教授学生获取知识的能力，让学习不只停留于课堂，而是延续到课后，给学生课后的持续思考提供支撑和保障。

“武大通识3.0”运行至今，武汉大学已形成一系列保障机制，鼓励教师更多地投入到通识教育教学中来。学校对通识 3.0 课程设立了准入准出机制，建设期内每年组织一次课程考核工作，严格把控立项课程的建设质量；对两门基础通识课程实施助教制，每学期遴选培训研究生和青年教师担任助教，辅助大班授课、小班研讨环节的开展；对投身通识教育的教师给予最大支持，在“351 人才计划”（教学岗位）“教学业绩奖”等评选中专门设定通识教育教师名额，在职称晋升等方面也予以政策倾斜；对课程的课酬实行阶梯制，根据课程等级和教师考核结果发放授课课酬。

武汉大学打造多重通识教育活动，营造全校通识文化氛围。每月举行一期通识教育大讲堂，邀请海内外一流大学从事通识教育顶层设计的领袖性人物、知名教师、知名学者、杰出校友等来校为师生做专题报告；每学期组织一次通识教育研讨会，邀请全校通识课程主讲教师、主要管理人员参加，采取专家讲座与专题讨论相结合的方式，帮助提升教师的通识教育理念；不定期开展博雅沙龙、读书会、午餐会等互动式研讨活动，有针对性地选取主题，邀请专家报告并研讨交流。这些都是珍贵的教学资源，有助于我们多渠道了解通识教育前沿和通识文化真谛，不断提升通识教育的理论素养，进而持续改进通识课程。

武汉大学的校训有一个关键词：弘毅。“弘毅”语出《论语》：“士不可以不弘毅，任重而道远。”对于“立德树人”的武大教师，对于“成人成才”的武大学子，对于“博雅弘毅，文明以止”的武大通识教育，皆为“任重而道远”。可以说，我们在通识教育改革道路上所走过的每一步，都将成为“教育强国，文化复兴”强有力的步伐。

“武大通识 3.0”开启以来，我们精心筹备、陆续推出“珞珈博雅文库”大型通识教育系列教材，涵盖“通识文化”“通识教材”“通识课堂”和“通识管理”四大系列。其中的“通识教材系列”已经推出“两大导引”，这次又推出核心和一般通识课程教材十余种，以后还将有更多优秀通识教材面世，使在校同学和其他读者“开卷有益”：拓展视野，启迪思想，融通古今，化成天下。

周叶中

前　　言

大学英语教学一直是持续不断的热点话题。从 21 世纪 90 年代“一壶烧不开的温水”的评论，到 2003 年听说领先还是阅读领先的争论，再到 2016 年课程定位为学术英语还是通用英语的辩论，30 年来大学英语教学可谓观点纷呈，各有支持群体。究其根本，在于英语语言教学本身变量的复杂性以及教学环境的变化。20 世纪 80 年代，英语教学从初中开始，大学英语学习者的整体英语水平不高，英语教学只需提高学生语言技能即可，通用英语占据主导地位。21 世纪前后，大学英语课堂教学经历了从阅读教学优先转为听说教学优先，再到培养学生的英语语言综合应用能力的过程。随着 00 后进入大学校园，学习者的整体英语语言水平呈现显著提高的趋势，各高等院校大学英语学时学分从 12 学分减至 6~8 学分，依然以技能为主的通用英语教学显然无法满足学习者的需求，于是英语语言通识课在重点高校应运而生。《大学英语教学指南》（2020 版）也明确大学英语课程是普通高等学校通识教育的一个重要组成部分。

作为双一流高校，武汉大学于 2016 年 12 月 26 日正式成立通识教育中心，开展武大通识 3.0 课程体系建设。该体系包含人文社科经典导引和自然科学经典导引两大导引课，中华文化与世界文明、科学精神与生命关怀、社会科学与当代社会以及艺术体验与审美鉴赏四大课程体系。“英文小说名篇导读”隶属于“中华文化与世界文明系列”课程。从通识课建设的角度实施英语语言教育，实现了英语语言教育通识化的转向。该课程具有如下特征：

第一，从阅读中见世界。本课程所讲授的六部小说均是19至21世纪英美现当代文学代表作品，具有丰富的思想内涵、精美的艺术技巧，同时深受各国读者喜爱。小说选篇兼顾作家性别和国别，展现英美不同社会历史时期畅销小说特色。小说类型涉及社会小说、历史小说、奇幻小说、推理小说、科幻小说，主题涵盖战争时期的个人成长，美国梦的幻灭，正义与平等的教养，人性的拷问，圣诞的内涵，法律与道德的驾驭，冒险精神与魔幻之旅，非线性时空的相遇诸多方面。通过阅读原著或者其中的章节，学生可以一斑窥豹，了解他国不同历史时期的社会文化和风土人情。以阅读为媒介开阔眼界，学生可获得多彩的人生体验，拓展个人认知，成为具有全球化眼光的中国人。

第二，从阅读小说中塑造价值观。2018年是中国一流本科教育的建设元年，武汉大学采取"以成人教育统领成才教育"的育人观。作为本科生培养的必要环节，通识教育承担着重要的育人作用。通识教育的目的在于"全人"教育，将大学生培养成一个合格的公民，成为一名有人性、有人情、有人格的公民。"英文小说名篇导读"课程设计秉承课程思政理念，充分发挥英文文学课程的育人作用。高尔基说，"文学即人学"。小说是一种文学体裁，以文学语言揭示出作家对于人性、人生、社会、历史和世界的洞见。通过课堂内外小说阅读，教师和学生共同分析英语语言，走进六部小说所描绘的英美世界，比较东西方文化价值观的异同。在小说阅读活动中，学生受到文学的浸染，体验人性的复杂性和多样性，形成"求真、爱国、励志和力行"的理念，成为一名"有温度"的中国人（习近平在北京大学的讲话，2018年5月4日）。

第三，实现从影像到文本的切换。本课程所讲授的六部小说均为英美获奖作品，拥有广泛的阅读群体。正因为如此，这些小说都曾被改编拍摄为电影作品，有几部还被多次翻拍，如《了不起的盖茨比》和《圣诞颂歌》。在教学过程中，非英语专业学生如果直入小说原著，势必会因英文语言难度造成阅读障碍。"英文小说名篇导读"课程设计以英文电影为切入点，以电影影像为"脚手架"，帮助学生理解情节，构建故事梗概图式。赏析电影后阅读小说文本，通过形式多样的讨论活动辨析小说文本表达与影像表达的异同。从影像到文本，实现了多模态文本输入。在移动智能化时代，这种信息的多元化输入，正是学生现实生活的模拟，符合新生代的学习思维习惯。通过对比影像文本和文字文本的异同，锻炼学生甄别信息的能力，分析不同呈现方式的前因后果。课堂教学培养的分析问题的能力，将会迁移到未来现实生活，实现语言教育的高层次认知目标。

第四，以产出为导向，"体演"小说教学。"英文小说名篇导读"定位为通识课，既不同于文学理论课，也不同于一般语言教学课程。课堂不深入探讨文学理论及文学流派，也不聚焦语言微技能的培养。课程教学对象是对文学有兴趣的语言学习者。通过本门课程的学习，拓展他们的英文阅读，形成泛读的良好习惯。课堂组织以产出为导向，教学活动基于口语和写作开展产出性活动。学生或"体演"小说开展角色扮演，或辩论不同的主题，或合作完成一个项目，或尝试创作改写小说，或艺术化设计小说所对应的现实场景。所有课堂活动，超越了语言形式的操练，实现真正有意义的语言文化交流。这种行动中的教育，既是现代教育的目标，也是本课程的特色。

“英文小说名篇导读”课程于2019年在武汉大学通识课程体系中已实施了一轮教学，受到了学生的广泛欢迎。课程团队在总结反思课程教学的基础上，形成了本书的中篇内容。中篇内容既源于真实课堂，又是真实课堂的拓展。中篇编写以问题导向（question-driven）和基于项目（project-based）的教学理念为出发点，课堂组织以产出为导向，实现适度的课堂翻转。本书上篇是课程团队在备课过程中广泛阅读后的学术思考。观点或许不太成熟，但也是集各家之言后的个人思想结晶，对于读者阅读小说文本有一定的指导意义。本书下篇是武汉大学学生的英文创作。他们在选修“英文小说名篇导读”课程后，在课堂内外完成极具创意的作品。书中所选是其中优秀的学生作品，本课程对于学生英语语言学习的促学作用，从中可以窥见一斑。

本书上篇、中篇和下篇融为一个整体，整体构架立足于小说文本从文字到光影的嬗变。编著布局从整体鸟瞰到局部透视，从小说多模态赏析到小说创作，便于读者完成创作思维提升。上篇是六部小说从文字到光影的整体鸟瞰，中篇是六部小说从文字到光影的具象体现，下篇是学生学习上篇和中篇融会贯通后的创作荟萃。本书由武汉大学外国语言文学学院程向莉博士组织策划，由武汉大学外国语言文学学院程向莉、陆朋、钱妍、邓长慧、史霁五位老师共同撰写。周艺璇、邵蜜旺两位研究生参与英文阅读文本录入和单词整理，特此致谢。如有疏漏，欢迎广大读者批评指正。

程向莉

2021年4月

目 录

上篇 从小说文字到光影的嬗变：整体感知

中篇 从小说文字到光影的嬗变：具象解析

下篇 小说创作荟萃：拓展延伸

上篇　从小说文字到光影的嬗变：整体感知

《飘》向何方?
——从小说文本走向影像表达

玛格丽特·米切尔的长篇小说《飘》，又译《乱世佳人》，通常被认为讲述的是美国南北战争和战后重建时期南方女子斯佳丽个人成长的故事(虞建华，2015)。小说原本取名为《明天又是一天》(*Tomorrow Is Another Day*)，1936年出版时更名为《飘》(*Gone with the Wind*)，次年便获得"普利策奖"。《飘》一经发表即掀起阅读热潮，当年售出17.6万册，两年后销售量高达100万册。

1939年，小说《飘》经过改编搬上银幕，由维克多·弗莱明(Victor Fleming)担当导演，克拉克·盖博(Clark Gable)和费雯·丽(Vivien Leigh)担任主演。次年，电影《飘》(又译《乱世佳人》)获得13项奥斯卡奖提名中的8个奖项。迄今为止，小说《飘》的总销售量已达3000万册，据小说改编的电影《飘》也成为好莱坞经典。虽然《飘》分别在小说出版和好莱坞电影史上取得了巨大的商业成功，但是成功的背后也有不和谐的声音。有评论认为小说"政治不正确"，有美化南方奴隶制之疑，因而遭到史学界和文学评论界的批评(张家平，1994；谈小兰，2004)。2020年6月，美国华纳传媒旗下的HBO MAX平台更是因为弗洛伊德事件将影片《飘》下架。读者和观众不禁要问，对于《飘》的评论为何争议不断，褒贬不一？作为通俗小说经典和电影经典，《飘》到底表达了什么主题？小说和电影叙述的是同一故事吗？解开主题和叙事之谜，可以揭示小说和电影两种模态构建的《飘》之魅力所在，也可揭示褒贬不一的谜团。

从文本走向影像：从女性成长到爱情故事

小说《飘》长达千余页，电影《飘》时长近4个小时，在各自领域均属鸿篇巨制，超过同类作品。小说《飘》的写作历时十年，电影《飘》仅选角就历时一年，两者也均属精心创作的经典作品。但是，由于小说和电影属于不同的艺术体裁，囿于不同表达形式的局限，两者在主题的深度和广度都不在同一层级。

小说《飘》既是爱情小说，也是成长小说，还是历史小说。书名《飘》取自英国诗人道森的长诗《辛拉娜》，意喻南方昔日的繁华被北军洗劫殆尽，一切都化为乌有，随风飘逝。从宏观而言，小说字里行间道出的是对南方南北战争以前生活的追忆，对过去南方文明逝去的惋惜。从微观而言，小说成功地塑造了白人女性斯佳丽，她身上的胆量和独立使其在南北战争和战后重建中生存下来，从一位听从母亲传统教诲的南方少女成长为独立经商的成熟女性。

小说《飘》主题宏大，涉及人物众多。小说作者玛格丽特·米切尔将笔触指向南方各阶层形形色色的人物，既有种植园主阶层的代表杰拉尔德、艾伦夫妇一家，也有南方白人投机商代表瑞德·巴特；既有黑人上层阶层代表黑嬷嬷和波克，也有白人非种植园主代表斯拉特里。小说以南北战争和战后南方重建为背景，浓墨重彩地叙述核心人物斯佳丽如何经历战后贫困、丧亲之痛以及重建家园的艰辛。小说林林总总人物数十人。在斯佳丽和她周围的白人人物身上，米切尔刻画出不同的性格特征。有的经历南北战争后消沉，有的活在对战前美好时光的缅怀追忆中；有的顺应时势改变生活方式，有的坚守传统拒绝变化。南北战争和战后重建的历史背景，为形形色色的人物搭建了数十载的人生舞台。一幕幕生活场景，一场场对话，折射出 19 世纪中后期美国南方文明兴衰的宏大图景。

反观电影，其情节、主题和人物较之小说而言，显得较为单一和平面化。电影《飘》围绕斯佳丽个人生活及其爱情故事展开，斯佳丽和瑞德、阿什礼之间爱情故事凸显为电影的核心故事线索，瑞德上升为与斯佳丽同等地位的主角，贯穿电影的始终。小说原著里呈现的南北战争主题在电影里被弱化，仅以几场广角镜头和过渡旁白文字一带而过。小说里着力描写的战后重建时期南北阶层的矛盾冲突、南方白人阶层内部的冲突在电影里也不见踪影。与次要人物相关的故事情节，比如塔拉庄园邻居对于斯佳丽一家的援助，苏安娜造成杰拉尔德之死的前因后果，大个子山姆救出遇袭的斯佳丽的前因后果等，要么在电影中被删除，要么被改写。

尽管在主题、人物和情节等方面存在差异，电影《飘》依然被认为是小说《飘》的影像“注解”（Gelfant，1980）。笔者将撷取小说和电影中的核心人物和与主题相关的意象，对比文学语言表达和电影影像表达的异同，深度分析其背后的历史文化机制。

文本与影像意象之同：土地的双重含义

土地既是小说《飘》里重要的文学意象，也是贯穿电影《飘》首尾的重要画面。在小说

第一章，土地是斯佳丽一家的家园，充满诗情画意。小说字里行间充满了对于塔拉庄园土地的热爱，如下文字描绘出一幅壮美的农耕田园图景。

“春耕已近尾声，夕阳血红的余晖将佐治亚新翻的畦畦红壤点染得更加辉煌。湿润饥饿的土地仰望天空，期盼着播种。条条田垄沙质的顶部粉红一片，而犁沟两侧的阴影处却呈现出朱红、猩红和褐红的颜色。粉白的种植园砖屋宛若红色海洋中的小岛，那海波涛起伏，浪花滚滚，却在波峰裂作碎浪的瞬间忽而凝住，因而这里看不到笔直悠长的田垄，不像佐治亚中部平原的黄土地，也不像沿海种植园上黑色的沃土。北佐治亚迤逦的丘陵被耕耘为无数条曲线，免得肥沃的土壤被雨水冲刷到河底去(黄健人，2017：7)。”

除了第一章，小说多处着力于土地的描写。土地既是小说主要人物斯佳丽的家园，也是南方文明的象征。战争爆发以后，斯佳丽逃离亚特兰大，回到塔拉庄园。在回家的路上，斯佳丽看到的是面目全非的家园和伤痕累累的土地。

“四处死气沉沉，落日余晖映照着每一片熟悉的田野、树林，绿油油，静悄悄。古怪的沉寂使斯佳丽心生恐惧。一整天，她们路过的每一幢房屋都空空荡荡，弹痕累累，每一座瘦骨伶仃的烟囱都独守着一片焦土废墟。(黄健人，2017：385)”

即使战争摧毁了家园，但是斯佳丽依然保持着对土地的热爱。“其他一切都在变，但斯佳丽的身上唯一不变的是她对这片土地的热爱。她爱这绵延不绝的丘陵山岗，爱这色彩变幻的红土地——血红、石榴红、砖红、朱砂红，而且奇迹般地长出绿色的棉株，开出洁白松软的朵朵棉花。天底下什么地方还能有这等神奇的土地？(黄健人，2017：423)”

土地在小说中承载着双重含义：经济意义和文化意义。一方面，土地的经济意义与历史上南方经济的发展吻合。19世纪南方经济以农耕为主，土地和黑奴是当时种植园经济的基础。南方种植园出产的棉花、烟叶、甘蔗等农作物出口到欧洲，换回的是欧洲生产的生活用品。内战前，从美国全国来看，南部提供了全国棉产量的100%、烟草的84%、玉米的42%、小麦的27%、钢铁制品的11%、纺织品的8%、工业品的13%(金卫星，2008：116)。在小说中，土地既是斯佳丽一家种植园主身份的象征，也是生活与爱的寄托，具有举足轻重的地位。斯佳丽的父亲教导她，“土地是唯一值得奋斗的东西。‘天底下唯有这东西天长地久……不管是谁，只要有一滴爱尔兰人的血，他赖以糊口的土地就是他娘亲……唯有这东西值得流汗、流血，拼死相斗’！(“Land is the only thing that worth fighting for. ‘For ’tis the only thing in the world that lasts ... and to anyone with a drop of Irish blood in them the land they live on is like their mother ... ’Tis the only thing worth working for, fighting for, dying for.”)。

另一方面，小说中的土地负载着文化含义。希腊神话中，英雄安泰俄斯(Antaeus)是海神波塞冬(Poseidon)和地母该亚(Gaia)所生的儿子。他打败所有向他挑战的对手，原因在于每当他被击倒在地，反而获得地母所赐更大的力量。与安泰俄斯一样，斯佳丽也从土地中获得力量。在亚特兰大即将被北方联军攻陷时，她首先想到的是回到塔拉庄园。在被战火蹂躏的土地上，斯佳丽获得力量和新生，重新站了起来。她不再是生活在种植园里无忧无虑的淑女，而是在棉花田里劳作，成为全家倚靠的一家之主。

购买小说《飘》版权后，制片人大卫·塞尔兹尼克(David O. Selznick)在电影出品中同样保留了土地的意象。但是，土地所承载的经济和文化双重意义，较之小说文本而言有所削弱。在电影画面中，土地不再处于前景地位，而被放置于电影背景，辅之以气势磅礴的交响乐，突出斯佳丽主角的地位。在电影前半部分，斯佳丽的父亲搂着她的肩膀，指着眼前大片红色土地说，土地是唯一值得奋斗的东西。两个人物处于画面的前景位置，广角镜头慢慢向后推向土地，斯佳丽内心的爱不被阿什礼所知的困扰，渐渐淹没在广袤的土地之中。电影另一处镜头语言同样突出土地的背景衬托作用。在斯佳丽回到塔拉庄园面临饥饿时，她趴在焦土一般的土地上，对天庄严发誓，不再让自己和亲人挨饿，即使是要去偷和抢。佐治亚州的红土地，显然是斯佳丽生活和生命的摇篮，也是塔拉庄园恢复生机的力量之源。

文本与影像主题异同：个体生存及成长

从表面上看，玛格丽特·米切尔撰写《飘》，似乎源于对自己的阶级、种族以及性别的自信。小说讲述了美国南北战争前后中上层白人阶层的痛苦、失败与成功。读者很容易把《飘》当成一本纪念家庭和阶级的自传式编年史。然而，与电影《飘》着力于爱情主题不同的是，小说《飘》提出了关乎"旧时代"的本质与价值观、关乎南方如何对待"旧时代"的问题，尤其探讨了斯佳丽作为女性存在的代表，该如何活下去的问题(王安娜、蒋凤英译，2017：62-63)。米切尔本人曾表达这样的观点：如果说小说《飘》有主题的话，就是生存。一些人在灾难中生存下来，而同样有能力的那些人却被摧垮。在任何社会动荡中，这都会发生。有些人胜利地生存下来，有些人却无法如此。他们之间的区别就是勇气(If the novel has a theme, the theme is that of survival. What makes some people able to come through catastrophes and others, apparently just as able, strong and brave, go under? It happens in every upheaval. Some people survive; others don't. What qualities are in those who fight their way through triumphantly that are lacking in those that go under? I only know that survivors used to call that quality "gumption".)。

尽管小说和电影《飘》都表达了斯佳丽成长的主题，但是两者的侧重点不同。电影《飘》因为考虑票房和电影明星效应，爱情主题成为叙事主线。在电影中，克拉克·盖博演绎的主角瑞德·巴特迷倒不少女性观众，克拉克·盖博的风采甚至超过了小说女主角斯佳丽的扮演者费雯·丽。两位演员在电影中的对手戏场面成为好莱坞电影的经典画面：比如瑞德·巴特第一次出场，站在楼底下向上仰望，微笑地看着斯佳丽的镜头；又如瑞德·巴特向斯佳丽求婚成功后，拥抱亲吻她的镜头；影片结尾，瑞德·巴特不顾斯佳丽苦苦哀求，毅然离开她走出门的镜头。这些特写镜头突出了瑞德·巴特和斯佳丽之间的悲欢离合，引起观众唏嘘感叹，两个人的爱情主题一次次将电影推向高潮。

除了爱情主题以外，电影《飘》也涉及战争和南方文化主题。电影叙事采用一个长镜头描绘战争场面，摄影机扫过遍地死伤士兵的地面，用无声的镜头语言将战争的规模和伤亡的残酷呈现在观众面前。电影中逝去的南方文化的具象体现是十二橡树庄园舞会，电影叙事在固定镜头后使用分镜头，跟随斯佳丽从马车走到庄园，焦点始终在斯佳丽身上。舞会、野餐、骑马、扑克游戏，这些都是战前南方种植园主阶层男女生活的核心。

相较于电影，小说《飘》的主题更加立体和多层次，爱情主题退居次要地位。在电影中，男主人公瑞德·巴特大约出现在第 21 分钟，而在小说中瑞德·巴特直到第 6 章才出现，且出现的频率远低于电影。贯穿小说始终的是女主人公斯佳丽。第一章描绘的是 16 岁情窦初开的斯佳丽形象，她不关心战争，生活的中心是舞会以及如何展现魅力来吸引南方青年男性。在经历战火、逃亡、两度丧夫、重建塔园、经营木材厂等各种历练以后，斯佳丽最终成长为一名精明的女商人。小说《飘》人物众多，但故事情节始终围绕斯佳丽展开。作者从斯佳丽的视角，细致刻画出南北战争前后四十年南方社会的变迁。

电影《飘》基于同名小说，其改编删繁就简，截取战前、战时、战后三个不同时间段，以蒙太奇手法和各种镜头语言展示斯佳丽的个人成长。战前以种植园野宴为场景，凸显小说原著中描绘的种植园的繁华及南方种植园主阶层的傲慢，为其随后的战败埋下戏剧线索。演员服装和表演神态皆体现斯佳丽情窦初开的少女状态。战时遵循了小说原著的风格，并未将重点放在对战争的正面展示上，而是通过愈渐增多的伤员、变成废墟的塔园侧面表现战争给南方带来的毁灭性灾难。此时的斯佳丽经历了两次婚姻，塔园被毁，亲人去世，战时生活的难未摧毁她活下去的勇气。历经战争和生活艰辛的斯佳丽形象跃然于银幕。战后，斯佳丽不惜利用一切手段谋求生存和新的商机，成为南方新兴资产阶级代表。影片结尾处，斯佳丽失去挚友梅兰妮，丈夫离她而去，开放式结尾留下无穷想象空间，与片名《飘》交相呼应。

文本与影像人物异同：为爱而生抑或为生存而生

米切尔在为小说《飘》女主角选择名字时，先使用的是潘西，但是因为潘西内蕴贬义而改换为斯佳丽。斯佳丽姓氏源于一位名叫奥哈拉的人，他是一名为追寻国土安定奋战而死的战士(海伦·泰勒，2017)。因此，米切尔将女主角名字定为“斯佳丽”暗含纪念爱尔兰斗争的深远意味。另一方面，斯佳丽的名字与英文 Scarlet(猩红色)同形，象征着激情、愤怒、性欲和狂热。因其名字双重含义，斯佳丽性格中天生含有倔强和对土地忠诚的爱尔兰文化基因，同时也具有对生活和生命激情的活力。小说第六章瑞德·巴特就曾经“恭维”斯佳丽是“‘充满生命活力’的姑娘(a girl of rare spirit)”，阿什礼是个“没志气的胆小鬼(a poor-spirited wretch)”(黄健人，2017：117)。

电影《飘》改编自小说《飘》，但是由于传播媒介不一样，受众不一样，两者呈现出的斯佳丽形象也不尽相同。在电影里，斯佳丽为爱而生；而在小说里，斯佳丽为生存而生。电影面对的是观众，情节的发展由斯佳丽的感情戏推动；小说面对的是阅读者群体，情节的发展围绕斯佳丽的社会生活变化而推动。在电影里，斯佳丽一生都追求阿什礼的爱，她与瑞德·巴特、阿什礼的三角恋情让女性观众唏嘘不已。最后当她意识到真正爱的人是瑞德时，瑞德却离她而去。影片结尾斯佳丽抬起泪眼，脸上露出坚毅的表情，说道：“我会想办法让他回来。毕竟，明天是新的一天(I'll think of something to get him back. After all, tomorrow is another day.)”。影片里斯佳丽迷人的外貌、曲折的感情经历、精美的服饰，使她俘获了广大观众的心。

小说《飘》塑造的斯佳丽形象更加立体、更加丰满。因主题不局限于爱情，小说里的斯佳丽成为南方历史发展的见证者。米切尔描绘了南方种植园经济的兴衰，南北战争带来的土地荒芜，南方贵族阶层战后生活状态的变迁，北方新兴阶层与南方旧阶层的冲突与不融合，白人阶层与解放后的黑奴的冲突等。斯佳丽是这些变化的亲历者，也随着时代的变化拥抱变化。她从衣来伸手饭来张口的贵族小姐，变成为梅兰妮接生的少妇，又成为管理种植园的女管家，还独自驾着马车去伐木场监工，在众人反对声中雇佣囚犯获利，与北方新兴阶层做生意。这些林林总总的变化在电影里一晃而过，而在小说里，作者不惜笔墨勾画。斯佳丽适应时代变革，时刻迎接新生活的形象跃然纸上。小说里的斯佳丽为生存而生，爱情是生活交响曲里的变奏。米切尔以斯加丽的苦难经历生动再现劫后南方真实画面。在遭遇灭顶之灾的南方，只有这类人才能勉强生存，渡过难关。内战对南方的毁灭不仅仅在物质上，对人们精神上的摧残更是难以言述。

总而言之，小说与电影分属两种不同表达媒介。从小说文本到影像，必定造成土地意象的表达、主题凸显的层次和人物刻画的不同。小说《飘》改编成电影《飘》之后，成为一部独立的作品。虽然电影《飘》是小说《飘》的注解，具有独立性，经过编剧、导演和制片人的解读和创作，抵达好莱坞历史浪漫经典影片的高峰。

程向莉

◎ 参考文献

1. Gelfant, B. H. "Gone with the Wind" and the Impossibilities of Fiction[J]. The Southern Literary Journal, 1980 (1): 3-31.
2. Bevilacqua, K. History Lessons from *Gone with the Wind*[J]. Mississippi Quarterly, 1980 (1): 99-126.
3. 海伦·泰勒. 斯佳丽的女人们：《飘》与女性粉丝[M]. 王安娜、蒋凤英，译. 哈尔滨：黑龙江教育出版社，2017.
4. 黄健人. 飘[M]. 北京：中央编译出版社，2017.
5. 金卫星. 对美国内战性质问题的再思考[J]. 苏州大学学报(哲学社会科学版)，2008 (3): 115-121.
6. 罗小云. 分裂与疗伤：美国南北战争小说的发展[J]. 外国语文，2019(2): 39-45.
7. 明桂花. 从文学到电影——从《肖申克的救赎》与《乱世佳人》谈改编的艺术[J]. 当代电影，2015(4): 198-200.
8. 谈小兰，从历史的角度解读《飘》[J]. 西北民族大学学报(哲学社会科学版)，2004 (2): 133-135.
9. 虞建华. 美国文学大辞典[M]. 北京：商务印书馆，2015.
10. 张家平. 一部毁誉参半的畅销书——美国小说《飘》研究述评[J]. 宁波大学学报（人文科学版)，1995(1): 72-77.
11. 郑际根.《飘》向旧体制还是《飘》向新文明——解读美国小说《飘》[J]. 湖南科技大学学报(社会科学版)，2013(5): 160-162.

《了不起的盖茨比》：爵士时代的挽歌
——文本解读和影像解读

20世纪20年代被称为美国的爵士时代。彼时美国刚走出第一次世界大战的阴霾，进入城市化、现代化和经济迅猛发展的消费主义时期。不少作家创作小说描绘当时的社会文化生活，其中最负盛名的作家之一是司各特·菲茨杰拉尔德，他被喻为爵士时代的重要代言人。他的小说集中反映第一次世界大战后繁荣时期的青年一代生活中的迷茫。

《了不起的盖茨比》是菲茨杰拉尔德的代表作，他以第一人称视角讲述主人公盖茨比浪漫理想化为泡影的悲剧故事(虞建华，2015)。菲茨杰拉尔德以冷峻的笔调叙述了盖茨比美国梦的幻灭。盖茨比每周末举办熙熙攘攘的高档酒会，宾客中有些人根本不知道主人是谁。他以为财富可以实现他的梦想，享受上流社会的地位和迷人的爱情，然而以汤姆为代表的"旧纽约"对他不屑一顾。昔日恋人黛西和他重温过去，也只是为了逃避生活的空虚和丈夫汤姆的不忠。最后，盖茨比死于汤姆情妇的丈夫威尔逊枪下。盖茨比的悲剧映射出理想与现实的不可调和。他孜孜不倦、不择手段地实现了拥有巨额财富的梦想，但是梦想在庸俗和肤浅的现实面前不懈一击，他的生命走过了"奋斗—成功—醒悟—幻灭"的人生轨迹。小说被认为是"爵士时代"美国人的行为模式、道德观念与精神状态的写照。

菲茨杰拉尔德曾几易小说题名，最后冠之以《了不起的盖茨比》，其中蕴含何种意味？基于小说拍摄的电影《了不起的盖茨比》同样以尼克为叙事视角，用镜头语言和旁白叙述盖茨比的爱情故事和他走向死亡的故事。在电影结尾处，尼克掏出钢笔，笔尖停顿片刻之后，在盖茨比的名字前加上了"了不起"，然后影片在河对岸绿光的闪烁中走向尾声。小说和电影中的主人公盖茨比果真"了不起"吗？两者再现的爵士时代有何异同？

从文本到影像：爵士时代的悲剧

小说《了不起的盖茨比》文本从描写盖茨比的奢华酒宴开始。暴富之前，盖茨比与富家女黛西堕入爱河，但是因为贫穷娶不起她。他将黛西作为美国梦的象征符号，成功之后希望得到她，重温过去。但是再见黛西时，她已成为富家太太。黛西因盖茨比豪华的宅邸和富有的外表与他重温旧好。与此同时，黛西的丈夫汤姆与威尔逊太太也有婚外情。汤姆察觉黛西和盖茨比私情之后，在聚会上质问盖茨比的出身和贩酒的罪行。黛西驾车离开聚会地时意外撞死威尔逊太太，而威尔逊在汤姆的挑唆下误以为是盖茨比撞死了妻子，开枪打死了他。盖茨比的葬礼由叙述者尼克张罗，只有盖茨比的父亲盖兹先生和牧师等数人参加，那些出席他酒宴的宾客无人出现，包括盖茨比至死都等候的黛西也始终不曾露面，这一切令尼克无比心寒。尼克满怀失落回到西部，东部的繁华如过眼烟云。

小说文本叙事结构巧妙，以尼克作为叙述者，讲述盖茨比不择手段的奋斗和他梦想破灭的故事。盖茨比个人的故事是20世纪初爵士时代整个社会的缩影。为了吸引黛西，成功后的盖茨比举办奢华的酒会，邀请不知名的客人过着纸醉金迷的生活；盖茨比、黛西、汤姆和威尔逊太太四人之间复杂的关系，折射出爵士乐时代的爱情和婚姻、不忠与背叛；汤姆对待盖茨比居高临下，担心“黑人与白人通婚”破坏了“家庭生活和家庭制度”(巫宁坤，2009)，隐含社会阶层的割裂，种族歧视和人人平等当时依然还是独立宣言起草者的乌托邦理想。盖茨比葬礼之后，尼克离开了繁华喧闹的东部城市生活，离开了以汽车、电话、股票为代表的现代化生活，回归到中西部城市，回归到具有“还乡的火车”、“黑夜街灯和雪车的铃声”的西部。尼克的回归西部，复现了美国文学里常见的文化母题：西部是富有生机的疆土，东部是腐化没落的代名词。

电影《了不起的盖茨比》虽然保留了原著的故事情节，但是更加突出电影影像的特征，以色彩、服装、音乐和场景再造爵士时代的纽约。影片巧妙地以色调区分尼克叙事中过去的过去、过去和现在。叙述过去的过去以旧胶片式的黄色体现，过去以明亮的彩色表现，而现在以黑白色调显现。过去的过去穿插在尼克的叙述中，讲述的是少年和青年盖兹经历的片段。明亮的彩色色调表现的是爵士时代的繁华和盖茨比成功奢华的生活。黑白色调表现失落后的尼克在看精神医生时的回忆。影片紧扣爵士时代的旋律，爵士乐贯穿电影的始终。20世纪20年代是声色犬马的爵士时代，美国梦使得盖茨比充满了激情和欲望。电影里所展示的，恰恰是盖茨比美国梦的破灭。爵士乐在影片中如同一道桥梁，以热闹喧腾并且明快的色彩，巧妙地把观众引入吐纳着繁华与欲望的纽约。熙熙攘攘的人群以及无休无止的盛大舞会，似乎是在向人们宣告：这是爵士乐的时代，它代表着时代浪潮中最为磅礴的声音。

在电影《了不起的盖茨比》中，盖茨比的初次登场伴随着乐队所演奏的乔治·格什温经典爵士风格钢琴协奏曲《蓝色狂想曲》，迪卡普里奥扮演的盖茨比在漫天礼花中展露一个微笑，散发出富有和稳重的成熟男性魅力。电影配乐还将大量流行歌曲进行了爵士的改编，收到了意想不到的效果，比如盖茨比为他昔日恋人黛西装扮房间时响起乐曲《Crazy in

Love》，小号的喧嚣让旋律瞬间声色犬马起来。影片中重复出现的爵士乐歌曲《Young and Beautiful》透出挥之不去的忧伤，盖茨比梦想与黛西重温过去，实现青年时代梦想破灭的悲剧性渗透在每一个音符里。

盖茨比其人：身份之谜

盖茨比身份在小说和电影里都是一个谜。小说采用有限全知视角的叙事手法。叙述者尼克在叙事的过程中并非忠实的叙事者，他有意识地延宕一些信息，恰到好处地创造了盖茨比的神秘感，制造了故事悬念。盖茨比的故事由尼克逐步披露。小说第一章盖茨比现身之前，乔丹·贝克首先提到了盖茨比的名字，四页之后，尼克才自称是盖茨比的邻居，又大约过了十六页之后，威尔逊夫人的妹妹再次提到盖茨比。虽然尼克作为宾客参加盖茨比举办的盛大酒会，但是始终没有见到盖茨比本人，反而是听到不少关于他的传闻。有关盖茨比的身世一直是贯穿小说的谜团。小说采用交替叙事的手法，把现实和过去巧妙地编织在一起。不同的视角和来自不同叙事者的故事构建了多面而神秘的盖茨比。

在小说《了不起的盖茨比》中，盖茨比的身份包含自说、叙述者说和小说人物说三种方式呈现，直到小说结尾，盖茨比身份之谜也未完全解开。在小说第四章，盖茨比正式介绍自己的身份："I am the son of some wealthy people in the Middle West——all dead now. I was brought up in America but educated at Oxford, because all my ancestors have been educated there for many years. It is a family tradition.（我是中西部一个有钱人家的儿子——家里人都死光了。我是在美国长大的，可是在牛津受的教育，因为我家祖祖辈辈都是在牛津受教育的。这是个家庭传统。）"瑰丽的奶油色的华丽汽车，似乎证明他说的是实话。可是盖茨比说话的方式却让人觉得他在撒谎，他把"在牛津受教育的"这句话匆匆带过去。在电影中也是如此！迪卡普里奥扮演的盖茨比一边驾驶着明黄色的仿古豪车，一边热切地说着上述话语，尼克露出将信将疑的眼神。

在小说的第六章，尼克转述了盖茨比的真实出身。他的真实姓名是杰姆斯·盖兹。当他在十七岁遇见在淘金热中致富的丹·科迪时，他改名换姓自称为杰伊·盖茨比。他自认为是上帝的儿子，而非碌碌无为庄稼人的儿子。他十七岁时自称盖茨比。他以不太明确的私人雇员身份在科迪手下工作，完成了新身份构建所需的教育，成为实实在在的杰伊·盖茨比。丹·科迪代表着跨越一个世纪的拓荒英雄形象，如从丹尼尔·布恩（Daniel Boone）到威廉·弗雷德里克·"野牛比尔"·科迪（William Frederick "Buffalo Bill" Cody）。电影中，盖茨比身份转换由数个镜头和尼克的旁白完成。少年时还是西部庄稼人儿子的杰姆斯·盖兹，在海上救起丹·科迪后，就变成了青年杰伊·盖茨比。由于身份变化的故事通过多人转述，而且丹·科迪已经去世，电影里的盖茨比的身份一直存疑。盖茨比嘴边总挂着上层绅士社交时常说的“老兄(old sport)”，卧室墙上挂有丹·科迪的照片，似乎证明这一切又是真的。

除了身份之谜，盖茨比最为神秘的地方还有其财富的来源。在小说第三章里，盖茨比的身份被宴会宾客背后议论着，他们猜测盖茨比杀过人，做过德国间谍，在美国军队里服过役。在第七章，汤姆揭露盖茨比的身份，说他和沃尔夫山姆在纽约和芝加哥买下很多药房，然后私自卖酒。除此之外，汤姆还指责盖茨比违反赌博法。这一切暗示盖茨比的财富来自非法渠道。在电影中，盖茨比的身份和财富来源同样未道明。影片里盖茨比西装革履，豪宅里派对酒会上他常常因接听神秘电话而消失。他和宾夕法利亚“谈生意”，和沃尔夫山姆“谈生意”。这些镜头语言都暗示盖茨比从事非法行当。爵士时代的非法行当就是私卖白酒、操纵高尔夫球赛和股票投机买卖。

在小说和电影里，盖茨比的身份都是自述、他述和转述，而且这一切都从尼克有限全知视角道出，这种叙事方式增加了盖茨比的神秘性和多面性。尼克是盖茨比唯一的朋友，他眼中看到的和言语叙述的盖茨比受制于其个人情感和视域，有时甚至是自相矛盾。三种叙事方式构建出来的盖茨比身份真假交织，直到小说结尾，盖茨比的父亲出现在他的葬礼上，印证了盖茨比终究还是碌碌无为西部庄稼人的儿子。盖茨比精心构建的身份化为泡影，死去的时候现回原形。电影结尾与小说结尾不同，盖茨比的父亲并未出现在葬礼上，盖茨比身份之谜也未解开。小说的深层结构在电影里弱化，电影凸显的是盖茨比个人美国梦想的幻灭感。他是谁，来自哪里不再重要，重要的是悲剧性的英雄走向了死亡。

爵士时代的挽歌：盖茨比式的“了不起”

在小说《了不起的盖茨比》中，盖茨比被刻画为想象力丰富的英雄，一位自我造就的人物。他认为自己是上帝的儿子，脱胎于他对自己的柏拉图式的理念。如果考虑到盖茨比颇具神秘色彩的身世，可以说，他代表着现代社会中“西部牛仔”的后代、美国文化的一种神话式英雄。因此，《了不起的盖茨比》可以说是属于这种神话传统的一部典型作品。作为一个神话式英雄，盖茨比必须在一个神话般的天地里演出一段神话般的事迹。这神话般的事迹在小说中的具体体现就是盖茨比对黛茜的令人陶醉的爱情。盖茨比的公馆所在地西卵及其对立面东卵代表着神话般的天地。盖茨比与汤姆·布坎南的矛盾冲突象征神话式英雄解决具有普遍意义的矛盾冲突的斗争(方杰，1999)。黛西是盖茨比实现美国梦的一部分，或者说就是他美国梦的象征。而对于汤姆·布坎南而言，黛西是他男性力量的附属品，或者说是他所维护的社会生活或社会体制的一部分。两个人对于黛西的争夺，隐喻着神话式英雄对于各自所代表的社会价值和种族阶层的争斗，其结果必然是你死我活。因此，盖茨比悲剧性命运在小说的开始就已经预设了。作为种族和阶层话语中的边缘群体，盖茨比意欲加入“中心群体”——白人上流社会(熊红萍，2012)，他注定会被白人上流有闲精英的代表汤姆打败。

盖茨比的伟大既在于他是美国文化的一种神话式英雄（fairy hero），又在于他是一个具有浓郁浪漫色彩和个人魅力的文学英雄人物(fictional hero)。在小说第六章，盖茨比被描绘为自然之子，“他沿着苏比利尔湖南岸奔波，或是捕鲑鱼，或是捞蛤蜊，或是干任何其他为他挣来食宿的杂事。在那些风吹日晒的日子里，干着时松时紧的活计，他那晒得黝黑、越来越硬棒的身体过着天然的生活(巫宁坤，2009：99)”。此时的盖茨比俨然是一个拓荒英雄，具有健壮的体魄，游离于上流社会之外。当他与黛西坠入爱河时，盖茨比感觉“心灵就再也不会像上帝的心灵一样自由驰骋了……经他的嘴唇一碰，她就像一朵鲜花一样为他开放，于是这个理想的化身就完成了(巫宁坤，2009：112)”。从此刻开始盖茨比又被浪漫化了。黛西成为盖茨比梦想的化身，他五年的奋斗只为实现个人成功，赢回佳人的芳心，重复过去的浪漫和爱情。

电影中的盖茨比同样是具有男性魅力的荧幕英雄。迪卡普里奥俊美的外形赋予盖茨比美男子的形象。他在奢华酒会上举起酒杯，微笑着迎接熙熙攘攘的客人，背后的礼花在天空绽放，一个成功富有的盖茨比跃然银幕上。他拒绝与黛西一起私奔，只为能够像过去在路易斯维尔那样，生活在穷小子盖兹所向往的伊甸园。当黛西惊慌失措，开车意外撞死威尔逊太太时，盖茨比守候在黛西与汤姆东卵豪宅外，希望能够保护她。电影里或明或暗地暗示着盖茨比从事不为人知的非法行当，但是在迪卡普里奥俊朗的外貌和时尚的服装掩盖下，那些都成为微不足道的似有似无的背景。与撞死人后即刻从东卵搬走的布坎南夫妇相比，盖茨比的诚实和对梦想的执着被衬托得熠熠生辉。影片最后，盖茨比被威尔逊击中后背，仰面倒向湛蓝的游泳池水面。爵士乐响起，尼克想象着盖茨比站在码头，将手伸向河对面，河对面绿光忽明忽暗。盖茨比一生追求的梦想就此破碎，回荡在悠扬的乐曲声中。

时代造就英雄，英雄也受制于时代。在小说和电影中，盖茨比毫无疑问是悲剧式的美国英雄人物。他有梦想，青年时代就想着出人头地。盖茨比从小就读《牛仔卡西迪》，书上的作息表记载着他的自律，俨然是美国传统的清教徒形象。可惜的是这一象征意义的形象在电影改编中被删除。盖茨比“对生活允诺的高度敏感性”，“对希望的非凡天赋”和“浪漫主义的意愿”，使他的梦想超越了个体，在广义上代表着爵士时代美国人的渴望。因此，盖茨比的个人悲剧代表着“美国梦”在爵士时代的破灭。作为美国神话英雄人物的象征，盖茨比在东部神话之地寻梦的悲剧也象征着“美国神话”的破灭。爵士时代的辉煌过后，残存在美国人心中的只有那岁月的长河沉淀下来的“难以捉摸的节奏”，尼克·卡罗威正是带着这点“残存”又回到中西部。毕竟，“西部是一个不言而喻的标准，所有华丽的、没有意义

的奢侈都不可能在那儿出现。对于美国的真正的神奇感只有在西部才能找到。”（方杰，1999）

小说以叙述者尼克·卡罗威西部出生地家族史开始，结尾以他回到西部为终点，西部成为逃离东部堕落的归宿地，寓意着现代化的城市难以提供精神家园。生于西部的盖茨比将孕育于西部的梦想在东部城市实现时，梦想被击得粉碎。电影以象征着盖茨比美国梦的绿光开始，以忽闪忽闪的绿光结束。美国梦依然还在，而做梦的人已经死去。尽管小说叙事和电影叙事采取了不同模态的表现方式，但是二者在刻画爵士时代盖茨比的悲剧性方面具有异曲同工之妙。

程向莉

注：据小说《了不起的盖茨比》改编的英文电影共有六个版本。其中，1974 年由罗伯特·雷德特主演和 2013 年由莱昂纳多·迪卡普里奥主演的两部影片都是大投资大制作。本文讨论的电影《了不起的盖茨比》指的是 2013 年迪卡普里奥主演的英文电影版本。

◎ 参考文献

1. D. Gross & Gross, M.《了不起的盖茨比》解读[C]. 北京：中国人民大学出版社，2008.
2. Fitzgerald, F. S. *The Great Gatsby*[M]. Hertfordshire：Wordsworth Editions Limited，2001.
3. Cowley, J. York Notes *The Great Gatsby*[M]. London：York Press，1988.
4. Bruccoli, M. J.《了不起的盖茨比》新论[M]. 北京：北京大学出版社，2007.
5. 陈雷. 对《了不起的盖茨比》的一种解读[J]. 国外文学，2002(2)：90-93.
6. 程锡麟.《菲兹杰拉德研究文集》[C]. 南京：译林出版社，2014.
7. 方杰. 论《了不起的盖茨比》的文化神话模式[J]. 国外文学，1999(1)：67-70.
8. 巫宁坤. 了不起的盖茨比[M]. 上海：上海译文出版社，2009.
9. 熊红萍. 他者凝视之下的“黑人”盖茨比[J]. 解放军外国语学院学报，2012(6)：110-114.
10. 熊红萍，朱宾忠. 无根盖茨比：《了不起的盖茨比》的场所分析[J]. 外国文学研究，2012(6)：137-143.
11. 虞建华. 美国文学大辞典[M]. 北京：商务印书馆，2015.

从小说到电影：《你一生的故事》和《降临》

美国华裔科幻作家特德·姜(Ted Chiang)在1998年出版的科幻小说《你一生的故事》(*Story of Your Life*)于2016年改编成了电影《降临》(*Arrival*)。这部由丹尼斯·维伦纽瓦(Denis Villeneuve)执导的电影，一改好莱坞科幻大片动辄展现拯救世界的大英雄的荒诞剧情，而走文艺路线。《降临》的票房并不理想，不足一亿美元，算得上一部“遇冷”影片。单就商业价值而言，《降临》并不成功，但这种“不成功”在某种意义上恰恰证明了影片改编的成功。导演准确捕捉到了小说的气质，并保留了原作的风格，用光影的形式再现了故事缜密的逻辑，奇妙的结构和深邃的哲思，是一部标准的科幻文艺片。

特德·姜既不是一位多产作家，也不是畅销书作家。姜声称自己偶尔专注写作(*occasional writer*)。他专注于中短篇科幻小说的创作三十多年，出版中、短篇小说只十多篇。姜的小说受众并不广泛，但在科幻小说界声望颇高，囊括了包括“雨果奖”(Hugo Award)，“星云奖”(Nebula Award)，“斯特金奖”(Theodore Sturgeon Memorial Award)和“坎贝尔奖”(John W. Campbell Award)在内的所有科幻小说大奖。这种“曲高和寡”的特质或许就是他的小说受美国严肃文学界认可和好莱坞导演青睐的原因吧。

电影《降临》秉承了这种特质，不以迎合观众为主要靶向，赢得了媒体一片叫好声。“电影《降临》是如此美好而又发人深思，它能弥补你看过的所有外星人入侵地球科幻烂片的损失”(*Arrival* is such a beautiful and thought-provoking film that it almost single-handedly makes up for every bad aliens-coming-to-Earth film you've ever seen.)(《今日美国》，*USA Today*)。《降临》是“一部充满智慧、意味深长而又震撼人心的科幻片，从头至尾都抓住了观众的心”(An intelligent, eloquent, and stirring sci-fi that grips from start to finish)。因为其艺术成就，《降临》获得了包括2017年第89届奥斯卡最佳改编剧本，最佳影片，最佳剪辑等8项重量级奖项提名。

《降临》并没有对原作《你一生的故事》亦步亦趋地“翻译式”改编——把文字符号直接

转换成影像符号，而是对小说文本做了大刀阔斧的改动和增删，又将原作的“特有气质”以光影的形式完美地保留了下来。

线性叙事与非线性叙事

线性(linear)和非线性(non-linear)本来是两个数学概念，线性指“两个变量之间的关系是一次函数的关系，图像是一条直线”，而非线性指“两个变量之间的关系是二次及以上函数关系，其图形不是一条直线”。这两个概念被迁移到文学和电影中来，表示两种不同的叙事方式。线性叙事严格按照时间向度或空间向度组织安排故事，故事往往由“开端—发展—高潮—结尾”四个部分组成。当然倒叙和插叙仍然属于线性叙事，因为总体上故事是沿着同一条线索发展的。而非线性叙事指故事沿着两条或多条线索平行或交叉展开。如中国古典章回小说经常有这样的过渡：花开两朵，另表一枝。这是典型的非线性叙事方式。

1. 小说《你一生的故事》的叙事方式

《你一生的故事》的叙事最大特点是非线性叙事方式。小说围绕三条时间线索展开：第一条时间线索即一问一答。在小说的第一段主人公露易丝和丈夫在柔和的月光下浪漫共舞一段后，丈夫问“Do you want to make a baby?”，在小说最后一段妻子给出了答案，And I smile and answer，“Yes.”。整个故事就在这一问一答几秒钟之间完成，用的一般现在时；第二条时间线索是外星人的到来和离开，以及主人公学习外星人七肢桶语言的过程，这是故事展开的主要线索，用过去时；第三条线索是次要线索，露易丝女儿汉娜的到来和离去，以及露易丝和丈夫的婚姻结束后各自又找到新的伴侣，叙事用的是将来时。这三条线索并非平行展开，而是相互交叉，把文本分割成46个单元(unit)，这些单元由不同的节点(joint point)连接起来，构成一个复杂的时空网络。作者用这种复杂的叙事形式讲述线性思维的人类与具有非线性思维的外星人之间发生的故事，体现了小说内容和形式的统一。

小说叙事常常使用语言符号实现单元节点之间的跳跃。比如，在第一单元露易丝接到韦伯上校的电话(a phone call)，请求她去学习外星人语言，让她联想到在未来时空她接到的另一个重要的电话——登山救援队打来的电话，告诉她女儿的离去。这里“a phone call”就是连接第二单元和第三单元的节点(joint point)。再比如，在第五单元，讲述语言学习时容易产生误解的趣事，露易丝提到库克船长误解了“kanguru”的意思，这让她联想到未来女儿很小的时候把“be maid of honor”误解为“be made of honor”。这样，第五单元和第六单元就自然地连接起来了。

2. 电影《降临》的叙事方式

电影《降临》对小说的叙事方式做了颠覆性的改变：由非线性叙事结构改编为适合好莱坞科幻大片展开的线性叙事方式。影片以故事的结果作为起点——女儿的出生，与女儿一起度过的短暂而美好的时光，以及面对太平间里女儿冰冷的遗体时的痛苦绝望。在此人生悲惨的时刻，主人公露易丝回望自己一生，回到故事的起点——外星人降临地球，作为语言学家，露易丝受军方邀请，参与同外星人的沟通实验，并开始学习外星人语言。然后，故事以线性叙事方式以时间为序铺展开来。如此改编，导演可能主要出于以下考量：一方面，小说与电影叙事结构不同。小说叙事结构错综复杂，三条线索或平行或交叉，形成46个由节点连接起来的独立单元；而电影如果采用同样的叙事方式，就会变成近46个片段，势必显得支离破碎，难以理解。电影无法使用小说那么丰富的隐性或显性的节点来引导观众的思维在时空中任意跳转，于是采用直接切入，以线性叙事结构铺开电影叙事。另一方面，虽然电影简化了叙事结构，却增强了叙事的故事性和情节性，观众可以跟随唯一的叙事线索去感受故事的开端、发展、高潮和结束整个过程，增强观众视觉的体验。

当然，电影《降临》并没有因为叙事方式的颠覆性改变而变得平铺直叙，一目了然，而是用倒叙、插叙、独白等意识流手段增加电影的"难度"和艺术性，获得与文本一致的艺术效果。在电影的开始，主人公从故事的结尾通过独白"我有点不相信起点和终点了"(And now I'm not so sure I believe in beginnings and endings)跳转到故事的开始。独白是意识流电影最常见的跳转方式，它不仅跨越时间与空间界限，让故事顺畅地延展下去，同时还打开观众的遐想空间，获得时空的穿越感，增强了电影的艺术感染力。再比如，当露易丝学会了外星人的语言以后，经常一个动作或一个词语都会让她联想到未来要发生的事情。当伊恩搀扶她上车时，故事很快跳转到未来某个时候她牵着女儿的手，告诉她父母离婚的事。

这种线性叙事糅合意识流的叙事方式，贯穿电影的始终。故事在过去和未来之间经常跳转，显得扑朔迷离，充满神秘感。此类叙事比比皆是：比如在影片4分10秒，用一句独白"Like the day they arrived"把故事从未来拉回到过去，即故事的开始；在影片52分40秒，露易丝在学习外星人语言过程中，思维渐渐发生一些变化，屏幕上出现碎片化的有关女儿的画面；在影片59分40秒，露易丝为"七肢桶语"所困扰，自言自语，"What's this word?"，画面随即跳转到未来露易丝教女儿一个词"planet""... the earth is a planet"；在影片74分钟，露易丝与外星人直接接触，触摸外星人的"手"，镜头马上切换到未来她抚摸女儿的小手。另外，在讲述主线故事的同时，镜头语言反复使用意识流的方式，插入未来女儿短暂一生中的片段。这些片段是随机的、碎片化的，是对影片最开始的女儿故事的补述。

叙事主题的置换

电影《降临》对小说《你一生的故事》的内容和主题做了重大改编。不仅改变了原作的叙事重点，还对故事情节做了大幅度的删减和增加，俨然是一个新的故事。

小说主要讲述外星人造访，由于语言的差异，与人类之间形成了交流障碍，年轻的语言学家露易丝受命学习外星人语言——七肢桶语(Heptapod)。在学习外星人语言的过程中，露易丝逐渐获得了预知未来的能力。她预知到未来她将与伊恩结婚，并有一个女儿，女儿在25岁时因登山事故而死亡。这引起了主人公对人生的思考：假如人生是预设好的，还值得去经历吗?

而电影《降临》沿用了好莱坞科幻片一贯的套路，用线性叙事的方法讲述一个宏大的主题。电影里，外星人与地球人的矛盾贯穿始终。从开始的交流障碍，到彼此防备，再到冲突一触即发，最后矛盾的化解，彼此表现出善意。沟通和合作是有关外星人的电影永恒的主题，而淡化了小说对人生意义的探究。

为了表现新的主题，电影改变了小说的叙事重点。小说的重点在主人公露易丝学习语言的过程和学会七肢桶语以后思维方式的变化，能够预知未来后对生活意义的哲学思考。外星人的出现，以及学习七肢桶语而获得预知未来的能力为这种哲学思考提供了条件和契机。电影里叙事重点在于外星人与地球人之间矛盾的发展，而主人公语言的学习自始至终围绕着解决这一矛盾冲突，主人公因学习七肢桶语言而获得的预知未来的能力更像是“副产品”。因而电影里没有给主人公足够的时间去思考人生意义，而把这个问题留给观众观影后再去思考。这一点从露易丝的女儿在电影中出现的频率可以得到印证。前文提及过，小说《你一生的故事》可以切分成46个相对独立的单元，其中有16个单元是关于女儿各个时期的片段，拼接起来就是女儿短暂的一生；而电影中女儿出现的镜头只有8次，并且时长很短，女儿一生的故事对观众来说是模糊的。换句话说，女儿在电影中的重要性大大降低。取而代之，导演引入了一些中国元素以及一个对矛盾的解决起重要作用的中国角色尚将军，让中国、俄罗斯等国家卷入危机中来，增加了问题的复杂性，使电影更具故事性和观赏性，这也是好莱坞有关外星人的科幻大片套路之一。

科学原理与哲学思想的弱化

科幻小说诞生于19世纪后半叶西方浪漫主义文学时期，它沿袭了奇幻小说中的幻想传统，又糅合了西方近现代科学元素，而成为一种独特的文学形式。与奇幻小说和奇幻电影不同的是，科幻小说和科幻电影以已知的科学知识为基础，进行合理的推理和想象，因而故事的展开强调科学性和“逻辑的自洽性”。好莱坞科幻片中很多内容今天已经变成了现实，这也是科幻片(小说)让人着迷的地方。同时，科幻小说家“虚构”的幻想世界也绝对不是对现实世界的逃避，而是试图引起人们对人类的未来和命运严肃的思考，是一种“思想文学”。

小说《你一生的故事》的创作，是基于两个科学原理。一个是由美国语言学家萨丕尔及其弟子沃尔夫提出的有关语言与思维关系的假说——“萨丕尔-沃尔夫假说”(Sapir-Whorf Hypothesis)。“萨丕尔-沃尔夫假说”认为语言结构决定某个文化群体成员的行为和思维习惯。小说主人公露易丝因为学会了外星人语言——一种非线性语言，从而思维发生改变，并具有了预知未来的能力。基于“萨丕尔-沃尔夫假说”，这种改变具有了合理性。尽管很多语言学家对这一假说持不同观点，也有很多语言学家笃信这一语言学假说，并一直在试图证明它。作者为了写这部小说，专门花了两年时间学习语言学。由此可见，特德·姜为写这篇科幻小说做了充分的理论储备。电影《降临》由于受制于独特的艺术表现形式，难以用故事或情节来呈现这个抽象的语言学假说，只好用了近三分钟的旁白加以阐释。

小说的第二个科学原理是物理学里的费尔马原理(Fermat's Principle)，这也是促使作者写这部科幻小说的原动力。作者在学生时代读到过费尔马原理，并对这个物理学的原理描述的现象着迷。费尔马原理最早由法国科学家皮埃尔·德·费尔马在1662年提出：光传播的路径是光程取极值的路径。这个极值可能是极大值、极小值，甚至是函数的拐点。最初提出时，又名“最短时间原理”：光线传播的路径是需时最少的路径。作者花了大量的笔墨来阐述这个难以理解的科学原理，并由此引出因果论和目的论两种不同思维方式的探究，为后面的故事发展做出铺垫。外星人的语言七肢桶语包括A和B两套语言，A语言是口头语言，B语言是视觉语言。B语言利用了类似于费尔马原理的科学原理，能够预知(看见)“未来”，因为在非线性时空里，没有过去，没有未来，过去和未来同时存在于一个平面，一目了然。费尔马原理使得在非线性时空里预知“未来”能够“逻辑自洽”。而电影作为视觉艺术很难表现这样抽象而复杂科学原理，即便用旁白的形式来解释，也很难让观众理解，因而电影对此只是一带而过。

故事引人深思，让人对生命和生命的意义产生思考：我们的一生是预设好的吗？如果是，那还值得经历吗？其实预定论和自由意志论是哲学永恒的话题。故事的主人公露易丝用自己的行动给出了答案：从一开始我就知道结局，我选定了自己要走的路，也就是未来的必经之路。我循路而前，满怀喜悦，也许是满怀痛苦。我的未来，它究竟是最小化，还是最大化？(“From the beginning I knew my destination, and I chose my route accordingly. But am I working toward an extreme of joy, or of pain? Will I achieve a minimum, or a maximum?”）。

从《你一生的故事》到《降临》，影片名的改变体现了导演的匠心独运。原著小说名《你一生的故事》（*Story of Your Life*）与文本很契合，很文艺，读者会在一种宁静而略带神秘的氛围中一步一步走进故事。但作为好莱坞大片的影片名，缺乏冲击力和吸引力。而影片名《降临》（*Arrival*）配上巨大的外星人飞行器造型，给人气势磅礴之感，有大片气势。同时“降临”（arrival）的含义也令人遐想。整篇小说中作者一共两次使用“arrival”。第一次是指外星人的到来：As we worked，I frequently glanced at the looking glass，anticipating the aliens’ arrival. 第二次指女儿的出生：Your dad and I will sell the first（house）a couple years after your arrival. I’ll sell the second shortly after your departure. 这便是导演想告诉观众的影片名的含义。

电影《降临》对原著的叙事方式、叙事主题进行了置换，也淡化了小说里科学元素和哲学思考的作用，但电影利用自己独特的艺术形式保留了原著的特质，与小说相得益彰。《你一生的故事》和《降临》就像两个形态迥异的酒瓶，里面装的酒却是一样的甘洌醇美，韵味悠长。

史霁

◎ 参考文献

1. 马秀东. 阿西莫夫科幻小说叙事研究［D］. 山东师范大学，2001.
2. 潘倩. 科幻电影《降临》改编策略解析［J］. 电影文学，2018（12）：99-101.
3. 万传法. 从文学到电影：关于改编、理论、模式及方法等的思考［J］. 上海师范大学学报（哲学社会科学版），2020（1）.
4. 王语嫣. “A Nonlinear View of Linear Thinking World：A Narratological Interpretation of *Story of Your Life* from the Perspective of Chaos Theory”［D］. 南昌大学，2018.
5. 张爽. 融媒体背景下经典文学作品改编电影思考［J］. 电影评介，2018（16）：93-95.
6. 周津. 时间游戏与环形叙事——电影《降临》叙事时间和叙事结构分析［J］. 美与时代（下），2018（3）：112-114.

欧洲文化语境：从文字到光影的延续
——以《哈利·波特与魔法石》为例

英国女作家 J. K. 罗琳于 1997 至 2007 年创作的魔幻文学系列小说《哈利·波特》被誉为世界上最畅销小说之一。该系列小说被翻译成 80 多种语言发行，全球销量超过 5 亿册。《哈利·波特》系列也被改编成电影，由美国华纳公司投拍。从 1997 年第一部小说的出版到 2011 年最后一部电影的上映，《哈利·波特》系列均受到世界各国书迷和影迷的追捧和热爱。不仅如此，游戏、玩具等衍生产品也创造商业奇迹。毫不夸张地说，罗琳以她的哈利·波特系列在世界上掀起了全方位的魔幻热潮。疯狂的流行促使人们思考和分析：《哈利·波特》系列何以如此深入人心？从小说到电影改编，《哈利·波特》系列经历了何种嬗变？

小说《哈利·波特》系列以欧洲文化为语境，运用细腻的笔触和丰富的想象描绘了一群少年魔法师战胜邪魔、完成使命的成长与冒险故事。据此改编的电影充满了天马行空的想象、冒险刺激的场景以及高科技的特效。这一切都是影片吸睛无数的重要因素。但在这表面的魔幻和冒险背后还有更为深刻的文化体验。在光怪陆离的魔幻世界里，观众不仅获得了冒险猎奇的视觉冲击，而且深度经历了一场欧洲传统文化的旅行。

《魔法石》的故事情节：从文字到光影的嬗变

电影来源于文学，文学造就了电影。文学作品是影视作品创造的基础，其深刻的内涵和丰富的表现形式为电影艺术的表达提供了参照。电影将抽象的文字以具象的画面和声音为载体进行重新表达，以直观的镜头将文字转换成银幕形象，使文学作品更加通俗易懂。文学作品与据其改编的电影相互成就：电影使文学获得新生，而文学的深刻内涵则有助于提升电影的审美品位和文化积淀。

1. 文学重情感，电影重魔幻

电影对于文学作品的翻拍首先体现在对于小说情节的增删和修改上。虽然影片《魔法石》是忠实于原著的电影艺术再创造，但两者的表达形式截然不同。两个半小时的电影无法再现23万字的小说情节与细节，因此大量删减不可避免。视听语言是电影的基本语言，而该影片又以“魔法”为卖点，导演和制片人尊重作者罗琳在其作品中所体现的魔幻冒险和多种文化主题，选取了最有代表性的情节着重展现，以确保视觉艺术带给观众视听愉悦。换而言之，为电影提供奇妙视觉享受的打斗戏或魔法场面成为视觉表达的首选。而非魔幻的情感纠葛自然就遭到了大幅削减。

女性作家罗琳善于营造魔法故事，用故事去征服读者丰富细腻的情感世界。生动幽默的语言、细腻传神的细节描写，使整部小说读起来通畅自然，极具生活情趣；亲情、友情和爱情等读者最为熟悉的情感融入看似虚幻的魔法世界，简单的生活场景引发读者对人生的思考；不断成长的主人公哈利引导读者在欣赏小说的同时身临其境，与其产生共鸣。但是，小说中娓娓道来的细节和情感却无法在电影中完全体现。比如，《魔法石》第一章用了较大篇幅来介绍德思礼一家，电影则限于篇幅不得不大刀阔斧将其删除，以魔法学校校长邓布利多直接出现在女贞路上施展点灯魔法作为电影的开场，紧接着就是以猫变身为人的麦格教授，可谓开门见山，直奔魔法主题，为展开后续的霍格沃茨魔法情节做好了铺垫。又如，作者罗琳以女性作家特有的细腻和幽微的情怀把小说中的赫敏刻画得有血有肉、强中带弱。赫敏其实带有作者强烈的个体经验和情感投射，以丰满而理想的女性形象在小说中呈现。但在电影中，赫敏更多地表现为聪明、勇敢、讲义气，少了一些细腻的情感，形象相对单薄。

2. 文学拷问社会现实，电影突出冒险和魔法

魔幻现实主义文学起源于拉丁美洲，融现实世界于虚幻世界，虚实交融，以此反映双重现实。罗琳在《哈利·波特》系列所描绘的魔法世界也是基于现实世界，将现实融入虚幻，具有强烈的魔幻现实主义色彩，其主题呈现较为隐晦而深刻。小说《魔法石》具有深刻的故事背景和独特的社会批判视角：比如马尔福与罗恩之间的冲突实际代表的是其父辈们对于巫师血统的“纯血”之争；赫敏的独立女性意识实际也是对于现实中男女不平等现象的一种拷问；种族歧视、男女平等问题在当今社会仍旧是敏感的话题。小说对这些社会问题进行了犀利的拷问。电影重点突出魔法、探险、校园生活以及孩子们之间的友谊，对现实的批判则处于次要地位。这也正好清楚地表明了影片的大众定位，孩子和成人均可从影片

中寻求各自的意义。孩子们看到的是魔法和冒险，友谊和勇气，而成人则通过热闹的冒险情节领会言外之意，体会其亲情、友情和爱情之外的社会现实意义。

当然，电影必须通过大量震撼的、极具冲击力的视听元素来吸引观众眼球。选择更多魔幻情节、舍弃部分情感纠葛以及适当弱化社会敏感话题应该是《哈利·波特》系列影片老少皆宜的秘笈之一。

《魔法石》的欧洲文化语境：从文字到光影的延续

《哈利·波特》系列电影改编的成功，一是因为它契合观众心理，有着符合观众期待的传统历险叙事结构和悬念迭起的情节；二是它充分利用高科技创作出精彩绝伦的魔幻世界，满足观众的视觉快感。最重要的是它删掉了部分情节却凸显了魔幻冒险、文化融合与传承，充分展现了欧洲传统文化和现代文化的和谐融合。欧洲传统文化中对英雄的崇拜、圣经原型、巫术文化以及哥特风格等在作品中或明显暗示或隐约可见；而巨大的环形体育场、疯狂的球迷等现代开始流行的足球赛事元素也通过空中魁地奇比赛完美融入。传统文化与现代文化相碰撞，形成了一种奇特而诡异的氛围，产生引人入胜的效果。以下一一剖析作品中表达出的欧洲传统文化，以飨读者。

1. 英雄母题

自古以来，英雄一直受到人类的崇拜和敬仰。人类社会对英雄的膜拜源于对上帝或神的崇拜。这种崇拜始终存在并体现在欧美民族心理和社会观念等方面。从希腊史诗开始，英雄形象一直都是西方文学作品中的宠儿。在以基督教为信仰的西方社会，对英雄的崇拜实际上是对上帝膜拜的现实表现。因此，只要是英雄就无可避免地被神化，被当作上帝派来的使者，为人类带来福祉。被神化的英雄凸显不少西方作者对社会理想的向往和期待，也与西方大众心理完美契合。

常见的英雄原型至少具有四个鲜明特征：第一，具有高贵的血统或非同凡响的出生；第二，为追求理想或完成使命勇往直前，不怕挫折和牺牲；第三，经历受难或考验，忍受常人无法承受的痛苦或经历多次冒险；第四，死亡是英雄的必经之路，无论是真死还是象征性死亡，不管是死而复生抑或九死一生。

《魔法石》中主人公哈利·波特从一出生就注定了他非同寻常的英雄形象。哈利母亲因爱而牺牲自己，赋予儿子挫败伏地魔的魔法力量。哈利额头上闪电形状的伤疤就是力量的象征。伏地魔不但没能杀死哈利，还因此丧失了自己的形体和魔法。哈利的受难自伏地魔杀害他的父母开始，从小在姨妈德思礼家长大，居住在楼梯下阴暗狭窄、爬满蜘蛛的碗橱里，受尽表哥的欺凌，寄人篱下如同仆人般艰难生活了 11 年。父母被谋杀、自己额头上的闪电伤疤以及魔法学校的所有人听到他大名后所表现出的仰慕，这一切注定了哈利的非同寻常，更赋予了他非凡的使命。他进入霍格沃茨学校学习魔法，期间经历了无数曲折、冒险与考验：与魔药课老师斯内普的冲突、与马尔福的午夜决斗、魁地奇比赛、森林奇遇、穿越三头犬守护的活板门、智斗狡猾的双面人等等，最终以勇气、友谊、爱心和智慧战胜了以伏地魔为代表的邪恶势力。哈利・波特不仅人品出众，而且能力超群。他能够快速掌控飞天扫帚，成为百年来魁地奇比赛最年轻的找球手，拥有与蛇交流的能力。这一切赋予哈利一个英雄形象的特质，能够担当起对抗伏地魔、为父母报仇，甚至拯救整个世界的重任。

在《哈利・波特》魔法世界中，哈利是大难不死的"救世主"，将正义与邪恶之间的斗争作为冒险生活的主旋律，最后在生死决战中以自我牺牲精神打败了伏地魔，一个伟大的英雄人物形象清晰地呈现在观众面前。其英雄形象不仅震撼了观众的心灵，而且使观众心底久藏的英雄情结得以释放。

2. 基督教文化

20 世纪末开始风靡一时的魔幻电影与宗教文化的关系甚为密切，而欧美的魔幻电影则鲜明地体现着他们崇拜的基督教文化。

《哈利・波特》系列作者罗琳出生在基督教家庭，从小就受到《圣经》的熏陶。善恶对决、生死考验、宽容与救赎等原型情节在她的系列小说中处处显现。《圣经》中生命之树的果实可以让生命永恒，而《魔法石》中的魔法石也能使人获得永生；《圣经》中的耶稣诞生、成长洗礼、被犹大出卖、受尽酷刑但最终死而复活，而《哈利・波特》系列小说中的主人公哈利也经历了大难不死、寄人篱下、彷徨挣扎、冒险决斗等各种考验，最后选择自我牺牲救赎他人，并获得重生。魔幻电影中的救世英雄实际上是耶稣基督在现代社会的影射。

基督教文化符号也显而易见。《魔法石》中的魔法学院命名就富有寓意。格兰芬多中的格兰芬在古希腊神话中指一种半狮半鹰的生物，后被基督教用来象征耶稣；斯莱特林(slithering)意为"蛇的滑行"，而蛇又是基督教恶魔撒旦的化身。基督教文化中耶稣和撒旦的二元对立在小说和电影中多处呈现，比如哈利・波特与伏地魔的二元对立；又如格兰芬多和斯莱特林两个学院之间的冲突，在魔法界盛大的体育赛事魁地奇比赛中表现尤为激烈。

蛇的意象贯穿于整部小说和电影。实体蛇的意象首次出现是关在麻瓜世界动物园爬虫馆里的巨蟒。哈利惊讶地发现他能与蛇进行交流，最后因为同情放走了巨蟒，为故事情节的发展埋下伏笔。在哈利的额头上有一个闪电形状的疤痕，与蛇的形态极为相似，可视作隐喻蛇意象的变形体。该伤疤是伏地魔利用致命咒语袭击他时留下的，伤疤竟然成为连接哈利与伏地魔的重要纽带。伤疤每一次疼痛都与伏地魔有关。它犹如传感器一样，使哈利能够感受到伏地魔思想及情绪的变化。而伏地魔附身于奇洛教授后脑勺的蛇脸——“白如粉笔，红通通的眼睛放出光来，下面是两道细长的鼻孔，看上去像一条蛇”，作为重要的隐喻蛇的意象，也多次出现。蕴含象征意义的文化符号反映了基督教徒意欲战胜恶魔撒旦，获得宗教意义的救赎，体现西方社会深层文化心理结构的趋同性。

3. 巫术背景

魔法师、巫师、女巫，自古以来就吸引着人类，他们受到过狂热的崇拜，也遭受过残酷的迫害。在古希腊时期，巫师享有社会声望，因为他们懂得一些祛病除痛的医药知识，还具备一些“超自然”的能力。在中世纪晚期至近代早期，基督教对巫术的看法发生了变化，逐渐将巫术与魔鬼联系起来，认为灾难和痛苦是巫师和魔鬼结盟制造出来的。16 世纪至 17 世纪，欧洲历史上出现了猎巫运动。18 世纪末 19 世纪初，巫术文化以艺术的形式得到一定程度的复兴。

《哈利・波特》诞生于苏格兰的爱丁堡，一座颇具魔幻基础的城市：高耸的哥特尖顶、焦黑的石墙、古老的城堡和教堂，活生生的一幅中世纪戏剧的宏伟布景。当时罗琳刚结束一段失败婚姻，带着幼女回到爱丁堡没有暖气的房间，靠救济金生活。她每天推着女儿去咖啡馆写作，面对神秘的街道创作她那极具想象的魔幻空间。在这里诞生她的魔法世界理所当然，巫术成为整个故事的背景也是意料之中。影片的主要取景场地也选择在爱丁堡附近的阿尼克古堡。

小说《魔法石》里有大量的神奇描写，各种物品也是匪夷所思，具有深厚的欧洲文化背景。它们也若隐若现地闪现于影片之中。比如影片中提到的“魔法石”就是欧洲古代炼金术士长期研制的宝物。它能把任何金属变成纯金，还能制造出长生不老药；再如能照出人心渴望的“厄里斯魔镜”，曾在《白雪公主》《一千零一夜》及《爱丽丝梦游仙境》等文学作品中都曾出现过。哈利・波特就读的霍格沃茨魔法学校，在欧洲历史上曾真有其事。隐身斗篷、魔杖、飞天扫帚 、巨怪、三头犬、变幻的楼梯、会活动的画像、动人心魄的魁地奇比赛，以及森林里深奥莫测的人马怪等，无不体现出影片是在欧洲巫术文化背景下展开想象、进行艺术再创造的结果。

魔幻电影中丰富的神话元素及巫术背景可以激发某些特定民族或者特定地区人们共同的怀旧情结，在另一个时空中构架全新却又为人们熟知或寄予理想的世界。各种超自然的巫术力量作为真实存在，潜藏于人类深层的潜意识中。依赖于电脑数字动画技术的魔幻电影以构筑“第二世界”的方式将各种不可思议的超自然力量与画面真实呈现，唤醒了观众潜意识里的某些情结，从而情不自禁地投身于这个现实世界以外的魔幻时空。

《哈利·波特》的故事是在“麻瓜”世界和巫术世界的对立中交替展开的。它依赖欧洲深厚的巫术文化，以一种神奇浪漫的方式对现实世界展开了深刻的批判。20世纪的西方文化对理性进步的膜拜进行了严肃的质疑和批判。因过度理性而带来的科技进步与人性的残忍形成鲜明的对照。此时，曾经被理性边缘化的巫术文化因重视精神追求而重新获得了认同。罗琳从浪漫主义运动中得到启示，在《哈利·波特》中将童年的天真和魔法的神奇密切结合，以艺术的形式批评了过度理性化的现实“麻瓜”世界。对浸透于这部作品的曾经被基督教戕害、被科学理性边缘化而今天又重新进入人们视野的欧洲巫术文化这一演变过程的把握和其内在意义的解读，有助于我们更好地理解《哈利·波特》系列深刻的批判性内涵与丰富的象征意义。

4. 哥特元素

“哥特”(Goth)原是北欧条顿民族中一个部落的名称。因其尚武而愚昧，该词被视为“野蛮、暴力、残忍、恐怖”等意象的代表。

哥特文化发源于中世纪。最初表现在建筑领域。哥特式建筑(主要是教堂和古堡)于12世纪兴起于法国，后逐步流行于西欧各地。哥特式大教堂线条直升、建筑高耸、富有空间感，加之镶嵌彩色玻璃的长窗，教堂呈现出神秘的“非人间”的氛围。由于结构上造成的阴森感和气氛上的神秘感，哥特式教堂常常出现在各种鬼怪故事和侦探小说的背景中。哥特文化在文学领域的流行则源于18世纪末欧洲文艺复兴时期的浪漫主义运动思潮。哥特小说多以“死亡、宗教、谋杀、幽灵”等为主题，以幽暗古堡、寂静森林、废墟等为背景，以女巫、吸血鬼、狼人、鬼怪等形象来表现暴力和堕落，带给读者反传统的新式审美体验。

《魔法石》虽然算不上是典型的哥特小说，但作者巧妙利用了哥特元素，在背景设置和情节发展上都体现了哥特小说的基本审美特征：古堡背景阴森恐怖、神秘莫测，情节跌宕起伏、悬念重重。这些元素都给读者带来紧张刺激的阅读快感。而小说的主题又是正义与邪恶的冲突、友情亲情的歌颂，这有利于引导读者探索积极的道德观和价值观。

基于原著的描述，影片《魔法石》也充分发挥了哥特元素对魔幻电影的巨大推动作用。电影选用了巨大的哥特式古堡作为魔法学校所在地。哈利和同学们在经过了国王十字车站9¾站台，开启漫长旅程，抵达处于崇山峻岭和黑水之间的霍格沃茨魔法学校。耸入云霄的外观，巨大而古老的木门、周围幽深的森林，使得哥特式古堡笼罩在一片神秘之中。古堡内部也充满玄机，会变换的天花板、弯弯曲曲随时会消失的楼梯、阴暗潮湿的长廊和密道、鬼魂怪物出没的地下室等都让人不寒而栗同时又满怀好奇。

哥特式神秘恐怖的场景设置成为情节发展的铺垫。血腥屠杀、深仇大恨以及由此引起的密谋、复仇和战斗，贯穿《哈利·波特》系列作品的始终，在电影中这些情节跌宕起伏、矛盾环环相扣，悬念丛生。在《魔法石》中，哈利及其同伴一直以为冷漠的魔药课老师斯内普与他们为敌，在魁地奇比赛中施咒想阻止哈利成功找球，而且霍格沃茨出现了暗中潜伏协助伏地魔的奸细，各种悬念迭起、疑云重重。直到最后，他们才发现表面唯唯诺诺的奇洛教授原来是伏地魔的附身，是窃取魔法石和杀死独角兽的凶手；而屡遭怀疑的斯内普却一直暗中保护并帮助哈利。这种哥特式情节设计和发展在电影和小说中都是精心打造，营造出一种未知和危险无处不在、神秘与诡异时时相伴的恐怖气氛。高科技的魔幻电影将夸张的哥特元素惟妙惟肖地呈现出来，给观众更加直接的刺激和快感，同时打动不曾触及的心灵领地。

黑色性质的哥特式电影是我们认识世界、洞悉人性的一面特殊的镜子。它以一种非常规却饱含人性关怀的视角去透视世界，引导人们从最荒谬的事物触摸到战栗的温情，从最绝望的情境中感悟到人性的涤荡，从而感受心灵的冲刷与抚慰。

结　语

文学用语言构成文字形象，电影则是用镜头构成银幕形象；文学侧重理解分析，而电影侧重直感体验。魔幻电影的成功得益于数字技术的发展。数字技术把小说中的超自然现象以夸张的手法完美地表现出来，创造现实生活中不存在、而主体深层心理又迫切需要的魔幻世界。

《魔法石》小说与电影改编达到完美的契合。一方面，影片充分利用数字技术突出魔幻冒险情节，淡化情感与现实问题，给观众带来前所未有的刺激体验。与此同时，影片延续原著中深厚的欧洲文化——英雄原型，基督文化，巫术背景以及哥特古风等，观众在体验平素难以企及的魔幻世界的同时，又能深深地感受到欧洲传统文化的魅力。虽然处于与现实世界相疏离的虚拟时空，其中抒发的情感却毫无疑问带有现实世界的通情，其伦理道德也遵循现代社会的普世价值。虽是奇幻的背景，却同样能表现出人性的真实，入情入理、打动人心。观众就是这样从玄虚的世界中得到真实的体验，与主人公产生共鸣，从而毫无保留地接受那个光怪陆离的虚幻世界，不知不觉地成了影片的忠实粉丝。

邓长慧

◎ 参考文献

1. 白莲. 当代西方魔幻电影与欧洲文化语境[J]. 艺术百家，2007(5)：55-57,160.
2. 陈睿. "哈利·波特"魔法世界成功的奥秘——《哈利·波特》系列电影的成功原因分析[J]. 电影文学，2008(9)：44-45.
3. 邓彦. 欧美电影中的哥特传统[J]. 电影评介，2009(10)：7-9.
4. 董璐.《哈利·波特》：从文学到电影[J]. 电影文学，2017(21)：94-95.
5. 黄娟.《哈利·波特》系列中的西方文化元素[J]. 电影文学，2018(1)：146-148.
6. 刘红新. 英雄母题——西方魔幻电影主题之一[J]. 电影文学，2008(7)：21-22.
7. 刘章才，贾国静. 视域之外的另一个世界——试论《哈利·波特》的欧洲巫术文化背景[J]. 广西社会科学，2006(2)：113-115.
8. 齐瑾，李素荣. 当代西方魔幻电影与基督教文化[J]. 内蒙古民族大学学报，2011(6)：11-12.
9. 孙灵侠. 论《哈利·波特》的哥特手法[J]. 淮南师范学院学报，2008(5)：67-69.
10. 吴佳佳. 现代技术社会的想象异世界：魔幻电影[J]. 南方论刊，2006(12)：96-97.
11. 杨双.《哈利·波特》电影文学改编策略[J]. 电影文学，2016(15)：121-123.
12. 张雨欣，刘继华.《哈利·波特》与魔幻现实主义文学[J]. 大众文艺，2020(3)：17-18.

继承与衍变：价值观理念视角下《杀死一只知更鸟》的文学影像重构

《杀死一只知更鸟》是美国作家哈珀·李的代表作品，1961 年获普利策奖。该小说被美国《时代周刊》杂志评为中学生必读的十大经典书目之一，被翻译成四十多种文字。小说于 1962 年改编为同名电影，主人公阿蒂克斯在好莱坞明星派克的精彩演绎下成为大银幕里经典的英雄形象，成为无数读者和观众心中的偶像。影片遵循忠于原著的原则，采用倒叙的方式，以儿童的视角展开，很好地展现了英美文学艺术的魅力，体现出文学对电影的影响力以及电影对文学的重塑和升华。

原著小说以及改编电影之所以双双获得巨大成功，并散发经久不衰的魅力，很大一部分原因是小说揭示的普世价值：一是我们对他者的认识和接受是一个艰难的过程；二是法律与公平会因为人与人之间的权利和等级关系变得复杂纠结。哈珀·李在小说中论述的正义与平等、孤独与勇气等主题，在读者和观众之中产生强烈共情，这正是小说的生命力所在。

正义与平等的教养：小说的精神依归和价值支柱

古老的梅科姆镇地处美国南部亚拉巴马州(又译阿拉巴马州)偏僻一隅，由于战争的惨败以及由此而引发的庄园经济的解体、种族矛盾的激化等，元气大伤的南方成了一个心理发育畸形的孩子，在回忆与封闭中顾影自怜。小镇在大萧条时期更显落后、闭塞、衰败。镇上的人们无所事事，因为“没见有东西卖，而且也没有钱买”。死气沉沉的小镇，到处弥漫着贫穷、愚昧、冷漠、种族歧视、等级偏见、宗教压制、畸形教育……而故事里的小主人公斯科特就要幸运很多，她和哥哥杰姆在律师父亲阿蒂克斯春风化雨般的耐心引导下，培养了受益终生的正确价值观和良性道德观。

1. 尊重他人、关心他人的社会关怀意识

作者哈珀·李首先设置了一些典型的哥特场景，营造了神秘、阴森、恐怖的氛围。比如颇具哥特色彩的建筑——拉德利家的房子，里面锁着怪人拉德利。拉德利很少露面，几乎足不出户。在童年时期的杰姆和斯科特以及他们的小伙伴迪尔眼里，拉德利就是恐怖的代名词。他们听说：拉德利是个恶毒的幽灵，吹口气就能让杜鹃花在寒流中冻僵，任何发生在小镇上的罪行，不管大小，都是他的功劳。他生吃松鼠，手上满是血迹，牙齿烂黄……孩子们既恐惧又好奇，时不时想去拉德利家突袭和探险。父亲阿蒂克斯禁止他们去打扰拉德利一家，他说："直到你们能从他人的角度去考虑事情，直到你们设身处地地去考虑问题，你们才能真正理解一个人。"这是他的格言，也是后来孩子们的人生箴言。

兄妹俩后来了解到，拉德利其实是残暴父亲的牺牲品，孩提时的拉德利聪明活泼，只因淘气犯了点错误，就被专横跋扈的父亲禁闭在家中，以终日不许出门作为惩罚。可以想象，这样一个封闭的家庭，一扇常年落下的百叶窗，拉德利在一个角落里，从百叶窗的缝隙中，观察着外面原本也同样属于他的世界。本来完整的图形，在他的眼中，却是斑斑点点。这种压抑的生活，直接导致其思想上的不健全。终于有一天，他用剪刀扎向父亲的大腿……从而导致后面关于他的各种恐怖谣言。

随着时间的推移，孩子们逐渐意识到，拉德利其实是一个善良的人：杰姆被刮破的裤子是他补的；树洞里的糖也是他留给孩子们的；当镇上发生火灾时，斯科特身上的毯子也是他披上去的；而当斯科特和杰姆遭到尤厄尔报复袭击时，也是拉德利及时出现救了他们的性命。到故事最后，拉德利在斯科特心里成为一个真正的人。拉德利外表虽然丑陋但内心美丽。而孩子们也学会了第一课：要善解人意，尊重和理解他人并和所有的人都和谐相处。此时斯科特对爸爸说，"杀死拉德利就等于杀死一只知更鸟"。从这句话我们看到了小主人公的成熟，她学会了分辨什么是善，什么是恶。她知道拉德利是个好人，善良无辜的人。她在爸爸的道德观和教育方法指导下，感到了善意，懂得人性本善的道理。

2. 坚持勇敢、善良、正义的成长征途

第二堂课是阿蒂克斯通过杜博斯太太教授的。杜博斯太太一方面是个脾气暴躁的种族主义者，因阿蒂克斯为黑人汤姆辩护而诋毁他。另一方面她勇敢地与鸦片作斗争，她为干干净净地离开这个世界决定停用可缓解疼痛的吗啡，而且她忍住剧痛坚持到了最后一刻。阿蒂克斯尊重她，并称赞她有"真正的勇气"。阿蒂克斯让孩子们为杜博斯太太多读一星期的书，让他们记住她生命最后的表现。然后告诉他们，"勇敢是：当你还未开始就已知道

自己会输，可你依然要去做，而且无论如何都要把它坚持到底”。因此第二节课就叫：勇敢。

曾被称为“神枪手”的阿蒂克斯，为保护人们的安全不得已才勉强地端起步枪射杀疯狗。因为他想要儿女们懂得，以猎枪为代表的武器和武力并不是真正的勇敢。而他本人，并没有带任何武器守护在关押汤姆的监狱门口，只身面对闹事民众，甚至在与尤厄尔的斗争中也拒绝持枪防护。尽管遭到多次威胁，他依然无动于衷，坚持为汤姆辩护，以身作则地为孩子们证明真正的勇敢是对正义的一如既往的坚守与对善良的始终不渝的坚持。

当斯科特问莫迪小姐为什么阿蒂克斯不再用枪时，她答道，“如果说你们父亲有什么特殊的地方，那就是他的心灵是文明进化了的。枪法好是上帝给的礼物，是一种才能……他也许意识到上帝给了他一个对其他动物不公平的优势，于是就把枪放下了”。阿蒂克斯作为正义勇敢的化身，其形象更加鲜明突出，他为孩子们的成长树立了榜样，使他们在成长的道路上，知善恶、明是非，并且渐渐学会如何成为善良、正直的人。

3. 追求平等、民主、自由的人文精神

人如果要分出等级，那么只会在人格上、道德上，而不是在金钱、肤色、名誉、地位和样貌上。阿蒂克斯从不因为一个人的长相或者肤色来差别对待他人。他对待有钱人和怪异的人是同样的态度。他为汤姆辩护，是为了消除人们对于黑人的偏见，动摇人们深信不疑的标准。他一而再再而三地声明卡波妮的重要地位，是因为他从心底里尊重她，将她视为令人敬重的朋友，而不是符号化、标签化的“黑人”。他不准孩子们打扰拉德利先生，是因为他尊重拉德利的生活习惯，不希望孩子们的幼稚举动伤害到他。“歧视”两个字从来都不在他的解读范围内，他一直要求自己站在他人的角度思考问题，力求最客观地了解他人的面目和意图。

人人生而平等还体现在家长和孩子之间。阿蒂克斯始终认为，孩子并不是低于大人一等的生物，他们有自己的思维，能够根据事实进行理解和阐释。家长应该引导他们积极地对问题做出反馈，帮助他们提高自我思考能力，而不是以一种散漫的、敷衍的、不负责任的态度对待孩子的提问。正是这样的“平等对话”的思想，让阿蒂克斯在教育孩子的过程中，没有与他们产生任何不良的冲突。阿蒂克斯从不强行要求他们去做什么。当斯科特不愿意穿得像个淑女，而是整天套条牛仔裤愉快玩耍时，阿蒂克斯默许了她这种“不合规矩”的行为；当斯科特闹脾气不去上学时，阿蒂克斯并没有摆出父亲的威严，逼迫她继续去学校听课，而是询问她不去学校上课的原因；当得知自己的方法受到老师的批判让女儿心生辍学的想法时，他希望女儿不要与老师产生直接的冲突，而是能够站在对方的角度看待这件事情。同时，他也与女儿达成了一个协议，解开了女儿心理的症结。阿蒂克斯与女儿约

定，如果她继续上学的话，他就继续教她读写，只是这一切都是保密的，他将之称为"一项没有仪式的协议"。这样，既没有破坏老师在女儿心目中的形象，又没有让女儿对上学产生抵触心理。阿蒂克斯始终坚持"平等对话"，他理解孩子的任性、随意、自由奔放，并且从来都不强求他们进行改变。他在教育孩子的过程中积极贯彻"平等对话"的方式，让孩子感受到父亲的关心，并且鼓励孩子进行思考，帮助他们树立良性思维——从他人的角度看待问题。孩子从未受到过刻板的、严厉的说教，而是在父亲温暖平和的交往模式中慢慢树立正确的三观。

《杀死一只知更鸟》是一部具有较高艺术价值和美学特征的文学著作，读者在儿童视角的引导下，在怀念过去时光的氛围中，收获到一份美的体验和享受，产生强大的共情力。斯科特的成长过程是所有青少年成长的一个缩影，它揭示了作者对社会平等、正义以及和谐的深深关注，还有对杰姆、斯科特兄妹为代表的新生代寄予的热切期望。然而，新生代追求社会平等之路却是任重而道远。

非黑非白的灰度决策：电影改编与价值观的"得体"嬗变

霍顿·富特改编的电影剧本基本上沿用了哈珀·李在小说中使用的技巧，特别是她的叙述方式，查尔斯·沃森认为，富特"很忠实哈珀·李小说的文字及其风格，只做了极少几处明显的改动。比如，小说中有一些对老太太们个人怪僻及南方人弱点的讽刺性描写，富特在电影中几乎将它们全部略去……"电影创作中将原著中冗长的部分进行合理缩减，把需要突出强调和聚焦的部分进行适当延伸，从而使原著的主旨表达恰到好处。富特找到黑与白之间的灰色地带，弱化了黑人与白人之间不可调和的矛盾和种族冲突问题，故事情节也设计得更有利于凸显白人精英之高尚，模糊种族歧视之丑恶。通过这样的改编，富特使该影片能为大多数观众带来更多愉悦。

1. 文学语言抽象，电影语言直观

文学具有抽象性，主要靠文字来传达信息，文字所表达的画面，读者只能够依靠自己的想象来感受，而电影语言具有直观性，能够通过镜头特写、时空转换、蒙太奇等表现技巧，更直接地将文学作品中只可意会不可言传的细节展示出来，加深观众对电影情节的理解、激起其情感共鸣。比如，斯科特意外进入拉德利家门口时，两眼惊恐，吓得呆坐在地上不知所措，摇晃着脑袋想要清醒，哥哥杰姆大声喊叫着让她离开那里，见她没反应就跑过去将她抱出拉德利家门口。这一系列动作、神态充分体现出孩子们对拉德利的恐惧，将

其原著小说“斯科特躺在地上，只觉天旋地转，气急攻心，不知身在何方”的心理描写以画面的形式生动再现。再如，当杰姆在黑暗中坐在汽车上等待拜访汤姆先生的父亲归来时，怀恨在心的尤厄尔先生佝偻着身体，醉醺醺地扑向车窗，贼头贼脑地窥视杰姆，并紧贴车窗恶狠狠地吓唬他，杰姆大惊失色，观众也在密闭狭小的空间里感受到了恶棍尤厄尔的威胁和压迫感。这样的情节投射在银幕上，给观众带来深刻的视觉和听觉冲击，艺术表现力极强。

2. 文学重视艺术创作手法，电影强调人物形象塑造

小说故事是由6岁的斯科特叙述的，不可靠叙述是小说的突出特征之一，同时采用象征、铺垫、复调、陌生化艺术手法，一方面成功营造了小说的神秘感，使小说笼罩在哥特气氛中；另一方面，创造了悬念，并产生了出其不意的审美效果。然而艺术手法的使用，扩大了读者与叙述者对事件和人物作出判断的距离，读者不得不通过思考形成自己的判断。而电影通过独特的创作方式，能促进对人物形象的全面把握。观众从演员的表情、神态、举止、内心独白等多种角度进行观察，可以直截了当地全面了解人物形象，在短时间内加深对故事情节和小说主题的理解。例如，在《杀死一只知更鸟》的法庭诉讼过程中，梅亚拉作为第一证人陈述事情经过。在律师询问质疑时，因为心虚，她表情狰狞、神情恍惚，最后甚至以怒吼咆哮虚张声势，企图让白人以绅士的虚荣心相信自己。通过演员的这种漫画式夸张的表现手法，观众能清楚地认识到梅亚拉的说谎陷害行为。

3. 文学注重情节的铺展，电影重视主题的突出

短短两个小时的影片，所展现的画面都经过精心剪辑，小说中几年前发生的事情通过情节处理，被缩改成几天前的事情。例如，在小说的主要案件——汤姆案中，黑人汤姆被指控殴打并强奸了白人女子梅亚拉，阿蒂克斯成为汤姆的辩护律师。在他专业、睿智、逻辑缜密的层层发问后，事实呈现在大家面前：这个叫作梅亚拉的白人女子，在与淳厚善良又强壮的汤姆相处一段时间之后，对他心生好感。出事当天，梅亚拉以请汤姆帮忙为名把他骗到屋内，想强行和他发生性关系，但遭到汤姆的拒绝。这一幕刚好被干完活回家的父亲尤厄尔先生看到，自己女儿竟和一个黑鬼鬼混，是奇耻大辱，怒不可遏的父亲动手打伤女儿，并诬陷汤姆强奸了她。在庭审中，梅亚拉一方面想帮父亲逃避法律制裁，也为了减轻自己被一个低下的黑人所吸引的羞耻感，最终选择诬陷汤姆。阿蒂克斯在法庭上的一系列举动看似与案件毫无关系，例如询问尤厄尔的文化程度并让他在本子上签字，梅亚拉有没有朋友等。但是随后，观众就明白了他这么做的目的：梅亚拉的伤口集中在右脸，也就

是说施暴者惯用左手，而事实证明汤姆的左手早已残废，真正的左撇子是梅亚拉的父亲罗伯特·尤厄尔本人。

我们可以从斯科特的回忆里看到审判台上这些正义的顽强斗争，却看不到审判台下的是是非非。与小说相比，影片将更多的注意力放在了审判这场戏上，由于审判中最精彩动人的场面就是阿蒂克斯在法庭上慷慨陈词，电影的详略叙事不仅侧面颂扬了主人公的英勇正气，也完美地凸显了文学作品的主题——即彰显白人律师阿蒂克斯所代表的"南方人"的正气。影片中当审判结束，白人律师阿蒂克斯无奈输给了偏见严重的陪审团，失意地走出法院大门时，所有黑人都站了起来，默默地向他们心中的偶像致以崇高的敬意。这是影片中镜头第一次对准小镇上的黑人居民，也是观众唯一一次有机会看到黑人对这个事件的反应，而他们看到的便是黑人群体对白人律师表达的无声的敬意。整个镜头对黑人群体的特写更加烘托出阿蒂克斯作为一个英雄、一个黑人的白人保护者的高大形象。通过这种特写，影片试图表明南方白人一直非常照顾他们土地上的黑人的利益，而黑人对他们的这种照顾也一直心存感激。

为了强调大多数"南方人"本质上都很善良这一概念，影片使用像漫画一样的夸张手法来刻画两个负面人物，即诬陷汤姆的梅亚拉·尤厄尔和她的父亲罗伯特·尤厄尔。通过刻意夸张的艺术表现力，将汤姆的备受歧视和最终蒙冤屈死归咎于二人的冥顽不灵，将他们塑造成非正常人类的偏执狂。因为他们看起来根本不像常人，因而观众绝对不会将其当成南方白人的代表，而只会视其为例外。影片借此表明，对汤姆的不公正审判以及他的死亡在很大程度上都是两个偏执狂之偏执行为导致的后果，是生活中的意外。整个电影创作过程运用了很多对比表达方式，通过对比更加突出了主角的正义、梅亚拉及其父亲的丑恶，在邪恶与正义的冲突下突出了整个作品的主旨。

总之，南方人（确切地说是南方白人）之所以欢迎这部电影，是因为该片在他们的眼中与其说是对南方种族歧视的揭露和抗议，倒不如说是对南方白人高贵品质的赞美。在南方的形象被声名狼藉的种族歧视和种族冲突严重破坏之际，这部电影无疑有助于遮掩它那毁损了的面貌，无疑为南方白人做了一个非常及时的辩解。电影编剧霍顿·富特将种族歧视、社会不公等不得体事件，以"得体"的方式包装成了孩子眼中一段美好的成长经历以及父母眼中一个动人的教育范例，从而达到其弱化南方社会种族冲突问题、讴歌南方白人精英的目的。

结语：共识是人心最大的公约数

文学给予了电影创作的灵感，而电影则为文学提供了一个表现的舞台，两者相互促进，相得益彰。电影可以将文学作品的故事情节、人物形象更立体、生动、直观地展示出来。借助电影，可以快速地增强文学作品的影响力，提升观众对于英美文学作品的兴趣。电影将文学作品中的表述进行了缩减，使冗长的故事以短小精悍的手法表现出来，故事情节和主题都得到了突出。然而，电影编剧的灰度决策有意识地弱化了黑人与白人之间不可调和的种族歧视和社会不公问题。

小说《杀死一只知更鸟》以其正义与平等、善良与勇敢等主题深深打动人心，人心是一把柔软的尺子，它能够包容例外，化解矛盾，留下思考和讨论的空间。美国黑人与白人的真正的平等和融合是一个长期而艰难的过程，即使是在21世纪的今天，黑人种族在很多方面依然没有取得与白人一样的地位和权利。作者最后安排黑人汤姆死亡，就是为了唤起读者对青少年成长的注意。要摧毁那座传统观念的圣殿，推动历史轮轴的运转，依靠的动力就是不断壮大的新生力量和生生不息的新思想。更多像杰姆这样的新生力量长大成人之后，将会印证阿蒂克斯的原话："当你是陪审团成员的其中一个，另外还有十一个和你一样的孩子，汤姆就会无罪。"那将是杰姆真正成人的标志，那也将是美国社会进步的标志。那时马丁·路德·金的"我有一个梦想"才能真正实现。

在作品结尾处，作者以镜头快速闪过的形式，描述了整部小说三年内发生的所有情节，夏尽秋至，秋去冬来，冬过夏现，周而复始，可是却唯独没有提及象征希望的春天，这是作者对社会现实中种族歧视与压迫的含蓄的批判和揭露，从而引发读者对美国社会中黑人与白人问题进行深刻的反思，形成共识。共识不会是一种价值观的代言，而是一代代人持着不同的立场和价值观，在一起碰撞、最终达成的共识。共识是人心最大的公约数，是一股被压迫在冰面之下、等待终有一天破冰而出的力量。

钱妍

◎ 参考文献

1. 陈丽珠. 以《杀死一只知更鸟》为例探析英文电影与英美文学之间的关系［J］. 湖北科技学院学报，2013(8)：36-37,51.
2. 陈鹏. 文学形态下扭曲的价值观度量——论《杀死一只知更鸟》中的正义与善良[J]. 电影评介，2016(15)：73-75.
3. 邓显洁. 英文电影与英美文学之间关系的探析——以《杀死一只知更鸟》为例[J]. 电影文学，2012(19)：76-77.
4. 黄淑芳.《杀死一只反舌鸟》从通俗小说到文学经典的建构之路[J]. 英美文学研究论丛，2016(3)：266-279.
5. 胡少斐. 以电影《杀死一只知更鸟》为例看电影视角下的文学塑造[J]. 电影评介，2016

(3)：70-72.
6. 刘国枝. 哈帕·李与美国南方文学传统[J]. 四川外语学院学报，2002(3)：32-34.
7. 李光华. 析《杀死一只知更鸟》中芬奇智慧的父爱[J]. 电影文学，2014(7)：73-74.
8. 叶英. 不体面的种族歧视与得体的艺术表现——析美国电影《杀死一只知更鸟》[J]. 四川大学学报(哲学社会科学版)，2009(5)：105-112.
9. 云得煜.《杀死一只知更鸟》中斯各特的成长因素分析[J]. 河南科技学院学报，2014(5)：60-62.
10. 张敬文. 知更鸟鸣　生生不息——浅析《杀死一只知更鸟》的圆形叙事[J]. 绥化学院学报，2017(3)：74-76.

惟妙纸上，绘形影间
——《圣诞颂歌》文字与影像的空间叙事互补

创作于1843年的《圣诞颂歌》是英国19世纪批判现实主义作家狄更斯创作的五部圣诞小说之一，也是其中最广为人知的一部。在黑暗、功利、罪恶的世界里，《圣诞颂歌》像是一部成人童话，给予不同社会阶层的人，不论是掌握财富的资产阶级，日渐没落的贵族还是生活贫苦的百姓以心理安慰，让他们相信扭曲的人性在博爱的人道主义精神的影响下，终会变得慈善仁爱、乐善好施。

狄更斯被称为“发明了圣诞节的人”。《圣诞颂歌》一书不仅宣扬了行善积德的人道主义精神，还丰富了西方圣诞节的节日内涵。它使本已式微的圣诞节重新走回大众生活，小说中一些情节如全家团聚、吃圣诞大餐等相沿成习，成为圣诞节的固定活动。《圣诞颂歌》也是一部道德寓言，它重申了狄更斯作品的永恒主题，愚昧和贪婪必遭报应，人生在世要矜贫恤独、乐于助人、重视家庭、友爱团结。1843年12月，小说首版6000册，一上市就销售一空，到次年年底，《圣诞颂歌》共出版了13个版本。

狄更斯是一个空间构造大师，擅长于空间叙事。空间叙事，即在文学作品中，用文字展现出许多空间画面，这些空间画面有机地排列、组织、构架起来形成一定的空间结构，表现一定的主题思想。在狄更斯的笔下，文学空间不是没有生命的、固定的、无辩证的、静止的，而是有生命的、丰富的、辩证的、多产的。人物生活在文学的叙事空间中，空间是社会的缩影，不仅影响着人的性格特征，也反映着人与社会的关系。狄更斯小说中的空间，不局限于现实的社会空间，还包括人物的心理空间和虚构的传奇空间。

狄更斯小说中的空间构建

狄更斯的小说不局限于线性的时间叙事结构，而更多采用多元整一的网状空间叙事结构。在《圣诞颂歌》中，不同空间和时间的叙事同时展开，过去与现实、此情与彼景、可能与注定交叠，层层推进叙事进程。《圣诞颂歌》中叙事的地点和人物活动的舞台从斯克鲁奇的办公室转移到家中，又穿越时空回到他儿时的学校、工作的商行、办事员鲍勃家、外甥家、典当行、墓园等。空间的变换代替了线性叙事，故事从多角度、多平面同时展开。

小说中不同特征的人物被置于截然不同的空间之中，相互衬托。人融于景，景亦被赋予了叙事功能。狭窄得不能再狭窄的商行院子正是斯克鲁奇自私、冷酷性格的真实写照；他的住所是很多年前荷兰商人造的，暗示了斯克鲁奇也是个不吃亏的精明人；壁炉周围有一些绘有《圣经》故事的瓷砖，天使驾着云朵从天而降，信徒坐着小船出海，暗指传奇空间一直存在于斯克鲁奇的生活中，最后这些瓷砖恍惚都幻化成了马利的脑袋，困扰着斯克鲁奇，生活空间开始为后续叙事中的心理变化做出铺垫。

《圣诞颂歌》影视剧中的空间构建

栩栩如生的场景描述、鲜活灵动的人物对白、超越现实的传奇空间、符合基督教教义的圣诞分享精神使《圣诞颂歌》成为一部极具剧场效果的小说，非常适合用表演的方式呈现。不同时期的导演和编剧，把个人感悟与时代特征相结合，用自己的方式，与狄更斯隔空对话，反复诠释《圣诞颂歌》的故事。现存的最早一部相关电影是 1901 年的《斯克鲁奇或者马利的鬼魂》，最新的一部则是 2019 年 BBC 推出的三集电视剧。期间至少有 20 部电影和十几部电视剧直接改编自《圣诞颂歌》。

这些影视剧，或长或短，或忠于原著或取其梗概，但都基于共同的原型故事：自私吝啬的主人公在圣诞前夜受到一个已经去世的亲人或者朋友的鬼魂的警告，告诉主人公圣诞节的意义和继续自私自利的后果。随后三个圣诞精灵拜访了主人公，带着他重温过去、品味现在和游览未来，主人公受到感召并做出改变。故事的结局是狄更斯着意创造的理想世界，坏人因为改过自新而得到救赎，与需要帮助的人一起过上美好的生活。尽管不同版本的电影各有侧重点，却从未忽略原型故事中的叙事空间，故事中的时空瞬息万变，主人公的工作空间、生活空间凸显着他的性格，主人公穿行于过去、现在和将来的不同空间中，随着叙事进程的推进，心理也在不断发生变化。狄更斯对空间转换的娴熟运用推动了蒙太奇手法在《圣诞颂歌》相关电影中的运用，演绎着经久不衰的传奇圣诞节。

文学与电影的叙事空间互补

因其作为现代艺术的特殊性，电影从一开始就有着与小说不同的空间构造法。法国电影理论家让·米特里说“形式的象征更为直接，它所依赖的既非叙事结构，也不是(或几乎不是)蒙太奇，而是图像、造型或建筑的内涵”。故此，与文学作品相比，电影对空间的表现力更直接，使得文字所构建的现实空间和传奇空间变得可听可视，更加一目了然。同时，小说中的背景描写、人物刻画，在导演眼中亦是叙事的方法，是不同的文化符号。这些方法和符号在不同的导演心中都带有时代的烙印，也是导演个人艺术品位和思想感情的展示。电影对小说主题的诠释和演绎可能会因为解读而出现偏差。《圣诞颂歌》的改编亦然，不同时代的影视作品都有不同的侧重点，符合当时的审美和价值观。本文选取2009年罗伯特·泽米吉斯执导，金·凯瑞主演的《圣诞颂歌》动画片作为比照对象。

1. 小说中社会空间生动可读，电影中社会空间直观可视

文学作品中的社会空间往往既是故事发生的背景和人物活动的场所，也是社会现实的折射，通常以现实世界为依托，以语言文字为媒介构建，因此相对较为具体和形象，是社会空间的缩影和凝华。

狄更斯生活的维多利亚时代是一个社会空间大变革的时代。19世纪40年代英国完成了工业革命，城市人口超过了农村人口，资产阶级掌握了大半国家财富。如他在《双城记》开篇中所讲，“那是最美好的时代，那是最糟糕的时代”。彼时的伦敦，是名副其实的雾都，烟囱林立，河水污浊，天空阴郁。狄更斯经常一个人在伦敦漫步，像一个摄影师一样“从五光十色的事实真相中蒸馏出观察的精华来”。在他的笔下，伦敦城市空间独特的复杂性被忠实呈现：这里贫穷与富裕共存，繁荣与破败同在，光明与黑暗交织。传记作家阿克罗伊德说“狄更斯创造了文学伦敦”，他“为他的后代重塑了这个城市。他发现了用砖造就的城市，而留下一个由人构成的城市”。作为《圣诞颂歌》小说发生背景的伦敦，真实、鲜活却并不具体，甚至有些模糊，作者从未给出详细的地址，但是他对人们居住环境、交易场所、市井风情的描绘如同印象派的油画，光影斑驳，近在眼前，却并不触手可及。

《圣诞颂歌》中对伦敦的直接描写并不算多，更多的是在叙事过程中用人物的动作和语言一点点渗透到读者心中的。《马利的鬼魂》这一章的开篇不久，对故事的现实空间进行了第一次描述。“老斯克鲁奇坐在他的账房里忙着。天气寒冷刺骨，再加上雾气弥漫……伦敦城里的钟刚刚敲了三点，但是天已经很黑了……雾气从每个缝隙和钥匙孔里钻进来，外面的雾气浓得要命，尽管院子狭窄得不能再狭窄，对面的房子还是一片朦胧”。冰冷和晦暗的伦敦之冬随着人物的感受铺陈在了读者眼前。

对于伦敦街景的描述，小说中主要有两次，其中以第三章最为生动细致。屋顶铲雪的人个个兴高采烈，一边铲雪一边打雪仗；面包房门前站满了排队等着做饭的穷人，此外，卖水果的铺子里面琳琅满目，圆滚滚的栗子篓子像是身穿背心的快乐的老绅士，西班牙洋

葱活像西班牙修道士，榛子发出阵阵香气……还有人来人往的杂货铺、面包坊。电影中对伦敦街景的展示更为清晰，对贫富差距的揭示更为犀利。马利下葬后，斯克鲁奇独自走到街上。镜头推进，我们看到了伦敦无数的烟囱，高低错落的屋宇，镜头停在“市长大人固若金汤的神气的府邸里”，这里富丽堂皇，暗红色的地毯，宽广的大厅，来往的仆人，显示着即将有一场盛大的宴会。镜头继续推进，几个流浪儿围在市长的厨房外面向厨师乞求一点食物，厨师扔出来一根带肉的骨头，可是骨头落地那一瞬间，一只恶狗扑过来叼着骨头就跑，孩子们在后面追，激起来路边一群寒鸦。雪继续下，屋顶通烟囱的工人还在忙碌着。街上依旧熙熙攘攘，卖烤栗子的，变魔术的，卖圣诞节装饰的，生活依旧，没有人为马利的去世感到悲伤。这些伦敦的困苦和喧嚣也与独自前行的斯克鲁奇无关，他只管低着头，弓着腰走到他的事务所门前，开门上工。

电影的视角更为广阔，观众在镜头中看到了整个伦敦的街景。七年过去了，主人公的生活工作空间和他的心理空间都没有发生变化。他依旧住在他的“年份够长，够阴郁，房子的门道寒气很浓的暗沉沉的建筑”里，依旧独自去他经常去的那家冷冷清清的小酒店吃晚饭。相对于小说中的描述，这一种借由时间进行的空间调整和补充，凸显了主人公一如既往的悭吝性格，不仅矛盾更为突出，也为斯克鲁奇漫游未来时候埋下伏笔，七年前去世的马利尚且无人哀悼，七年后给自己打造更多枷锁的斯克鲁奇更不会有人为之感伤。

正如佐伦在《朝向空间的叙事理论》中所说：“叙事中的空间存在只有一小部分是基于直接描述；当语言对一个空间物体进行描述时，有些特征能被准确描述，有些不能，有些则被完全忽略，其整体性受到了损失。”《圣诞颂歌》中关于社会空间的描述是碎片化的、是跳跃性的，需要读者自行脑补。电影则弥补了这一缺陷，用宏观镜头，全方位、多角度地展示了叙事空间。

2. 小说用语言直抒胸臆，电影靠动作意会心情

狄更斯小说中的人物，不仅仅是叙事的承载者，也是空间的支撑者，人物心理空间的构建是他小说空间叙事的一部分。《圣诞颂歌》采取了直接描写、动作表现、内心独白、人物对白等方式用文字来直击人物心灵，表现人物思想感情。然而由于时代局限性，人物形象虽然生动，性格却稍嫌单一，曾被同时代的福斯特评论为，“狄更斯笔下的人物几乎全是扁形的。在他的小说中，几乎每个人物都可以由一句话予以概括”。电影中除了人物对白、动作表现外，还运用了较多的场景烘托以及面部表情来表达人物内心，可视性强，对人物形象及内心的刻画因其光影的优势，更为轻松。

《圣诞颂歌》中斯克鲁奇的性格前期苛刻悭吝，后期慈祥善良，虽在中期有些复杂化，但尚不算多面化。电影中的斯克鲁奇性格相对复杂，形象更为丰满，强硬又脆弱，冷酷的

外貌后隐藏着一颗易感的心灵。关于马利的丧葬费，小说中一笔带过，“斯克鲁奇在朋友下葬那天，他还狠狠砍了价，为葬礼省下一笔钱”。电影中，在办完马利的丧事后，面对殡葬人员期期艾艾却又坚定伸出的手，斯克鲁奇万分不舍，一枚一枚地送出硬币。一转身，他喝止了盖棺的年轻人，取下马利眼睛上放置的用来给他渡过冥河的两枚硬币。硬币叮当声中，斯克鲁奇心满意足地走出了殡仪馆。圣诞节早上他醒来之后的欣喜之情亦是通过一系列动作和表情表达出来的。激动的斯克鲁奇仿佛变成了老顽童，他兴奋地在屋里跳舞，面带笑容，只加了件外套，带着睡帽就冲出家门，还拉着马车在雪地滑行，摔落后依然笑颜不减。去外甥家赴宴的斯克鲁奇变得扭捏，犹犹豫豫不敢敲门，原作中“他在外甥家门口来来回回走了十几趟，老是没有勇气上前去敲门。最后他猛然跨上一步，终于敲了门”。角色的面部表情、行为动作配合周围的空间背景，突出了斯克鲁奇不断变化的心路历程。

不只斯克鲁奇，电影中其他人物的心理空间也借由动作表情呈现。如现在圣诞精灵，出场时热情乐观，在和斯克鲁奇飞跃城市时，对着斯克鲁奇时而怒目而视，时而面带讽刺。与斯克鲁奇讨论小提姆的未来时，他又面露哀伤。消失前，他虽然满面痛苦，依然不忘提醒斯克鲁奇要警惕愚昧和贪婪。他消失前无奈又悲凉的表情更是永久萦绕在观众脑海里。

电影中的办事员鲍勃如小说中一样身材矮小，是典型的 19 世纪穷苦受雇佣者的形象。冻得红通通的脸上带着憨厚的笑，对老板总是赔着小心；与老板分手后，想到第二天的节日活动，他控制不住脸上的笑容，小跑了起来，并跟着溜冰的儿童在冰面上滑行。一个不小心，他撞到了路缘，摔了一跤，翻身坐起的鲍勃并没有懊恼，而是露出了憨憨的笑容。鲍勃是底层被压迫民众中最普通的一员，不敢怒不敢言，因为他的老板动辄以解雇相威胁。为了每周十五先令，他还是老老实实地待在斯克鲁奇商行，并在圣诞节时候送给斯克鲁奇美好的祝福。

小说中有一段心理刻画最为形象：鲍勃家的两个小孩子在等待布丁上桌时候诚惶诚恐，他们“吓得脸都白了”，担心“万一布丁蒸得不熟呢！万一端出来时候裂开了呢！万一在他们高高兴兴地吃烤鹅的时候有人翻过后墙把布丁偷走了呢”，各种可怕的事情都被两个小孩子想到了，幸好布丁做得非常成功，并且被完好地端上了桌。一段心理描写，活灵活现，天真可爱，这种心理恐怕是经历过贫困并养育了多个孩子的狄更斯自己的写照。电影中把小提姆作为重要角色，直接略过这一段，只改为小提姆笑着感慨布丁很漂亮，略显遗憾。

小说中的人物心理空间，作者可以通过语言直白地讲述给读者，电影中的心理空间，则更多靠观众通过人物的动作、语言的行为来推断。

3. 小说重视传奇空间的叙事性、电影注重传奇空间的魔幻性

虽然被定义为现实主义作家，狄更斯的小说从来不乏传奇色彩。批评家诺思洛普·弗莱就曾在《世俗的经典：传奇故事结构研究》中指出："司各特和狄更斯处在严肃小说与传奇的交界地带，他们的声望也在这二者之间摇摆。"《圣诞颂歌》中依次出现的马利鬼魂和三个圣诞精灵、逝去者的世界、过去、现在和未来世界，用魔幻叙事构建了小说的传奇空间。

故事开篇，貌似漫不经心的关于门钉的讨论，轻描淡写地说出社会和斯克鲁奇的无情，一个人死后，便如同门钉一样冰冷渺小，无人关注，同时也为后文马利的脸出现在门环上做出铺垫。马利的影像并未随着他的下葬而完全消失，而是在斯克鲁奇的生活中隐约可见，马利的名字一直在他们商行的牌子上，也常有人把斯克鲁奇误作马利，斯克鲁奇住在他和马利共同的居所里。马利名字的频繁出现，所以当斯克鲁奇看到门环变成了马利的脸的时候，读者都不会觉得意外。直到马利造访，读者方恍然大悟，原来前面的一切都是一种预兆，并不是斯克鲁奇产生的幻觉。马利身上自带一种来自阴曹地府的气息，因为他虽然坐在那里一动不动，但是他的头发、下摆和穗子都在不停地飘动，仿佛有个烤炉在吹热风。

电影中马利的出场更加震撼，巨响过后，一个拴在锁链上的箱子砸到了地上，随后是第二个，数条锁链背后，马利缓慢地穿门而入。马利去世后，不仅要拖着自己生前打造的枷锁，还要忍受地狱之火的煎熬，他的头发、衣服都被看不到的火焰烧得四下飞舞。信或者不信，斯克鲁奇都被吓得胆战心惊。

三个圣诞精灵中，过去圣诞精灵个子最为矮小，像一束光柱，这束光柱照耀着每个人行进的方向。每个人的过去都有美好和痛苦的回忆，重要的是选择被痛苦掩盖本性还是用美好放飞自我。现在圣诞精灵身材最为高大，他身着绿色的袍子，坐在高高的圣诞树上，俯视一切。他对斯克鲁奇说"很少有人有机会从天空的视角俯视一切"。两个人从天空观察人世间一切的时候，他坐在高高的殿堂里，透过洞开的地板俯视人间，播撒快乐。现在圣诞精灵也逃脱不了消失的命运，随着午夜钟声响起，圣诞精灵化成枯骨，临死之前，反复提醒斯克鲁奇，愚昧和贪婪会毁了人类。电影中强化了愚昧和贪婪的形象，当现在圣诞精灵化骨成灰时，愚昧和贪婪身形猛涨，不断纠缠着斯克鲁奇。

电影中斯克鲁奇松开捂住耳朵的双手，看到了地上死神一般的未来圣诞精灵的影子，影子嵌在地上，随后从地面暴起，张开的骷髅一般的手指向斯克鲁奇抓来。紧张的斯克鲁奇惊得摔倒，随即从屋顶滑落，一直落到白皑皑的雪地上。他的旁边，人们正在讨论一个人的死亡，观众已经猜到是斯克鲁奇，但是斯克鲁奇自己并未意识到。未来精灵从他的影

子里站起来，带着他观看后来发生的一切：他孤寂地死去，没有人怀念，没有人愿意去参加他的葬礼，帮佣们扒了他下葬的衬衣去卖，债务人因他去世而欣喜若狂，失去了小提姆的鲍勃神情恍惚，穿过斯克鲁奇的影像而毫不知情。再次坠落，斯克鲁奇看到了一块墓碑，墓碑上盖满了雪，大风一点点吹散墓碑上的雪，墓碑依次出现了斯克鲁奇的名字，去世年份和去世的日子。斯克鲁奇乞求机会，却依然不可避免地坠入了已经挖好的墓穴中。棺盖合上，观众只看到一片木板。镜头推移切换，地板渐渐清晰，却原来是斯克鲁奇倒挂在自己房间床梁上。床梁断裂，他跌到地上，无比欣喜地发现自己还活着。惊喜万分的斯克鲁奇给克拉奇一家买了超大火鸡，跟在马车后滑行，并大喊“尽管 Bob(旧指先令)很重要，Fanny 一样(代指浪费时光)重要”。

电影中增加了斯克鲁奇被追魂马车追赶以及被当成老鼠追打的情节。镜头中的斯克鲁奇形象，狼狈逃窜，却始终无处容身。魔幻的场景凸显了不断躲藏逃跑、内心充满悔恨和恐惧的斯克鲁奇，叙事的矛盾得以激化，人物形象更加鲜活。

传奇空间中三个精灵象征着命运的安排，一个人的过去总是如影随形地对人生施加影响；现在是转瞬即逝的，如果不把握现在，再多的悔恨也无法改变悲惨的命运；未来是可以创造的，人的命运由自己绘制。

电影打破了现实主义的桎梏，能够在真实空间和虚幻世界中自由切换。影片《圣诞颂歌》用镜像生动示范了小说中所描摹的传奇空间，用魔幻转述现实，用魂灵比喻人类，巧妙地折射出作者主张的仁爱的人道主义伦理精神已达到了艺术的真实，表达作者推崇的知错便改可以得到救赎的价值观。为了吸引更多的票房，电影更注重氛围的营造、场景的夸张，过于注重视觉效果，突出了魔幻效果，弱化了小说的叙事性，也不能完全达到作者想要表达的审美境界和精神高度。

结　语

狄更斯善于设置戏剧性的情节，进行剧场性的描述，因此他的小说极具画面感，鲜活的人物在伦敦城市空间里流动，形成动态的古典主义写实油画。《圣诞颂歌》中构建了人物生活的现实空间、人物变化的心理空间、精灵所在的传奇空间。这一切都用文字娓娓道来，读者仿佛窥到了狄更斯时代的乡村与城市、城市里的繁荣与贫困、人物内心的恐惧与斗争、圣诞精灵们的使命与力量。这些空间不仅仅是故事发生的背景和上演的舞台，也是社会现实的折射。阅读过程中，时而傲慢、时而卑微的主人公斯克鲁奇，对老板小心翼翼、对家人热情友善的办事员鲍勃，性格爽朗、越挫越勇的侄子，三个风格迥异的圣诞精灵惟妙惟肖地跃然纸上，浮现于读者眼前。

电影运用多种拍摄技巧、通过后期制作，构造可视、可听的空间背景，可揣摩、可感受的人物内心世界，可见、可触摸的过去、现在和未来。从晦暗到明亮的斯克鲁奇住所，从冰冷到微笑再到开怀大笑的斯克鲁奇面部表情，从铃声叮当的乡村马路到寒气逼人的郊外墓园，光影的力量把时间和空间绘于 90 分钟的影像中，清晰地呈现于观众面前。观众在享受一场魔幻盛宴的同时也得到了灵魂的净化。

狄更斯用笔墨布局，泽米吉斯用影像铸造，共同构建了《圣诞颂歌》的文学空间。文学与胶片的结合，使小说的人物形象更加丰满，主题思想表达更加清晰，叙事更为完整。在这里时间与空间合二为一，不停发展变化；读者与观众能完美地把自己融入故事空间，体会维多利亚时代的风貌，感受斯克鲁奇的心路历程，这也许就是《圣诞颂歌》永恒的主题！

陆朋

◎ 参考文献

1. 陈静. 压制、惩罚、异化：狄更斯主要作品的空间视角[D]. 上海：上海外国语大学，2013.
2. 福斯特. 小说面面观[M]. 朱乃长，译. 北京：中国对外翻译出版公司，2002.
3. 莱斯·斯坦迪福德. 发明圣诞节的人[M]. 上海：上海译文出版社，2020.
4. 米歇尔·福柯. 空间、知识、权力——福柯访谈录[A]. 包亚明，后现代性与地理学的政治[C]. 上海：上海教育出版社，2001.
5. 诺思洛普·弗莱. 世俗的经典：传奇故事结构研究[M]. 孟祥春，译. 上海：上海人民出版社，2010.
6. 让·米特里. 电影符号学质疑：语言与电影[M]. 长春：吉林出版社，2012.
7. 熊荣敏. 多重空间的构建论——远大前程的空间叙事艺术[J]. 时代文学，2011(2)：125-126.
8. 王欢欢. 狄更斯小说的空间研究[D]. 长沙：湖南师范大学，2018.
9. 谢春平. 西方空间批评理论探究[J]. 内蒙古社会科学，2012(4)：159-164.
10. 赵炎秋. 狄更斯小说中的监狱[J]. 外国文学评论，2005(2)：94-100.
11. 赵炎秋. 论狄更斯长篇小说的多元整一结构[J]. 湖南师范大学社会科学学报，1993(5)：88-92.

中篇　从小说文字到光影的嬗变：具象解析

第一章
战争时期的个人成长

Gone with the Wind

Margaret Mitchell

Chapter LXIII

The front door was slightly **ajar** and she trotted, breathless, into the hall and paused for a moment under the rainbow **prisms** of the **chandelier**. For all its brightness the house was very still, not with the **serene** stillness of sleep but with a watchful, tired silence that was faintly ominous. She saw at a glance that Rhett was not in the parlor or the library and her heart sank. Suppose he should be out—out with Belle or wherever it was he spent the many evenings when he did not appear at the supper table? She had not bargained on this.

She had started up the steps in search of him when she saw that the door of the dining-room was closed. Her heart contracted a little with shame at the sight of that closed door, remembering the many nights of this last summer when Rhett had sat there alone, drinking until he was **sodden** and Pork came to urge him to bed. That had been her fault but she'd change it all. Everything was to be different from now on—but, please God, don't let him be too drunk tonight. If he's too drunk he won't believe me and he'll laugh at me and that will break my heart.

She quietly opened the dining-room door a crack and peered in. He was seated before the table, slumped in his chair, and a full **decanter** stood before him with the stopper in place, the glass unused. Thank God, he was sober! She pulled open the door, holding herself back from running to him. But when he looked up at her, something in his gaze stopped her dead on the threshold, stilled the words on her lips.

He looked at her steadily with dark eyes that were heavy with fatigue and there was no leaping light in them. Though her hair was tumbling about her shoulders, her bosom heaving breathlessly and her skirts mud splattered to the knees, his face did not change with surprise or question or his lips twist with mockery. He was sunken in his chair, his suit wrinkling untidily against his thickening waist, every line of him proclaiming the ruin of a fine body and the **coarsening** of a strong face. Drink and dissipation had done their work on the coin-clean profile and now it was no longer the head of a young pagan prince on new-minted gold but a decadent, tired Caesar on copper debased by long usage. He looked up at her as she stood there, hand on heart, looked quietly, almost in a kindly way, that frightened her.

"Come and sit down," he said. "She is dead?"

She nodded and advanced hesitantly toward him, uncertainty taking form in her mind at this new expression on his face. Without rising, he pushed back a chair with his foot and she sank into it. She wished he had not spoken of Melanie so soon. She did not want to talk of her now, to relive the agony of the last hour. There was all the rest of her life in which to speak of Melanie. But it seemed to her now, driven by a fierce desire to cry: "I love you," that there was only this night, this hour, in which to tell Rhett what was in her mind. But there was something in his face that stopped her and she was suddenly ashamed to speak of love when Melanie was hardly cold.

"Well, God rest her," he said heavily. "She was the only completely kind person I ever knew."

"Oh, Rhett!" she cried miserably, for his words brought up too vividly all the kind things Melanie had ever done for her. "Why didn't you come in with me? It was dreadful—and I needed you so!"

"I couldn't have borne it," he said simply and for a moment he was silent. Then he spoke with an effort and said, softly: "A very great lady."

His somber gaze went past her and in his eyes was the same look she had seen in the light of the flames the night Atlanta fell, when he told her he was going off with the retreating army—the surprise of a man who knows himself utterly, yet discovers in himself unexpected loyalties and emotions and feels a faint self-ridicule at the discovery.

His moody eyes went over her shoulder as though he saw Melanie silently passing through the room to the door. In the look of farewell on his face there was no sorrow, no pain, only a speculative wonder at himself, only a poignant stirring of emotions dead since boyhood, as he said again: "A very great lady."

Scarlett shivered and the glow went from her heart, the fine warmth, the splendor which had sent her home on winged feet. She half-grasped what was in Rhett's mind as he said farewell to the only person in the world he respected and she was desolate again with a terrible sense of loss that was no longer personal. She could not wholly understand or analyze what he was feeling, but it seemed almost as if she too had been brushed by whispering skirts, touching her softly in a last caress. She was seeing through Rhett's eyes the passing, not of a woman but of a legend—the gentle, self-effacing but steel-spined women on whom the South had built its house in war and to whose proud and loving arms it had returned in defeat.

His eyes came back to her and his voice changed. Now it was light and cool.

"So she's dead. That makes it nice for you, doesn't it?"

"Oh, how can you say such things," she cried, stung, the quick tears coming to her eyes. "You know how I loved her!"

"No, I can't say I did. Most unexpected and it's to your credit, considering your passion for white trash, that you could appreciate her at last."

"How can you talk so? Of course I appreciated her! You didn't. You didn't know her like I did! It isn't in you to understand her—how good she was—"

"Indeed? Perhaps not."

"She thought of everybody except herself—why, her last words were about you."

There was a flash of genuine feeling in his eyes as he turned to her.

"What did she say?"

"Oh, not now, Rhett."

"Tell me."

His voice was cool but the hand he put on her wrist hurt. She did not want to tell, this was not the way she had intended to lead up to the subject of her love but his hand was urgent.

"She said—she said—'Be kind to Captain Butler. He loves you so much.'"

He stared at her and dropped her wrist. His eyelids went down, leaving his face dark and blank. Suddenly he rose and, going to the window, he drew the curtains and looked out intently as if there were something to see outside except blinding mist.

"Did she say anything else?" he questioned, not turning his head.

"Shc asked me to take care of little Beau and I said I would, like he was my own boy."

"What else?"

"She said—Ashley—she asked me to look after Ashley, too." He was silent for a moment and then he laughed softly.

"It's convenient to have the first wife's permission, isn't it?"

"What do you mean?"

He turned and even in her confusion she was surprised that there was no mockery in his face. Nor was there any more interest in it than in the face of a man watching the last act of a none-too-amusing comedy.

"I think my meaning's plain enough. Miss Melly is dead. You certainly have all the evidence you want to divorce me and you haven't enough reputation left for a divorce to hurt you. And you haven't any religion left, so the Church won't matter. Then—Ashley and dreams come true with the blessings of Miss Melly."

"Divorce?" She cried. "No! No!" Incoherent for a moment she leaped to her feet and running to him caught his arm. "Oh, you're all wrong! Terribly wrong. I don't want a divorce—I—" She stopped for she could find no other words.

He put his hand under her chin, quietly turned her face up to the light and looked for an intent moment into her eyes. She looked up at him, her heart in her eyes, her lips quivering as she tried to speak. But she could **marshal** no words because she was trying to find in his face some answering emotions, some leaping light of hope, of joy. Surely he must know, now! But the smooth dark blankness which had baffled her so often was all that her frantic, searching eyes could find. He dropped her chin and, turning, walked back to his chair and sprawled tiredly again, his chin on his breast, his eyes looking up at her from under black brows in an impersonal speculative way.

She followed him back to his chair, her hands twisting, and stood before him.

"You are wrong," she began again, finding words. "Rhett, tonight, when I knew, I ran every step of the way home to tell you. Oh, darling, I—"

"You are tired," he said, still watching her. "You'd better go to bed."

"But I must tell you!"

"Scarlett," he said heavily, "I don't want to hear—anything."

"But you don't know what I'm going to say!"

"My pet, it's written plainly on your face. Something, someone has made you realize that the unfortunate Mr. Wilkes is too large a mouthful of Dead Sea fruit for even you to chew. And that same something has suddenly set my charms before you in a new and attractive light," he sighed slightly. "And it's no use to talk about it."

She drew a sharp surprised breath. Of course, he had always read her easily. Heretofore she had resented it but now, after the first shock at her own transparency, her heart rose with gladness and relief. He knew, he understood and her task was miraculously made easy. No use to talk about it! Of course he was bitter at her long neglect, of course he was mistrustful of her sudden turnabout. She would have to woo him with kindness, convince him with a rich outpouring of love, and what a pleasure it would be to do it!

"Darling, I'm going to tell you everything," she said, putting her hands on the arm of his chair and leaning down to him. "I've been so wrong, such a stupid fool—"

"Scarlett, don't go on with this. Don't be humble before me. I can't bear it. Leave us some dignity, some **reticence** to remember out of our marriage. Spare us this last."

She straightened up abruptly. Spare us this last? What did he mean by "this last"? Last? This was their first, their beginning.

"But I will tell you," she began rapidly, as if fearing his hand upon her mouth, silencing her. "Oh, Rhett, I love you so, darling! I must have loved you for years and I was such a fool I didn't know it. Rhett, you must believe me!"

He looked at her, standing before him, for a moment, a long look that went to the back of her mind. She saw there was belief in his eyes but little interest. Oh, was he going to be mean, at this of all times? To torment her, pay her back in her own coin?

"Oh, I believe you," he said at last, "But what of Ashley Wilkes?"

"Ashley!" she said, and made an impatient gesture. "I—I don't believe I've cared anything about him for ages. It was—well, a sort of habit I hung onto from when I was a little girl. Rhett, I'd never even thought I cared about him if I'd ever known what he was really like. He's such a helpless, poor-spirited creature, for all his **prattle** about truth and honor and—"

"No," said Rhett. "If you must see him as he really is, see him straight. He's only a gentleman caught in a world he doesn't belong in, trying to make a poor best of it by the rules of the world that's gone."

"Oh, Rhett, don't let's talk of him! What does he matter now? Aren't you glad to know—I mean, now that I—"

As his tired eyes met hers, she broke off in embarrassment, shy as a girl with her first beau. If he'd only make it easier for her! If only he would hold out his arms, so she could crawl thankfully into his lap and lay her head on his chest. Her lips on his could tell him better than all her stumbling words. But as she looked at him, she realized that he was not holding her off just to be mean. He looked drained and as though nothing she had said was of any moment.

"Glad?" he said. "Once I would have thanked God, fasting, to hear you say all this. But, now, it doesn't matter."

"Doesn't matter? What are you talking about? Of course, it matters! Rhett, you do care, don't you? You must care. Melly said you did."

"Well, she was right, as far as she knew. But, Scarlett, did it ever occur to you that even the most deathless love could wear out?"

She looked at him speechless, her mouth a round O.

"Mine wore out," he went on, "against Ashley Wilkes and your insane obstinacy that makes you hold on like a bulldog to anything you think you want ... Mine wore out."

"But love can't wear out!"

"Yours for Ashley did."

"But I never really loved Ashley!"

"Then, you certainly gave a good imitation of it—up till tonight. Scarlett, I'm not **upbraiding** you, accusing you, **reproaching** you. That time has passed. So spare me your defenses and your explanations. If you can manage to listen to me for a few minutes without interrupting, I can explain what I mean. Though God knows, I see no need for explanations. The truth's so plain."

She sat down, the harsh gas light falling on her white bewildered face. She looked into the eyes she knew so well—and knew so little—listened to his quiet voice saying words which at first meant nothing. This was the first time he had ever talked to her in this manner, as one human being to another, talked as other people talked, without flippancy, mockery or riddles.

"Did it ever occur to you that I loved you as much as a man can love a woman? Loved you for years before I finally got you? During the war I'd go away and try to forget you, but I couldn't and I always had to come back. After the war I risked arrest, just to come back and find you. I cared so much I believe I would have killed Frank Kennedy if he hadn't died when he did. I loved you but I couldn't let you know it. You're so brutal to those who love you, Scarlett. You take their love and hold it over their heads like a whip."

Out of it all only the fact that he loved her meant anything. At the faint echo of passion in his voice, pleasure and excitement crept back into her. She sat, hardly breathing, listening, waiting.

"I knew you didn't love me when I married you. I knew about Ashley, you see. But, fool that I was, I thought I could make you care. Laugh, if you like, but I wanted to take care of you, to pet you, to give you everything you wanted. I wanted to marry you and protect you and give you a free rein in anything that would make you happy—just as I did Bonnie. You'd had such a struggle, Scarlett. No one knew better than I what you'd gone through and I wanted you to stop fighting and let me fight for you. I wanted you to play, like a child—for you were a child, a brave, frightened, bullheaded child. I think you are still a child. No one but a child could be so headstrong and so insensitive."

His voice was calm and tired but there was something in the quality of it that raised a ghost of memory in Scarlett. She had heard a voice like this once before and at some other crisis of her life. Where had it been? The voice of a man facing himself and his world without feeling, without flinching, without hope.

Why—why—it had been Ashley in the **wintry**, windswept orchard at Tara, talking of life and shadow shows with a tired calmness that had more finality in its **timbre** than any desperate bitterness could have revealed. Even as Ashley's voice then had turned her cold with dread of things she could not understand, so now Rhett's voice made her heart sink. His voice, his manner, more than the content of his words, disturbed her, made her realize that her pleasurable excitement of a few moments ago had been untimely. Something was wrong, badly wrong. What it was she did not know but she listened desperately, her eyes on his brown face, hoping to hear words that would dissipate her fears.

"It was so obvious that we were meant for each other. So obvious that I was the only man of your acquaintance who could love you after knowing you as you really are—hard and greedy and **unscrupulous**, like me. I loved you and I took the chance. I thought Ashley would fade out of your mind. But," he shrugged, "I tried everything I knew and nothing worked. And I loved you so, Scarlett. If you had only let me, I could have loved you as gently and as tenderly as ever a man loved a woman. But I couldn't let you know, for I knew you'd think me weak and try to use my love against me. And always—always there was Ashley. It drove me crazy. I couldn't sit across the table from you every night, knowing you wished Ashley was sitting there in my place. And I couldn't hold you in my arms at night and know that—well, it doesn't matter now. I wonder, now, why it hurt. That's what drove me to Belle. There is a certain **swinish** comfort in being with a woman who loves you utterly and respects you for being a fine gentleman—even if she is an illiterate whore. It soothed my vanity. You've never been very soothing, my dear."

"Oh, Rhett ..." she began, miserable at the very mention of Belle's name, but he waved her to silence and went on.

"And then, that night when I carried you upstairs—I thought—I hoped—I hoped so much I was afraid to face you the next morning, for fear I'd been mistaken and you didn't love me. I was so afraid you'd laugh at me I went off and got drunk. And when I came back, I was shaking in my boots and if you had come even halfway to meet me, had given me some sign, I think I'd have kissed your feet. But you didn't."

"Oh, but Rhett, I did want you then but you were so nasty! I did want you! I think—yes, that must have been when I first knew I cared about you. Ashley—I never was happy about Ashley after that, but you were so nasty that I—"

"Oh, well," he said. "It seems we've been at cross purposes, doesn't it? But it doesn't matter now. I'm only telling you, so you won't ever wonder about it all. When you were sick and it was all my fault, I stood outside your door, hoping you'd call for me, but you didn't, and then I knew what a fool I'd been and that it was all over."

He stopped and looked through her and beyond her, even as Ashley had often done, seeing something she could not see. And she could only stare speechless at his **brooding** face.

"But then, there was Bonnie and I saw that everything wasn't over, after all. I liked to think that Bonnie was you, a little girl again, before the war and poverty had done things to you. She was so like you, so willful, so brave and gay and full of high spirits, and I could pet her and spoil her—just as I wanted to pet you. But she wasn't like you—she loved me. It was a blessing that I could take the love you didn't want and give it to her ... When she went, she took everything."

Suddenly she was sorry for him, sorry with a completeness that wiped out her own grief and her fear of what his words might mean. It was the first time in her life she had been sorry for anyone without feeling contemptuous as well, because it was the first time she had ever approached understanding any other human being. And she could understand his shrewd **caginess**, so like her own, his obstinate pride that kept him from admitting his love for fear of a rebuff.

"Ah, darling," she said coming forward, hoping he would put out his arms and draw her to his knees. "Darling, I'm so sorry but I'll make it all up to you! We can be so happy, now that we know the truth and—Rhett—look at me, Rhett! There—there can be other babies—not like Bonnie but—"

"Thank you, no," said Rhett, as if he were refusing a piece of bread. "I'll not risk my heart a third time."

"Rhett, don't say such things! Oh, what can I say to make you understand? I've told you how sorry I am—"

"My darling, you're such a child. You think that by saying, 'I'm sorry,' all the errors and hurts of years past can be remedied, obliterated from the mind, all the poison drawn from old wounds. ... Take my handkerchief, Scarlett. Never, at any crisis of your life, have I known you to have a handkerchief."

She took the handkerchief, blew her nose and sat down. It was obvious that he was not going to take her in his arms. It was beginning to be obvious that all his talk about loving her meant nothing. It was a tale of a time long past and he was looking at it as though it had never happened to him. And that was frightening. He looked at her in an almost kindly way, speculation in his eyes.

"How old are you, my dear? You never would tell me."

"Twenty-eight," she answered dully, **muffled** in the handkerchief.

"That's not a vast age. It's a young age to have gained the whole world and lost your own soul, isn't it? Don't look frightened. I'm not referring to hell fire to come for your affair with Ashley. I'm merely speaking metaphorically. Ever since I've known you, you've wanted two things. Ashley and to be rich enough to tell the world to go to hell. Well, you are rich enough and you've spoken sharply to the world and you've got Ashley, if you want him. But all that doesn't seem to be enough now."

She was frightened but not at the thought of hell fire. She was thinking: "But Rhett is my soul and I'm losing him. And if I lose him, nothing else matters! No, not friends or money or—or anything. If only I had him I wouldn't even mind being poor again. No, I wouldn't mind being cold again or even hungry. But he can't mean—Oh, he can't!"

She wiped her eyes and said desperately:

"Rhett, if you once loved me so much, there must be something left for me."

"Out of it all I find only two things that remain and they are the two things you hate the most—pity and an odd feeling of kindness."

Pity! Kindness! "Oh, my God," she thought despairingly. Anything but pity and kindness. Whenever she felt these two emotions for anyone, they went hand in hand with contempt. Was he contemptuous of her too? Anything would be preferable to that. Even the cynical coolness of the war days, the drunken madness that drove him the night he carried her up the stairs, his hard fingers bruising her body, or the barbed **drawling** words that she now realized had covered a bitter love. Anything except this impersonal kindness that was written so plainly in his face.

"Then—then you mean I've ruined it all—that you don't love me any more?"

"That's right."

"But," she said stubbornly, like a child who still feels that to state a desire is to gain that desire, "but I love you!"

"That's your misfortune."

She looked up quickly to see if there was a jeer behind those words but there was none. He was simply stating a fact. But it was a fact she still would not believe—could not believe. She looked at him with slanting eyes that burned with a desperate obstinacy and the sudden hard line of jaw that sprang out through her soft cheek was Gerald's jaw.

"Don't be a fool, Rhett! I can make—"

He flung up a hand in mock horror and his black brows went up in the old sardonic **crescents**.

"Don't look so determined, Scarlett! You frighten me. I see you are contemplating the transfer of your tempestuous affections from Ashley to me and I fear for my liberty and my peace of mind. No, Scarlett, I will not be pursued as the luckless Ashley was pursued. Besides, I am going away."

Her jaw trembled before she **clenched** her teeth to steady it. Go away? No, anything but that! How could life go on without him? Everyone had gone from her, everyone who mattered except Rhett. He couldn't go. But how could she stop him? She was powerless against his cool mind, his disinterested words.

"I am going away. I intended to tell you when you came home from Marietta."

"You are deserting me?"

"Don't be the neglected, dramatic wife, Scarlett. The role isn't becoming. I take it, then, you do not want a divorce or even a separation? Well, then, I'll come back often enough to keep gossip down."

"Damn gossip!" she said fiercely. "It's you I want. Take me with you!"

"No," he said, and there was finality in his voice. For a moment she was on the verge of an outburst of childish wild tears. She could have thrown herself on the floor, cursed and screamed and drummed her heels. But some remnant of pride, of common sense **stiffened** her. She thought, if I did, he'd only laugh, or just look at me. I mustn't bawl; I mustn't beg. I mustn't do anything to risk his contempt. He must respect me even—even if he doesn't love me.

She lifted her chin and managed to ask quietly:

"Where will you go?"

There was a faint gleam of admiration in his eyes as he answered.

"Perhaps to England—or to Paris. Perhaps to Charleston to try to make peace with my people."

"But you hate them! I've heard you laugh at them so often and—"

He shrugged.

"I still laugh—but I've reached the end of roaming, Scarlett. I'm forty-five—the age when a man begins to value some of the things he's thrown away so lightly in youth, the **clannishness** of families, honor and security, roots that go deep—Oh, not I'm not recanting, I'm not regretting anything I've ever done. I've had a hell of a good time—such a hell of a good time that it's begun to **pall** and now I want something different. No, I never intend to change more than my spots. But I want the outer semblance of the things I used to know, the utter boredom of respectability—other people's respectability, my pet, not my own—the calm dignity life can have when it's lived by gentle folks, the genial grace of days that are gone. When I lived those days I didn't realize the slow charm of them—"

Again Scarlett was back in the windy orchard of Tara and there was the same look in Rhett's eyes that had been in Ashley's eyes that day. Ashley's words were as clear in her ears as though he and not Rhett were speaking. Fragments of words came back to her and she quoted parrot-like: "A glamour to it—a perfection, a symmetry like Grecian art."

Rhett said sharply: "Why did you say that? That's what I meant."

"It was something that—that Ashley said once, about the old days."

He shrugged and the light went out of his eyes. "Always Ashley," he said and was silent for a moment.

"Scarlett, when you are forty-five, perhaps you will know what I'm talking about and then perhaps you, too, will be tired of imitation gentry and **shoddy** manners and cheap emotions. But I doubt it. I think you'll always be more attracted by glister than by gold. Anyway, I can't wait that long to see. And I have no desire to wait. It just doesn't interest me. I'm going to hunt in old towns and old countries where some of the old times must still linger. I'm that sentimental. Atlanta's too raw for me, too new."

"Stop," she said suddenly. She had hardly heard anything he had said. Certainly her mind had not taken it in. But she knew she could no longer endure with any fortitude the sound of his voice when there was no love in it.

He paused and looked at her **quizzically**.

"Well, you get my meaning, don't you?" he questioned, rising to his feet.

She threw out her hands to him, palms up, in the age old gesture of appeal and her heart, again, was in her face.

"No," she cried. "All I know is that you do not love me and you are going away! Oh, my darling, if you go, what shall I do?"

For a moment he hesitated as if debating whether a kind lie were kinder in the long run than the truth. Then he shrugged.

"Scarlett, I was never one to patiently pick up broken fragments and glue them together and tell myself that the mended whole was as good as new. What is broken is broken—and I'd rather remember it as it was at its best than mend it and see the broken places as long as I lived. Perhaps, if I were younger—" he sighed. "But I'm too old to believe in such sentimentalities as clean **slates** and starting all over. I'm too old to shoulder the burden of constant lies that go with living in polite disillusionment. I couldn't live with you and lie to you and I certainly couldn't lie to myself. I can't even lie to you now. I wish I could care what you do or where you go, but I can't."

He drew a short breath and said lightly but softly:

"My dear, I don't give a damn."

She silently watched him go up the stairs, feeling that she would strangle at the pain in her throat. With the sound of his feet dying away in the upper hall was dying the last thing in the world that mattered. She knew now that there was no appeal of emotion or reason which would turn that cool brain from its verdict. She knew now that he had meant every word he said, lightly though some of them had been spoken. She knew because she sensed in him something strong, unyielding, implacable—all the qualities she had looked for in Ashley and never found.

She had never understood either of the men she had loved and so she had lost them both. Now, she had a fumbling knowledge that, had she ever understood Ashley, she would never have loved him; had she ever understood Rhett, she would never have lost him. She wondered forlornly if she had ever really understood anyone in the world.

There was a merciful dullness in her mind now, a dullness that she knew from long experience would soon give way to sharp pain, even as severed tissues, shocked by the surgeon's knife, have a brief instant of insensibility before their agony begins.

"I won't think of it now," she thought grimly, summoning up her old charm. "I'll go crazy if I think about losing him now. I'll think of it tomorrow."

"But," cried her heart, casting aside the charm and beginning to ache, "I can't let him go! There must be some way!"

"I won't think of it now," she said again, aloud, trying to push her misery to the back of her mind, trying to find some **bulwark** against the rising tide of pain. "I'll—why, I'll go home to Tara tomorrow," and her spirits lifted faintly.

She had gone back to Tara once in fear and defeat and she had emerged from its sheltering walls strong and armed for victory. What she had done once, somehow—please God, she could do again! How, she did not know. She did not want to think of that now. All she wanted was a breathing space in which to hurt, a quiet place to lick her wounds, a haven in which to plan her campaign. She thought of Tara and it was as if a gentle cool hand were stealing over her heart. She could see the white house gleaming welcome to her through the reddening autumn leaves, feel the quiet hush of the country twilight coming down over her like a **benediction**, feel the dews falling on the acres of green bushes starred with **fleecy** white, see the raw color of the red earth and the dismal dark beauty of the pines on the rolling hills.

She felt vaguely comforted, strengthened by the picture, and some of her hurt and frantic regret was pushed from the top of her mind. She stood for a moment remembering small things, the avenue of dark **cedars** leading to Tara, the banks of cape **jessamine** bushes, vivid green against the white walls, the fluttering white curtains. And Mammy would be there. Suddenly she wanted Mammy desperately, as she had wanted her when she was a little girl, wanted the broad bosom on which to lay her head, the **gnarled** black hand on her hair. Mammy, the last link with the old days.

With the spirit of her people who would not know defeat, even when it stared them in the face, she raised her chin. She could get Rhett back. She knew she could. There had never been a man she couldn't get, once she set her mind upon him.

"I'll think of it all tomorrow, at Tara. I can stand it then. Tomorrow, I'll think of some way to get him back. After all, tomorrow is another day."

☞ New Words

ajar *adj.* (of a door or other opening) slightly open(门或其他开口处)半开的，微开的

benediction *n.* the utterance or bestowing of a blessing, especially at the end of a religious service (尤指宗教仪式结束时的)赐福祈祷，祝福

brooding *adj.* showing deep unhappiness of thought 忧思的，沉思的

bulwark *n.* a strong support or protection 护垒

cagey *adj.* showing self-interest and shrewdness in dealing with others 小心的，狡猾的（caginess *n.*）

cedar *n.* white pine 雪松

chandelier *n.* a chandelier is a large, decorative frame which holds light bulbs or candles and hangs from the ceiling 垂吊灯

clench *v.* to set or close tightly 咬紧（牙齿）

clannishness *n.* tendency to associate with only a select group 氏族心

coarsen *v.* to make or become rough （使）变得粗糙

crescent *n.* a curved shape that is wide in the middle and pointed at each end 新月形

decanter *n.* a stoppered glass container into which wine or spirit is decanted 玻璃细颈酒瓶

drawl *v.* to speak slowly and not very clearly, with long vowel sounds 慢吞吞地说

fleecy *adj.* white and fluffy 洁白蓬松的，如絮的

gnarled *adj.* knobbly rough and twisted, especially with age（尤指随着年龄的增加）多节的，粗糙的，弯曲的

jessamine *n.* a climbing deciduous shrub with fragrant white or yellow or red flowers used in perfume and to flavor tea 茉莉属

marshal *v.* to bring together or prepare in an appropriate or effective way 整理，排列

muffle *v.* to wrap or pad with something to dull the sound 发出低沉的声音

pall *v.* to become less appealing or interesting through familiarity（因熟悉而）令人乏味，失去吸引力

prattle *n.* trifling or empty talk 闲谈

prism *n.* a prism is a block of clear glass or plastic that separates the light passing through it into different colours 棱镜

quizzically *adv.* in a quizzical and questioning manner 疑惑地

reproach *v.* to address someone in such a way as to express disapproval or disappointment 责备，责怪

reticence *n.* an instance of being reticent, a trait of being uncommunicative 沉默寡言

serene *adj.* calm, peaceful, untroubled and tranquil 安详的，宁静的

shoddy *adj.* lacking moral principle, sordid 卑鄙的，肮脏的

slate *n.* a dark grey rock that can be easily split into thin layers. Slate is often used for covering roofs（常用作屋顶建材的）石板

sodden *adj.* very wet and heavy 非常湿和重的，湿透的

stiffen *v.* to make or become stronger or more steadfast（使）更坚强，（使）更坚定

swinish *adj.* of, suggesting, or characteristic of swine 猪一般的
timbre *n.* the quality of sound that is produced by a particular voice 音色，音质
upbraid *v.* to find fault wit someone, scold 责备
unscrupulous *adj.* without moral principles; not honest or fair 不道德的，无耻的；肆无忌惮的
wintry *adj.* cold or typical of winter 寒冷的，冬天似的

Part Ⅰ Objectives

a. Identify and evaluate the plot, themes and characters in *Gone with the Wind*.

b. Explain the conflict between Scarlett and Rhett and the causes of their break-up.

c. Understand and appreciate Margaret Mitchell's writing style.

d. Write a short sequel to the novel *Gone with the Wind*.

Part Ⅱ Introduction to Margaret Mitchell and *Gone with the Wind*

1. Introduction to the writer

Margaret Mitchell (born November 8, 1900, Atlanta, Georgia, U. S. —died August 16, 1949, Atlanta) was an American author and journalist. Mitchell published one novel during her lifetime. The American Civil War-era novel, *Gone with the Wind* won the National Book Award for Most Distinguished Novel of 1936 and the Pulitzer Prize for Fiction in 1937. She wrote the book during the time her family stayed in Antigua and Barbuda in 1934 after her husband took a business proposition there. In 1938, she was nominated for the Nobel Prize in Literature. *Gone with the Wind* was the source of the classic film of the same name released in 1939. In more recent years, a collection of Mitchell's girlhood writings and a novella she wrote as a teenager,

Lost Laysen, have been publishcd. A collcction of articles written by Mitchell for *The Atlanta Journal* have been republished in book form.

2. Introduction to *Gone with Wind*

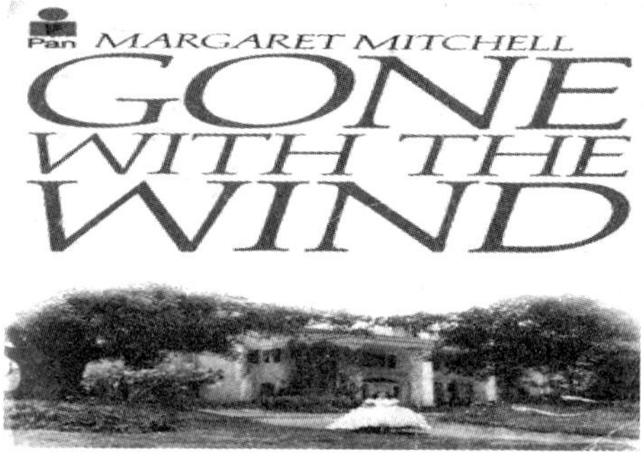

The novel *Gone with the Wind* was published in 1936 and sold more than a million copies in the first six months, a phenomenal feat considering it was the Great Depression era. It is a story of Scarlett O'Hara, a headstrong Southern belle who survives the hardships of the American Civil War and afterward manages to establish a successful business. Throughout the novel she is motivated by her unfulfilled love for Ashley Wilkes, a man she falls in love at the age of 16. After a series of marriages and failed relationships with other men, notably Rhett Butler, she has a change of heart and determines to win Rhett back. The novel has been translated into 27 languages. Approximately 250, 000 copies are still sold each year. Shortly after the book's publication, the movie rights were sold to David O. Selznick for $50, 000, the highest amount ever paid for a manuscript up to that time.

The audio version of the novel can be accessed through the following link:

https://www.bilibili.com/video/BV1iZ4y1H7er? from=search&seid=14768454306372402289

3. Watch the video through the following link and answer two questions.

(Video link: https://www. bilibili. com/video/BV12A411e7Fi? from = search&seid = 689726 2512792876891)

1) Can you speak out sentences from the video clip? If you can, write them down and explain their meaning to the class.

2) Do you think the edited video clip is coherent? If so, in what way is it coherent? If not, why not?

Part Ⅲ　Questions for Reflection

1. Why was Rhett siting in the darkness? What kind of mood could he be in?
2. Why couldn't Scarlett utter "I love you", the three words that were burning in her heart?
3. Why did Rhett behave coldly to Scarlett after he saw love and joy in her eyes?
4. What do you think of the long dialogue between Rhett and Scarlett? Why didn't it go in the way that Scarlett intended it to be?
5. Why did Scarlett feel sorry for Rhett? Why was it the first time that she started to understand a human being?
6. Why did Rhett say Scarlet was at an age that she had gained the whole world and lost her own soul? What is its implication?
7. At an age of 45, what was Rhett's dream? Do you think he was the same Rhett that he had ever been? Why so or why not?
8. What do you think of the open ending of the novel? How does it relate to the themes of the novel?

Part Ⅳ　Movie Excerpt

(Video link: https://www.bilibili.com/video/BV1U4411q7xQ? from = search&seid = 6897262512792876891)

1. Summary

In a final meeting with Scarlett, Melanie asks her to look after Ashley. When Melanie dies, Ashley is left a broken man and he tells Scarlett that Melanie was always his true love. Realizing her true love for the first time in life, Scarlett returns to the mansion to look for Rhett. Having seen Scarlett fall into Ashley's arms at Melanie's house, Rhett tells her that she will never stop loving Ashley, so he is leaving her for good and starts a new life back in his hometown Charleston. As Rhett begins to pack his suitcase to leave, Scarlett insists that she now realizes that she loves Rhett and never truly loved Ashley, but Rhett maintains that any chance of saving their marriage has died with the death of Bonnie. As he prepares to walk out of the door, Scarlett begs him one last time, asking what will happen to her if he leaves. Indifferently Rhett replies, "Frankly, my dear, I don't give a damn." He strides out of the house into the evening fog. Scarlett collapses on the stairs in anguish. She pulls back from despair only when she thinks of the other great love of her life, Tara. She is determined to return to Tara, makes a new start, and tries somehow to get Rhett back. In the end, she says to herself, "After all, tomorrow is another day!"

2. The beauty of words

1) For all its brightness the house was very still, not with the serene stillness of sleep but with a watchful, tired silence that was faintly ominous.

2) He was sunken in his chair, his suit wrinkling untidily against his thickening waist, every line of him proclaiming the ruin of a fine body and the coarsening of a strong face.

3) His somber gaze went past her and in his eyes was the same look she had seen in the light of the flames the night Atlanta fell, when he told her he was going off with the retreating army—the surprise of a man who knows himself utterly, yet discovers in himself unexpected loyalties and emotions and feels a faint self- ridicule at the discovery.

4) She was seeing through Rhett's eyes the passing, not of a woman but of a legend—the gentle, self-effacing but steel-spined women on whom the South had built its house in war and to whose proud and loving arms it had returned in defeat.

5) "You think that by saying, 'I'm sorry,' all the errors and hurts of years past can be remedied, obliterated from the mind, all the poison drawn from old wounds."

6) There was a merciful dullness in her mind now, a dullness that she knew from long experience would soon give way to sharp pain, even as severed tissues, shocked by the surgeon's knife, have a brief instant of insensibility before their agony begins.

7) She had gone back to Tara once in fear and defeat and she had emerged from its sheltering walls strong and armed for victory.

8) All she wanted was a breathing space in which to hurt, a quiet place to lick her wounds, a

haven in which to plan her campaign.

9) She could see the white house gleaming welcome to her through the reddening autumn leaves, feel the quiet hush of the country twilight coming down over her like a benediction, feel the dews falling on the acres of green bushes starred with fleecy white, see the raw color of the red earth and the dismal dark beauty of the pines on the rolling hills.

10) After all, tomorrow is another day.

3. Questions for reflection

1) Can you spot three differences between the last chapter and the edited video clip? Why are there such differences?

2) What do you think of the lost look on Scarlett's face at the beginning of the clip? Suddenly it turned into kind of realization, what went on in her mind?

3) Why did Rhett push Scarlett away when she was so eager to cling to him in a loving way?

4) Why did Rhett say "Frankly, I don't give a damn."?

5) Why did Rhett walk out into the foggy night in the video chip while there was no such description in the novel?

6) What do you think the look on Scarlett's face when she said "After all, tomorrow is another day."? Is it an accurate capture of the Scarlett that Margarett Mitchell intended to create?

Part V　A Mini-project

Being a Creative Story Writer

Directions: For this mini-project, you are asked to write a short sequel to *Gone with the Wind*. To create an gripping sequential story, you need to use your imagination and align it with the original novel *Gone with the Wind*, especially the last chapter. The followings are the steps you may take while you plan your story. Remember, you need to revise it after your first draft. The success of your story lies in good planning, creative imagination, clever maneuver of literary skills and fluent flow of language.

Step one: Listen to the novel *Gone with the Wind* through the link https://www.bilibili.com/video/BV1iZ4y1H7er? from=search&seid=14768454306372402289.

Step two: Reflect on the setting, characters, plot, themes and symbolic language in this novel.

Step three: Decide who the major characters are, the span of time the sequential story covers and the setting for your story.

Step four: Brainstorm the possible place your protagonists meet, the circumstances they are in, the dialogue that could possible happen between them.

Step five: Create conflict (i. e. tension) in words or behaviour between your characters and resolve the conflict after some suspense till the end of the story.

Step six: Make your story ends in surprise yet answer to the foreshadow you creates beforehand or Margarett Mitchell creates in her novel.

Step seven: You should write as long as you can. For your reference, the following is the first several paragraphs of the published sequel to *Gone with the Wind* by Alexandra Ripley.

This will be over soon, and then I can go home to Tara.

Scarlett O'Hara Hamilton Butler stood alone, a few steps away from the other mourners at Melanie Wiles' burial. It was raining, and the black-clad men and women held black umbrellas over their heads. They leaned on one another, the women weeping, sharing shelter and grief.

Scarlett shared her umbrella with no one, nor her grief. The gusts of wind within the rain blew stinging cold wet rivulets under the umbrella, down her neck, but she was unaware of them. She felt nothing, she was numbed by loss. She would mourn later, when she could stand the pain. She held it away from her, all pain, all feeling, all thinking. Except for the words that repeated again and again in her mind, the words that promised healing from pain to come and strength to survive until she was dead.

This will be over soon, and then I can go home to Tara.

◎ 参考书目

1. Ripley A. Scarlett: The Sequel to Margret Mitchell's *Gone with the Wind* [M]. World Publishing Corperation, 1993.
2. https://www.imdb.com/title/tt0031381/plotsummary (accessed on 1st August, 2020)
3. https://www. britannica. com/topic/Gone-with-the-Wind-novel (accessed on 15th July, 2020)

第二章
美国梦的幻灭

The Great Gatsby

F. Scott Fitzgerald

Chapter 6

About this time an ambitious young reporter from New York arrived one morning at Gatsby's door and asked him if he had anything to say.

"Anything to say about what?" inquired Gatsby politely.

"Why, —any statement to give out."

It transpired after a confused five minutes that the man had heard Gatsby's name around his office in a connection which he either wouldn't reveal or didn't fully understand. This was his day off and with **laudable** initiative he had hurried out "to see."

It was a random shot, and yet the reporter's instinct was right. Gatsby's notoriety, spread about by the hundreds who had accepted his hospitality and so become authorities on his past, had increased all summer until he fell just short of being news. Contemporary legends such as the "underground pipe-line to Canada" attached themselves to him, and there was one persistent story that he didn't live in a house at all, but in a boat that looked like a house and was moved secretly up and down the Long Island shore. Just why these inventions were a source of satisfaction to James Gatz of North Dakota, isn't easy to say.

James Gatz—that was really, or at least legally, his name. He had changed it at the age of seventeen and at the specific moment that witnessed the beginning of his career—when he saw Dan Cody's yacht drop anchor over the most insidious flat on Lake Superior. It was James Gatz who had been loafing along the beach that afternoon in a torn green jersey and a pair of canvas pants, but it was already Jay Gatsby who borrowed a row-boat, pulled out to the *Tuolomee* and informed Cody that a wind might catch him and break him up in half an hour.

I suppose he'd had the name ready for a long time, even then. His parents were shiftless and unsuccessful farm people—his imagination had never really accepted them as his parents at all. The truth was that Jay Gatsby, of West Egg, Long Island, sprang from his Platonic conception of himself. He was a son of God—a phrase which, if it means anything, means just that—and he must be about His Father's Business, the service of a vast, vulgar and **meretricious** beauty. So he invented just the sort of Jay Gatsby that a seventeen-year-old boy would be likely to invent, and to this conception he was faithful to the end.

For over a year he had been beating his way along the south shore of Lake Superior as a clam digger and a salmon fisher or in any other capacity that brought him food and bed. His brown, hardening body lived naturally through the half fierce, half lazy work of the bracing days. He knew women early and since they spoiled him he became contemptuous of them, of young virgins because they were ignorant, of the others because they were hysterical about things which in his overwhelming self-absorption he took for granted.

But his heart was in a constant, turbulent **riot**. The most grotesque and fantastic conceits haunted him in his bed at night. A universe of ineffable gaudiness spun itself out in his brain while the clock ticked on the wash-stand and the moon soaked with wet light his tangled clothes upon the floor. Each night he added to the pattern of his fancies until drowsiness closed down upon some vivid scene with an oblivious embrace. For a while these **reveries** provided an outlet for his imagination; they were a satisfactory hint of the unreality of reality, a promise that the rock of the world was founded securely on a fairy's wing.

An instinct toward his future glory had led him, some months before, to the small Lutheran college of St. Olaf in southern Minnesota. He stayed there two weeks, dismayed at its ferocious indifference to the drums of his destiny, to destiny itself, and despising the **janitor's** work with which he was to pay his way through. Then he drifted back to Lake Superior, and he was still searching for something to do on the day that Dan Cody's yacht dropped anchor in the shallows along shore.

Cody was fifty years old then, a product of the Nevada silver fields, of the Yukon, of every rush for metal since 1875. The transactions in Montana copper that made him many times a millionaire found him physically robust but on the verge of soft-mindedness, and, suspecting this an infinite number of women tried to separate him from his money. The none too savory **ramifications** by which Ella Kaye, the newspaper woman, played Madame de Maintenon to his weakness and sent him to sea in a yacht, were common knowledge to the **turgid** journalism of 1902. He had been coasting along all too hospitable shores for five years when he turned up as James Gatz's destiny at Little Girl Bay.

To the young Gatz, resting on his oars and looking up at the railed deck, the yacht represented all the beauty and glamor in the world. I suppose he smiled at Cody—he had probably discovered that people liked him when he smiled. At any rate Cody asked him a few questions (one of them elicited the brand new name) and found that he was quick, and extravagantly ambitious. A few days later he took him to Duluth and bought him a blue coat, six pair of white duck trousers and a yachting cap. And when the *Tuolomee* left for the West Indies and the Barbary Coast Gatsby left too.

He was employed in a vague personal capacity—while he remained with Cody he was in turn steward, mate, skipper, secretary, and even jailor, for Dan Cody sober knew what lavish doings Dan Cody drunk might soon be about and he provided for such contingencies by reposing more and more trust in Gatsby. The arrangement lasted five years during which the boat went three times around the continent. It might have lasted indefinitely except for the fact that Ella Kaye came on board one night in Boston and a week later Dan Cody inhospitably died.

I remember the portrait of him up in Gatsby's bedroom, a grey, **florid** man with a hard empty face—the pioneer **debauchee** who during one phase of American life brought back to the eastern seaboard the savage violence of the frontier brothel and saloon. It was indirectly due to Cody that Gatsby drank so little. Sometimes in the course of gay parties women used to rub champagne into his hair; for himself he formed the habit of letting liquor alone.

And it was from Cody that he inherited money—a legacy of twenty-five thousand dollars. He didn't get it. He never understood the legal device that was used against him but what remained of the millions went intact to Ella Kaye. He was left with his singularly appropriate education; the vague **contour** of Jay Gatsby had filled out to the substantiality of a man.

He told me all this very much later, but I've put it down here with the idea of exploding those first wild rumors about his antecedents, which weren't even faintly true. Moreover he told it to me at a time of confusion, when I had reached the point of believing everything and nothing about him. So I take advantage of this short halt, while Gatsby, so to speak, caught his breath, to clear this set of misconceptions away.

It was a halt, too, in my association with his affairs. For several weeks I didn't see him or hear his voice on the phone—mostly I was in New York, trotting around with Jordan and trying to ingratiate myself with her senile aunt—but finally I went over to his house one Sunday afternoon. I hadn't been there two minutes when somebody brought Tom Buchanan in for a drink. I was startled, naturally, but the really surprising thing was that it hadn't happened before.

They were a party of three on horseback—Tom and a man named Sloane and a pretty woman in a brown riding habit who had been there previously.

"I'm delighted to see you," said Gatsby standing on his porch. "I'm delighted that you dropped in."

As though they cared!

"Sit right down. Have a cigarette or a cigar." He walked around the room quickly, ringing bells. "I'll have something to drink for you in just a minute."

He was profoundly affected by the fact that Tom was there. But he would be uneasy anyhow until he had given them something, realizing in a vague way that that was all they came for. Mr. Sloane wanted nothing. A lemonade? No, thanks. A little champagne? Nothing at all, thanks.... I'm sorry—

"Did you have a nice ride?"

"Very good roads around here."

"I suppose the automobiles—"

"Yeah."

Moved by an irresistible impulse, Gatsby turned to Tom who had accepted the introduction as a stranger.

"I believe we've met somewhere before, Mr. Buchanan."

"Oh, yes," said Tom, **gruffly** polite but obviously not remembering.

"So we did. I remember very well."

"About two weeks ago."

"That's right. You were with Nick here."

"I know your wife," continued Gatsby, almost aggressively.

"That so?"

Tom turned to me.

"You live near here, Nick?"

"Next door."

"That so?"

Mr. Sloane didn't enter into the conversation but lounged back haughtily in his chair; the woman said nothing either—until unexpectedly, after two **highballs**, she became **cordial**.

"We'll all come over to your next party, Mr. Gatsby," she suggested. "What do you say?"

"Certainly. I'd be delighted to have you."

"Be ver' nice," said Mr. Sloane, without gratitude. "Well—think ought to be starting home."

"Please don't hurry," Gatsby urged them. He had control of himself now and he wanted to see more of Tom. "Why don't you—why don't you stay for supper? I wouldn't be surprised if some other people dropped in from New York."

"You come to supper with *me*," said the lady enthusiastically. "Both of you."

This included me. Mr. Sloane got to his feet. "Come along," he said—but to her only.

"I mean it," she insisted. "I'd love to have you. Lots of room."

Gatsby looked at me questioningly. He wanted to go and he didn't see that Mr. Sloane had determined he shouldn't.

"I'm afraid I won't be able to," I said.

"Well, you come," she urged, concentrating on Gatsby.

Mr. Sloane murmured something close to her ear.

"We won't be late if we start now," she insisted aloud.

"I haven't got a horse," said Gatsby. "I used to ride in the army but I've never bought a horse. I'll have to follow you in my car. Excuse me for just a minute."

The rest of us walked out on the porch, where Sloane and the lady began an impassioned conversation aside.

"My God, I believe the man's coming," said Tom. "Doesn't he know she doesn't want him?"

"She says she does want him."

"She has a big dinner party and he won't know a soul there." He frowned. "I wonder where in the devil he met Daisy. By God, I may be old-fashioned in my ideas, but women run around too much these days to suit me. They meet all kinds of crazy fish."

Suddenly Mr. Sloane and the lady walked down the steps and mounted their horses.

"Come on," said Mr. Sloane to Tom, "we're late. We've got to go." And then to me:

“Tell him we couldn’t wait, will you?”

Tom and I shook hands, the rest of us exchanged a cool nod and they trotted quickly down the drive, disappearing under the August foliage just as Gatsby with hat and light overcoat in hand came out the front door.

Tom was evidently perturbed at Daisy’s running around alone, for on the following Saturday night he came with her to Gatsby’s party. Perhaps his presence gave the evening its peculiar quality of oppressiveness—it stands out in my memory from Gatsby’s other parties that summer. There were the same people, or at least the same sort of people, the same profusion of champagne, the same many-colored, many-keyed **commotion**, but I felt an unpleasantness in the air, a pervading harshness that hadn’t been there before. Or perhaps I had merely grown used to it, grown to accept West Egg as a world complete in itself, with its own standards and its own great figures, second to nothing because it had no consciousness of being so, and now I was looking at it again, through Daisy’s eyes. It is invariably saddening to look through new eyes at things upon which you have expended your own powers of adjustment.

They arrived at twilight and as we strolled out among the sparkling hundreds, Daisy’s voice was playing murmurous tricks in her throat.

“These things excite me *so*,” she whispered. “If you want to kiss me any time during the evening, Nick, just let me know and I’ll be glad to arrange it for you. Just mention my name. Or present a green card. I’m giving out green—”

“Look around,” suggested Gatsby.

“I’m looking around. I’m having a marvelous—”

“You must see the faces of many people you’ve heard about.”

Tom’s arrogant eyes roamed the crowd.

“We don’t go around very much,” he said. “In fact I was just thinking I don’t know a soul here.”

“Perhaps you know that lady.” Gatsby indicated a gorgeous, scarcely human orchid of a woman who sat in state under a white plum tree. Tom and Daisy stared, with that peculiarly unreal feeling that accompanies the recognition of a hitherto ghostly celebrity of the movies.

“She’s lovely,” said Daisy.

“The man bending over her is her director.”

He took them ceremoniously from group to group:

“Mrs. Buchanan ... and Mr. Buchanan—” After an instant’s hesitation he added: “the polo player.”

"Oh no," objected Tom quickly, "Not me."

But evidently the sound of it pleased Gatsby for Tom remained "the polo player" for the rest of the evening.

"I've never met so many celebrities!" Daisy exclaimed. "I liked that man—what was his name? —with the sort of blue nose."

Gatsby identified him, adding that he was a small producer.

"Well, I liked him anyhow."

"I'd a little rather not be the polo player," said Tom pleasantly, "I'd rather look at all these famous people in—in oblivion."

Daisy and Gatsby danced. I remember being surprised by his graceful, conservative fox-trot—I had never seen him dance before. Then they sauntered over to my house and sat on the steps for half an hour while at her request I remained watchfully in the garden: "In case there's a fire or a flood," she explained, "or any act of God."

Tom appeared from his oblivion as we were sitting down to supper together. "Do you mind if I eat with some people over here?" he said. "A fellow's getting off some funny stuff."

"Go ahead," answered Daisy genially, "And if you want to take down any addresses here's my little gold pencil...." She looked around after a moment and told me the girl was "common but pretty," and I knew that except for the half hour she'd been alone with Gatsby she wasn't having a good time.

We were at a particularly **tipsy** table. That was my fault—Gatsby had been called to the phone and I'd enjoyed these same people only two weeks before. But what had amused me then turned septic on the air now.

"How do you feel, Miss Baedeker?"

The girl addressed was trying, unsuccessfully, to slump against my shoulder. At this inquiry she sat up and opened her eyes.

"Wha'?"

A massive and **lethargic** woman, who had been urging Daisy to play golf with her at the local club tomorrow, spoke in Miss Baedeker's defence: "Oh, she's all right now. When she's had five or six cocktails she always starts screaming like that. I tell her she ought to leave it alone."

"I do leave it alone," affirmed the accused hollowly.

"We heard you yelling, so I said to Doc Civet here: 'There's somebody that needs your help, Doc.'"

"She's much obliged, I'm sure," said another friend, without gratitude. "But you got her dress all wet when you stuck her head in the pool."

"Anything I hate is to get my head stuck in a pool," mumbled Miss Baedeker. "They almost drowned me once over in New Jersey."

"Then you ought to leave it alone," countered Doctor Civet.

"Speak for yourself!" cried Miss Baedeker violently. "Your hand shakes. I wouldn't let you operate on me!"

It was like that. Almost the last thing I remember was standing with Daisy and watching the moving picture director and his Star. They were still under the white plum tree and their faces were touching except for a pale thin ray of moonlight between. It occurred to me that he had been very slowly bending toward her all evening to attain this proximity, and even while I watched I saw him stoop one ultimate degree and kiss at her cheek.

"I like her," said Daisy, "I think she's lovely."

But the rest offended her—and inarguably, because it wasn't a gesture but an emotion. She was appalled by West Egg, this unprecedented "place" that Broadway had begotten upon a Long Island fishing village—appalled by its raw vigor that chafed under the old euphemisms and by the too obtrusive fate that herded its inhabitants along a short cut from nothing to nothing. She saw something awful in the very simplicity she failed to understand.

I sat on the front steps with them while they waited for their car. It was dark here in front: only the bright door sent ten square feet of light volleying out into the soft black morning. Sometimes a shadow moved against a dressing-room blind above, gave way to another shadow, an indefinite procession of shadows, who rouged and powdered in an invisible glass.

"Who is this Gatsby anyhow?" demanded Tom suddenly. "Some big bootlegger?"

"Where'd you hear that?" I inquired.

"I didn't hear it. I imagined it. A lot of these newly rich people are just big bootleggers, you know."

"Not Gatsby," I said shortly.

He was silent for a moment. The pebbles of the drive crunched under his feet.

"Well, he certainly must have strained himself to get this **menagerie** together."

A breeze stirred the grey haze of Daisy's fur collar.

"At least they're more interesting than the people we know," she said with an effort.

"You didn't look so interested."

"Well, I was."

Tom laughed and turned to me.

"Did you notice Daisy's face when that girl asked her to put her under a cold shower?"

Daisy began to sing with the music in a husky, rhythmic whisper, bringing out a meaning in each word that it had never had before and would never have again. When the melody rose, her voice broke up sweetly, following it, in a way **contralto** voices have, and each change tipped out a little of her warm human magic upon the air.

"Lots of people come who haven't been invited," she said suddenly. "That girl hadn't been invited. They simply force their way in and he's too polite to object."

"I'd like to know who he is and what he does," insisted Tom. "And I think I'll make a point of finding out."

"I can tell you right now," she answered. "He owned some drug stores, a lot of drug stores. He built them up himself."

The **dilatory limousine** came rolling up the drive. "Good night, Nick," said Daisy.

Her glance left me and sought the lighted top of the steps where *Three O'clock in the Morning*, a neat, sad little waltz of that year, was drifting out the open door. After all, in the very casualness of Gatsby's party there were romantic possibilities totally absent from her world. What was it up there in the song that seemed to be calling her back inside? What would happen now in the dim incalculable hours? Perhaps some unbelievable guest would arrive, a person infinitely rare and to be marvelled at, some authentically radiant young girl who with one fresh glance at Gatsby, one moment of magical encounter, would blot out those five years of unwavering devotion.

I stayed late that night. Gatsby asked me to wait until he was free and I lingered in the garden until the inevitable swimming party had run up, chilled and exalted, from the black beach, until the lights were extinguished in the guest rooms overhead. When he came down the steps at last the tanned skin was drawn unusually tight on his face, and his eyes were bright and tired.

"She didn't like it," he said immediately.

"Of course she did."

"She didn't like it," he insisted. "She didn't have a good time."

He was silent and I guessed at his unutterable depression. "I feel far away from her," he said. "It's hard to make her understand."

"You mean about the dance?"

"The dance?" He dismissed all the dances he had given with a snap of his fingers. "Old sport, the dancc is unimportant."

He wanted nothing less of Daisy than that she should go to Tom and say: "I never loved you." After she had obliterated three years with that sentence they could decide upon the more practical measures to be taken. One of them was that, after she was free, they were to go back to Louisville and be married from her house—just as if it were five years ago.

"And she doesn't understand," he said. "She used to be able to understand. We'd sit for hours——"

He broke off and began to walk up and down a desolate path of fruit **rinds** and discarded favours and crushed flowers.

"I wouldn't ask too much of her," I ventured. "You can't repeat the past."

"Can't repeat the past?" he cried incredulously. "Why of course you can!"

He looked around him wildly, as if the past were lurking here in the shadow of his house, just out of reach of his hand.

"I'm going to fix everything just the way it was before," he said, nodding determinedly. "She'll see."

He talked a lot about the past and I gathered that he wanted to recover something, some idea of himself perhaps, that had gone into loving Daisy. His life had been confused and disordered since then, but if he could once return to a certain starting place and go over it all slowly, he could find out what that thing was....

... One autumn night, five years before, they had been walking down the street when the leaves were falling, and they came to a place where there were no trees and the side-walk was white with moonlight. They stopped here and turned toward each other. Now it was a cool night with that mysterious excitement in it which comes at the two changes of the year. The quiet lights in the houses were humming out into the darkness and there was a stir and **bustle** among the stars. Out of the corner of his eye Gatsby saw that the blocks of the sidewalk really formed a ladder and mounted to a secret place above the trees—he could climb to it, if he climbed alone, and once there he could suck on the **pap** of life, gulp down the incomparable milk of wonder.

His heart beat faster and faster as Daisy's white face came up to his own. He knew that when he kissed this girl, and forever wed his unutterable visions to her perishable breath, his mind would never **romp** again like the mind of God. So he waited, listening for a moment longer to the tuning fork that had been struck upon a star. Then he kissed her. At his lips' touch she blossomed for him like a flower and the **incarnation** was complete.

Through all he said, even through his appalling sentimentality, I was reminded of something—an elusive rhythm, a fragment of lost words, that I had heard somewhere a long time ago. For a moment a phrase tried to take shape in my mouth and my lips parted like a dumb man's, as though there was more struggling upon them than **a wisp of** startled air. But they made no sound and what I had almost remembered was uncommunicable forever.

☞ New Words

a wisp of: an amount of something in a long thin shape 一缕

bustle *n.* busy and usually noisy activity 忙碌，熙攘，喧闹

contour *n.* the shape of the outer edges of something such as an area of land or someone's body 外形，轮廓

commotion *n.* a lot of noise, confusion, and excitement 骚动

contralto *n.* the lowest female singing voice 女低音

cordial *adj.* warm and friendly 热情友好的

debauchee *n.* a man who leads a life of reckless drinking, promiscuity, and self-indulgence 放荡者

dilatory *adj.* not acting quickly enough; causing delay 拖拉的，缓慢的

florid *adj.* a florid face is red in colour (脸)红润的

gruffly *adv.* in a gruff manner 生硬地

highballs *n.* (*especially AmE*) an alcoholic drink, especially whisky or brandy mixed with water or soda 高杯酒(尤指威士忌或白兰地加水或苏打水)

incarnation *n.* a period of life in a particular form (某一段时间内的)化身

janitor *n.* a caretaker or doorkeeper 门房，看门人

laudable *adj.* (*formal*) deserving praise, even if not completely successful 值得称道的，值得称颂的

lethargic *adj.* affected by lethargy, sluggish or apathetic. 无精打采的

limousine *n.* a large expensive comfortable car 大型高级轿车，豪华轿车

menagerie *n.* *a* strange or diverse collection of people 无奇不有的一群人

meretricious *adj.* seeming attractive, but in fact having no real value 华而不实的，虚有其表的，金玉其外的

orchid *n.* a plant that has flowers which are brightly coloured and usually shaped 兰花

pap *n.* (*especially BrE*) very soft food that does not have a strong taste, like the food that babies eat 软食，半流质

ramification *n.* (*formal*) an additional result of something you do, which may not have been clear when you first decided to do it 衍生后果，派生影响

reverie *n.* a state of imagination or thinking about pleasant things, that is like dreaming 幻想，白日梦

rind *n* the thick outer skin of some types of fruit, such as oranges (橙等水果的)外皮

riot *n.* If your imagination, emotion, thoughts, etc., run riot, you cannot or do not control them (想象、感情、思绪等)无法控制，放纵

romp *v.* to play in a noisy way, especially by running, jumping, etc. (尤指又跑又跳地)嬉闹

septic *adj.* infected with harmful bacteria 感染病菌的，引起腐败的

tipsy *adj.* unsteady. 不稳的

turgid *adj.* boring and difficult to understand (文章或讲话)枯燥乏味的，很难理解的

Part Ⅰ　Objectives

1. Identify and evaluate the plot, themes and characters in the novel *The Great Gatsby*.
2. Explain the rise and fall of Jay Gatsby, and all the possible causes of his tragedy.
3. Understand and appreciate F. S. Fitzgerald's writing style in *The Great Gatsby*.
4. Understand Jazz age and social upheaval of Fitzgerald's time through *The Great Gatsby*.

Part Ⅱ　Introduction to the Writer and the Novel

1. Introduction to the the writer

F. Scott Fitzgerald, in full **Francis Scott Key Fitzgerald**, (born September 24, 1896, St. Paul, Minnesota, U. S. —died December 21, 1940, Hollywood, California) is an American short-story writer and novelist famous for his depictions of the Jazz Age (the 1920s). His most brilliant novel is *The Great Gatsby* (1925). His novels include *This Side of Paradise*

(1920), *The Beautiful and Damned* (1922), *The Great Gatsby* (1925), *Tender Is the Night* (1934) and *The Love of the Last Tycoon* (unfinished). After completing his masterpiece, *The Great Gatsby*, Fitzgerald's life began to unravel. Always a heavy drinker, he progressed steadily into alcoholism and suffered prolonged bouts of writer's block. After two years lost to alcohol and depression, in 1937 Fitzgerald attempted to revive his career as a screenwriter and freelance storywriter in Hollywood, and he achieved modest financial, if not critical, success for his efforts before his death in 1940 in Hollywood, California.

2. Introduction to the novel

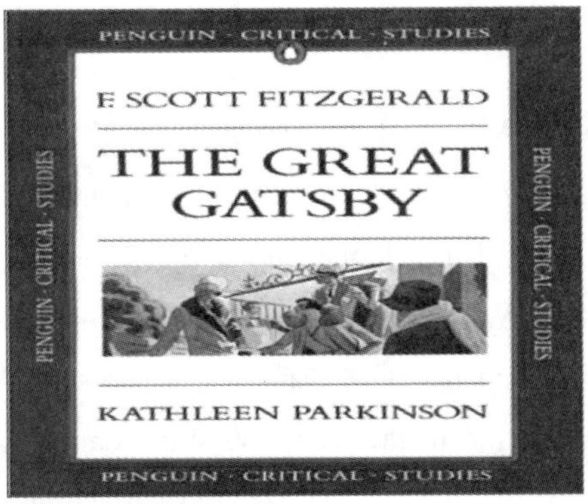

The Great Gatsby, third novel by F. Scott Fitzgerald, was published in 1925 by Charles Scribner's Sons. Set in Jazz Age New York, the novel tells the tragic story of Jay Gatsby, a self-made millionaire, and his pursuit of Daisy Buchanan, a wealthy young woman whom he loved in his youth. Unsuccessful upon publication, the book is now considered a classic of American fiction and has often been called the Great American Novel.

The novel is narrated through Nick Carraway, a young Yale graduate, who is both a part of and separate from the world he describes. Upon moving to New York, he rents a house next door to the mansion of an eccentric millionaire (Jay Gatsby). Every Saturday, Gatsby throws a party at his mansion. Despite his high-living, Gatsby is dissatisfied and Nick finds out why. Long ago, Gatsby fell in love with a young girl, Daisy. He asks Nick to help him meet Daisy once more, and Nick finally agrees—arranging tea for Daisy at his house. The two ex-lovers meet and soon rekindle their affair. Soon, Tom, Daisy's husband, begins to suspect and challenges the two of them—also revealing that Gatsby's fortune was made through illegal gambling and bootlegging. While driving back to New York after a gathering, Daisy hits and kills her husband's mistress by accident. Gatsby takes the blame to cover up for Daisy. George Wilson—who discovers that the car that killed his wife belongs to Gatsby—comes to Gatsby's house and shoots him. Nick arranges a funeral for his friend and then decides to leave New York.

3. Watch the video about Fitzgerald and answer the following questions.

(Video link: https://v.qq.com/x/page/d01815noc26.html)

1) Do you think a novelist's life affect his writing, especially the themes? Why do you think so?

2) What were the critics' view of F. S. Fitzgerald? Do you agree with them? Why so or why not?

Part Ⅲ Questions for Reflection

1. What can be learned about Gatsby from this chapter? Is he still mysterious? Why so or why not?
2. How did Gatsby meet Cody? What had he learned from Cody?
3. What can you say about Cody? Was he a self-made man just like Gatsby in his later years?
4. What can you say about Tom, Mr. Sloane and a pretty woman in this chapter? What was their attitude towards Gatsby? Why didn't they wait for Gatsby and left on their horses?
5. Was Tom happy at the news that his wife Daisy knew Gatsby? Why so or why not?
6. Daisy's voice was described twice in this chapter. What can you say about her voice?
7. Why did Tom accuse Gatsby of being some big bootlegger before Nick while he and Daisy left the party? Did Nick believe his words? Why so or why not?
8. Why did Gatsby think that he could repeat the past? What happened between him and Daisy five years ago?

Part Ⅳ Movie Excerpt

1. Summary

(Video link: https://pan. baidu. com/play/video #/video? path =% 2FThe% 20Great% 20Gastby%2C%20editing%20version.mp4&t=-1)

Nick tells some truth about Gatsby. His real name is James Gatz, and that he came from a poor family of farmers from North Dakota. He did not see himself as part of that family and as he got older, he set off to accomplish more. While riding his boat, he encountered a yacht sailed by a man named Dan Cody. The young James Gatz rescued him from a storm and went on to sail with him. After Cody died, Gatsby did not receive his inheritance, so he went on to make himself a wealthy man.

Gatsby throws another party, this time having Daisy and Tom show up. Gatsby welcomes both of them and introduce them to other guests. He insists on introducing Tom as a Polo player, which upsets him. Tom wonders where Gatsby made an acquaintance with Daisy since he believes they are from different worlds. Daisy and Gatsby dance and retreat to a nearby location where they begin to kiss passionately. Tom, on the other hand, is attracted by a pretty woman and walks away too.

2. The beauty of words.

1) The truth was that Jay Gatsby, of West Egg, Long Island, sprang from his Platonic conception of himself. His brown, hardening body lived naturally through the half fierce, half lazy work of the bracing days.

2) A universe of ineffable gaudiness spun itself out in his brain while the clock ticked on the wash-stand and the moon soaked with wet light his tangled clothes upon the floor.

3) Or perhaps I had merely grown used to it, grown to accept West Egg as a world complete in itself, with its own standards and its own great figures, second to nothing because it had no consciousness of being so, and now I was looking at it again, through Daisy's eyes.

4) Daisy's voice was playing murmurous tricks in her throat.

5) She was appalled by West Egg, this unprecedented "place" that Broadway had begotten upon a Long Island fishing village—appalled by its raw vigor that chafed under the old euphemisms and by the too obtrusive fate that herded its inhabitants along a short cut from nothing to nothing.

6) It was dark here in front: only the bright door sent ten square feet of light volleying out into the soft black morning.

7) When the melody rose, her voice broke up sweetly, following it, in a way contralto voices have, and each change tipped out a little of her warm human magic upon the air.

8) Gatsby asked me to wait until he was free and I lingered in the garden until the inevitable swimming party had run up, chilled and exalted, from the black beach, until the lights were extinguished in the guest rooms overhead.

9) At his lips' touch she blossomed for him like a flower and the incarnation was complete.

10) Through all he said, even through his appalling sentimentality, I was reminded of something—an elusive rhythm, a fragment of lost words, that I had heard somewhere a long time ago.

3. Questions for reflection

1) Can you name three differences between the chapter and the video clip? Why are there such differences?

2) What effect of Jazz music have on the film viewers? What about the costume of those uninvited guests at the party?

3) Why did Tom borrow a pen from Daisy? What does this tell you of Tom as a husband?

4) Why did Gatsby confide his old love of Daisy in Nick? What do you think of Fitzgerald's choice of Nick as the narrator of the novel?

5) Why did Gatsby throw a party on every Saturday night? What can you say of Gatsby for such an act?

6) Why did Gatsby gaze at the green light at the other side of the dock? What does the green light stand for in this novel?

Part V A Mini-project

Direction: For this mini-project, the students are asked to edit the film *The Great Gatsby* into a short video clip. They are supposed to take the following steps to finish the mini-project.

Being an Editor of *The Great Gatsby*

Step one: Listen and read the whole novel *The Great Gatsby* through the following link, https://www.bilibili.com/video/av44800457.

Step two: Form a group of four. Decide among yourselves the roles you are supposed to play, for example, a script writer, a researcher of online resources, and a video editor.

Step three: Decide among your group members about the distribution of the work and keep a record of contribution made by each group member.

Step four: Discuss the themes, background music, major characters and the plot of your video clip. Try to make it a new coherent story. For your reference, here is the link through which you can get some inspiration for your mini-project (https://www.bilibili.com/video/BV1is411q7kY? from=search&seid=4010413270540941642).

Step five: Present your video clip in class and upload it to class QQ afterwards with a word document to explain your rationale for your production.

Step Seven: The whole class vote for the best video clip, the best script writer, and the best video editor.

◎ 参考文献

1. https://www.biography.com/writer/f-scott-fitzgerald(accessed 4th July 2020)
2. https://www.britannica.com/biography/F-Scott-Fitzgerald(accessed 4th July 2020)
3. https://www.imdb.com/title/tt1343092/plotsummary? ref_=tt_stry_pl(accessed on 10th August, 2020)
4. https://www.thoughtco.com/the-great-gatsby-review-739964 (accessed on 10th August, 2020)

第三章
非线性时空的相遇

Story of Your Life

Ted Chiang

Unit 1

Your father is about to ask me the question. This is the most important moment in our lives, and I want to pay attention, note every detail. Your dad and I have just come back from an evening out, dinner and a show; it's after midnight. We came out onto the patio to look at the full moon; then I told your dad I wanted to dance, so he humors me and now we're slow-dancing, a pair of thirtysomethings swaying back and forth in the moon-light like kids. I don't feel the night chill at all. And then your dad says, "Do you want to make a baby?"

Right now your dad and I have been married for about two years, living on Ellis Avenue; when we move out you'll still be too young to remember the house, but we'll show you pictures of it, tell you stories about it. I'd love to tell you the story of this evening, the night you're conceived, but the right time to do that would be when you're ready to have children of your own, and we'll never get that chance.

Telling it to you any earlier wouldn't do any good; for most of your life you won't sit still to hear such a romantic—you'd say sappy—story. I remember the scenario of your origin you'll suggest when you're twelve.

"The only reason you had me was so you could get a maid you wouldn't have to pay," you'll say bitterly, dragging the vacuum cleaner out of the closet.

"That's right," I'll say. "Thirteen years ago I knew the carpets would need vacuuming around now, and having a baby seemed to be the cheapest and easiest way to get the job done. Now kindly get on with it."

"If you weren't my mother, this would be illegal," you'll say, seething as you unwind the power cord and plug it into the wall outlet.

That will be in the house on Belmont Street. I'll live to see strangers occupy both houses: the one you're conceived in and the one you grow up in. Your dad and I will sell the first a couple years after your arrival. I'll sell the second shortly after your departure. By then Nelson and I will have moved into our farmhouse, and your dad will be living with what's-her-name.

I know how this story ends; I think about it a lot. I also think a lot about how it began, just a few years ago, when ships appeared in orbit and artifacts appeared in meadows. The government said next to nothing about them, while the tabloids said every possible thing.

And then I got a phone call, a request for a meeting.

Unit 2

I spotted them waiting in the hallway, outside my office. They made an odd couple; one wore a military uniform and a crew cut, and carried an aluminum briefcase. He seemed to be assessing his surroundings with a critical eye. The other one was easily identifiable as an academic: full beard and mustache, wearing corduroy. He was browsing through the overlapping sheets stapled to a bulletin board nearby.

"Colonel Weber, I presume?" I shook hands with the soldier. "Louise Banks." "Dr. Banks. Thank you for taking the time to speak with us," he said. "Not at all; any excuse to avoid the faculty meeting."

Colonel Weber indicated his companion. "This is Dr. Gary Donnelly, the physicist I mentioned when we spoke on the phone."

"Call me Gary," he said as we shook hands. "I'm anxious to hear what you have to say." We entered my office. I moved a couple of stacks of books off the second guest chair, and we all sat down. "You said you wanted me to listen to a recording. I presume this has something to do with the aliens?"

"All I can offer is the recording," said Colonel Weber. "Okay, let's hear it."

Colonel Weber took a tape machine out of his briefcase and pressed PLAY. The recording sounded vaguely like that of a wet dog shaking the water out of its fur.

"What do you make of that?" he asked.

I withheld my comparison to a wet dog. "What was the context in which this recording was made?"

"I'm not at liberty to say."

"It would help me interpret those sounds. Could you see the alien while it was speaking? Was it doing anything at the time?"

"The recording is all I can offer."

"You won't be giving anything away if you tell me that you've seen the aliens; the public's assumed you have."

Colonel Weber wasn't budging. "Do you have any opinion about its linguistic properties?" he asked.

"Well, it's clear that their vocal tract is substantially different from a human vocal tract. I assume that these aliens don't look like humans?"

The colonel was about to say something noncommittal when Gary Donnelly asked, "Can you make any guesses based on the tape?"

"Not really. It doesn't sound like they're using a larynx to make those sounds, but that doesn't tell me what they look like."

"Anything—is there anything else you can tell us?" asked Colonel Weber.

I could see he wasn't accustomed to consulting a civilian. "Only that establishing communications is going to be really difficult because of the difference in anatomy. They're almost certainly using sounds that the human vocal tract can't reproduce, and maybe sounds that the human ear can't distinguish."

"You mean infra- or ultrasonic frequencies?" asked Gary Donnelly.

"Not specifically. I just mean that the human auditory system isn't an absolute acoustic instrument; It's optimized to recognize the sounds that a human larynx makes. With an alien vocal system, all bets are off." I shrugged. "Maybe we'll be able to hear the difference between alien phonemes, given enough practice, but it's possible our ears simply can't recognize the distinctions they consider meaningful. In that case we'd need a sound spectrograph to know what an alien is saying."

Colonel Weber asked, "Suppose I gave you an hour's worth of recordings; how long would it take you to determine if we need this sound spectrograph or not?"

"I couldn't determine that with just a recording no matter how much time I had. I'd need to talk with the aliens directly." The colonel shook his head. "Not possible."

I tried to break it to him gently. "That's your call, of course. But the only way to learn an unknown language is to interact with a native speaker, and by that I mean asking questions, holding a conversation, that sort of thing. Without that, it's simply not possible. So if you want to learn the aliens' language, someone with training in field linguistics—whether it's me or someone else—will have to talk with an alien. Recordings alone aren't sufficient."

Colonel Weber frowned. "You seem to be implying that no alien could have learned human languages by monitoring our broadcasts."

"I doubt it. They'd need instructional material specifically designed to teach human languages to non-humans. Either that, or interaction with a human. If they had either of those, they could learn a lot from TV, but otherwise, they wouldn't have a starting point."

The colonel clearly found this interesting; evidently his philosophy was, the less the aliens knew, the better. Gary Donnelly read the colonel's expression too and rolled his eyes. I suppressed a smile.

Then Colonel Weber asked, "Suppose you were learning a new language by talking to its speakers; could you do it without teaching them English?"

"That would depend on how cooperative the native speakers were. They'd almost certainly pick up bits and pieces while I'm learning their language, but it wouldn't have to be much if they're willing to teach. On the other hand, if they'd rather learn English than teach us their language, that would make things far more difficult."

The colonel nodded. "I'll get back to you on this matter."

Unit 3

The request for that meeting was perhaps the second most momentous phone call in my life. The first, of course, will be the one from Mountain Rescue. At that point your dad and I will be speaking to each other maybe once a year, tops. After I get that phone call, though, the first thing I'll do will be to call your father.

He and I will drive out together to perform the identification, a long silent car ride. I remember the morgue, all tile and stainless steel, the hum of refrigeration and smell of antiseptic. An orderly will pull the sheet back to reveal your face. Your face will look wrong somehow, but I'll know it's you.

"Yes, that's her," I'll say. "She's mine." You'll be twenty-five then.

Unit 4

The MP checked my badge, made a notation on his clipboard, and opened the gate; I drove the off-road vehicle into the encampment, a small village of tents pitched by the Army in a farmer's sun-scorched pasture. At the center of the encampment was one of the alien devices, nicknamed "looking glasses."

According to the briefings I'd attended, there were nine of these in the United States, one hundred and twelve in the world. The looking glasses acted as two-way communication devices, presumably with the ships in orbit. No one knew why the aliens wouldn't talk to us in person; fear of **cooties**, maybe. A team of scientists, including a physicist and a linguist, was assigned to each looking glass; Gary Donnelly and I were on this one.

Gary was waiting for me in the parking area. We navigated a circular maze of concrete barricades until we reached the large tent that covered the looking glass itself. In front of the tent was an equipment cart loaded with goodies borrowed from the school's phonology lab; I had sent it ahead for inspection by the Army.

Also outside the tent were three tripod-mounted video cameras whose lenses peered, through windows in the fabric wall, into the main room. Everything Gary and I did would be reviewed by countless others, including military intelligence. In addition we would each send daily reports, of which mine had to include estimates on how much English I thought the aliens could understand.

Gary held open the tent flap and gestured for me to enter. "Step right up," he said, circus-barker-style. "Marvel at creatures the likes of which have never been seen on God's green earth."

"And all for one slim dime," I murmured, walking through the door. At the moment the looking glass was inactive, resembling a semicircular mirror over ten feet high and twenty feet across. On the brown grass in front of the looking glass, an arc of white spray paint outlined the activation area. Currently the area contained only a table, two folding chairs, and a power strip with a cord leading to a generator outside. The buzz of fluorescent lamps, hung from poles along the edge of the room, commingled with the **buzz** of flies in the sweltering heat.

Gary and I looked at each other, and then began pushing the cart of equipment up to the table. As we crossed the paint line, the looking glass appeared to grow transparent; it was as if someone was slowly raising the illumination behind tinted glass. The illusion of depth was uncanny; I felt I could walk right into it. Once the looking glass was fully lit it resembled a life-sized **diorama** of a semicircular room. The room contained a few large objects that might have been furniture, but no aliens. There was a door in the curved rear wall.

We busied ourselves connecting everything together: microphone, sound spectrograph, portable computer, and speaker. As we worked, I frequently glanced at the looking glass, anticipating the aliens' arrival. Even so I jumped when one of them entered.

It looked like a **barrel** suspended at the intersection of seven limbs. It was radially symmetric, and any of its limbs could serve as an arm or a leg. The one in front of me was walking around on four legs, three non-adjacent arms curled up at its sides. Gary called them "heptapods."

I'd been shown videotapes, but I still **gawked**. Its limbs had no distinct joints; **anatomists** guessed they might be supported by **vertebral** columns. Whatever their underlying structure, the heptapod's limbs conspired to move it in a disconcertingly fluid manner. Its "torso" rode atop the rippling limbs as smoothly as a **hovercraft**.

Seven lidless eyes ringed the top of the heptapod's body. It walked back to the doorway from which it entered, made a brief sputtering sound, and returned to the center of the room followed by another heptapod; at no point did it ever turn around. Eerie, but logical; with eyes on all sides, any direction might as well be "forward."

Gary had been watching my reaction. "Ready?" he asked.

I took a deep breath. "Ready enough." I'd done plenty of fieldwork before, in the Amazon, but it had always been a bilingual procedure: either my informants knew some Portuguese, which I could use, or I'd previously gotten an introduction to their language from the local missionaries. This would be my first attempt at conducting a true monolingual discovery procedure. It was straightforward enough in theory, though.

I walked up to the looking glass and a heptapod on the other side did the same. The image was so real that my skin crawled. I could see the texture of its gray skin, like **corduroy** ridges arranged in whorls and loops. There was no smell at all from the looking glass, which somehow made the situation stranger.

I pointed to myself and said slowly, "Human." Then I pointed to Gary. "Human." Then I pointed at each heptapod and said, "What are you?"

No reaction. I tried again, and then again.

One of the heptapods pointed to itself with one limb, the four terminal digits pressed together. That was lucky. In some cultures a person pointed with his chin; if the heptapod hadn't used one of its limbs, I wouldn't have known what gesture to look for. I heard a brief fluttering sound, and saw a **puckered** orifice at the top of its body vibrate; it was talking. Then it pointed to its companion and fluttered again.

I went back to my computer; on its screen were two virtually identical spectrographs representing the fluttering sounds. I marked a sample for playback. I pointed to myself and said "Human" again, and did the same with Gary. Then I pointed to the heptapod, and played back the flutter on the speaker.

The heptapod fluttered some more. The second half of the spectrograph for this utterance looked like a repetition: call the previous utterances [flutter 1], then this one was [flutter 2, flutter1].

I pointed at something that might have been a heptapod chair. "What is that?"

The heptapod paused, and then pointed at the "chair" and talked some more. The spectrograph for this differed distinctly from that of the earlier sounds: [flutter 3]. Once again, I pointed to the "chair" while playing back [flutter 3].

The heptapod replied; judging by the spectrograph, it looked like [flutter 3, flutter 2]. Optimistic interpretation: the heptapod was confirming my utterances as correct, which implied compatibility between heptapod and human patterns of discourse. Pessimistic interpretation: it had a **nagging** cough.

At my computer I delimited certain sections of the spectrograph and typed in a tentative gloss for each: "heptapod" for [flutter 1], "yes" for [flutter 2], and "chair" for [flutter3]. Then I typed "Language: Heptapod A" as a heading for all the utterances.

Gary watched what I was typing. "What's the 'A' for?"

"It just distinguishes this language from any other ones the heptapods might use," I said. He nodded.

"Now let's try something, just for laughs." I pointed at each heptapod and tried to mimic the sound of [flutter1], "heptapod." After a long pause, the first heptapod said something and then the second one said something else, neither of whose spectrographs resembled anything said before. I couldn't tell if they were speaking to each other or to me since they had no faces to turn. I tried pronouncing [flutter 1] again, but there was no reaction.

"Not even close," I grumbled.

"I'm impressed you can make sounds like that at all," said Gary.

"You should hear my moose call. Sends them running."

I tried again a few more times, but neither heptapod responded with anything I could recognize. Only when I replayed the recording of the heptapod's pronunciation did I get a confirmation; the heptapod replied with [flutter 2], "yes."

"So we're stuck with using recordings?" asked Gary.

I nodded. "At least temporarily."

"So now what?"

"Now we make sure it hasn't actually been saying 'aren't they cute' or 'look what they're doing now.' Then we see if we can identify any of these words when that other heptapod pronounces them." I gestured for him to have a seat. "Get comfortable; this'll take a while."

Unit 5

In 1770, Captain Cook's ship Endeavour ran aground on the coast of Queensland, Australia. While some of his men made repairs, Cook led an exploration party and met the aboriginal people. One of the sailors pointed to the animals that hopped around with their young riding in pouches, and asked an aborigine what they were called. The aborigine replied, "Kanguru." From then on Cook and his sailors referred to the animals by this word. It wasn't until later that they learned it meant "What did you say?"

I tell that story in my introductory course every year. It's almost certainly untrue, and I explain that afterwards, but it's a classic anecdote. Of course, the anecdotes my undergraduates will really want to hear are ones featuring the heptapods; for the rest of my teaching career, that'll be the reason many of them sign up for my courses. So I'll show them the old videotapes of my sessions at the looking glass, and the sessions that the other linguists conducted; the tapes are instructive, and they'll be useful if we're ever visited by aliens again, but they don't generate many good anecdotes.

When it comes to language-learning anecdotes, my favorite source is child language acquisition. I remember one afternoon when you are five years old, after you have come home from kindergarten. You'll be coloring with your crayons while I grade papers.

"Mom," you'll say, using the carefully casual tone reserved for requesting a favor, "can I ask you something?"

"Sure, sweetie. Go ahead."

"Can I be, um, honored?"

I'll look up from the paper I'm grading. "What do you mean?"

"At school Sharon said she got to be honored."

"Really? Did she tell you what for?"

"It was when her big sister got married. She said only one person could be, um, honored, and she was it."

"Ah, I see. You mean Sharon was maid of honor?"

"Yeah, that's it. Can I be made of honor?"

Unit 6

Gary and I entered the prefab building containing the center of operations for the looking glass site. Inside it looked like they were planning an invasion, or perhaps an evacuation: crew-cut soldiers worked around a large map of the area, or sat in front of **burly** electronic gear while speaking into headsets. We were shown into Colonel Weber's office, a room in the back that was cool from air conditioning.

We briefed the colonel on our first day's results. "Doesn't sound like you got very far," he said.

"I have an idea as to how we can make faster progress," I said. "But you'll have to approve the use of more equipment."

"What more do you need?"

"A digital camera, and a big video screen." I showed him a drawing of the setup I imagined. "I want to try conducting the discovery procedure using writing; I'd display words on the screen, and use the camera to record the words they write. I'm hoping the heptapods will do the same."

Weber looked at the drawing dubiously. "What would be the advantage of that?"

"So far I've been proceeding the way I would with speakers of an unwritten language. Then it occurred to me that the heptapods must have writing, too."

"So?"

"If the heptapods have a mechanical way of producing writing, then their writing ought to be very regular, very consistent. That would make it easier for us to identify graphemes instead of phonemes. It's like picking out the letters in a printed sentence instead of trying to hear them when the sentence is spoken aloud."

"I take your point," he admitted. "And how would you respond to them? Show them the words they displayed to you?"

"Basically. And if they put spaces between words, any sentences we write would be a lot more intelligible than any spoken sentence we might splice together from recordings."

He leaned back in his chair. "You know we want to show as little of our technology as possible."

"I understand, but we're using machines as intermediaries already. If we can get them to use writing, I believe progress will go much faster than if we're restricted to the sound spectrographs."

The colonel turned to Gary. "Your opinion?"

"It sounds like a good idea to me. I'm curious whether the heptapods might have difficulty reading our monitors. Their looking glasses are based on a completely different technology than our video screens. As far as we can tell, they don't use **pixels** or scan lines, and they don't refresh on a frame-by-frame basis."

"You think the scan lines on our video screens might render them unreadable to the heptapods?"

"It's possible," said Gary. "We'll just have to try it and see."

Weber considered it. For me it wasn't even a question, but from his point of view it was a difficult one; like a soldier, though, he made it quickly. "Request granted. Talk to the sergeant outside about bringing in what you need. Have it ready for tomorrow."

Unit 7

I remember one day during the summer when you're sixteen. For once, the person waiting for her date to arrive is me. Of course, you'll be waiting around too, curious to see what he looks like. You'll have a friend of yours, a blond girl with the unlikely name of Roxie, hanging out with you, giggling.

"You may feel the urge to make comments about him," I'll say, checking myself in the hallway mirror. "Just restrain yourselves until we leave."

"Don't worry, Mom," you'll say. "We'll do it so that he won't know. Roxie, you ask me what I think the weather will be like tonight. Then I'll say what I think of Mom's date."

"Right," Roxie will say.

"No, you most definitely will not," I'll say.

"Relax, Mom. He'll never know; we do this all the time."

"What a comfort that is."

A little later on, Nelson will arrive to pick me up. I'll do the introductions, and we'll all engage in a little small talk on the front porch. Nelson is ruggedly handsome, to your evident approval. Just as we're about to leave, Roxie will say to you casually, "So what do you think the weather will be like tonight?"

"I think it's going to be really hot," you'll answer.

Roxie will nod in agreement. Nelson will say, "Really? I thought they said it was going to be cool."

"I have a sixth sense about these things," you'll say. Your face will give nothing away. "I get the feeling it's going to be a **scorcher**. Good thing you're dressed for it, Mom."

I'll glare at you, and say good night.

As I lead Nelson toward his car, he'll ask me, amused, "I'm missing something here, aren't I?"

"A private joke," I'll mutter. "Don't ask me to explain it."

Unit 8

At our next session at the looking glass, we repeated the procedure we had performed before, this time displaying a printed word on our computer screen at the same time we spoke: showing HUMAN while saying "Human," and so forth. Eventually, the heptapods understood what we wanted, and set up a flat circular screen mounted on a small pedestal. One heptapod spoke, and then inserted a limb into a large socket in the pedestal; a doodle of script, vaguely cursive, popped onto the screen.

We soon settled into a routine, and I compiled two parallel corpora: one of spoken utterances, one of writing samples. Based on first impressions, their writing appeared to be **logographic**, which was disappointing; I'd been hoping for an alphabetic script to help us learn their speech. Their logograms might include some phonetic information, but finding it would be a lot harder than with an alphabetic script.

By getting up close to the looking glass, I was able to point to various heptapod body parts, such as limbs, digits, and eyes, and elicit terms for each. It turned out that they had an orifice on the underside of their body, lined with articulated bony **ridges**: probably used for eating, while the one at the top was for respiration and speech. There were no other conspicuous **orifices**; perhaps their mouth was their anus too. Those sorts of questions would have to wait.

I also tried asking our two informants for terms for addressing each individually; personal names, if they had such things. Their answers were of course unpronounceable, so for Gary's and my purposes, I dubbed them Flapper and Raspberry. I hoped I'd be able to tell them apart.

The next day I conferred with Gary before we entered the looking-glass tent. "I'll need your help with this session," I told him.

"Sure. What do you want me to do?"

"We need to elicit some verbs, and it's easiest with third-person forms. Would you act out a few verbs while I type the written form on the computer? If we're lucky, the heptapods will figure out what we're doing and do the same. I've brought a bunch of props for you to use."

"No problem," said Gary, cracking his knuckles. "Ready when you are."

We began with some simple intransitive verbs: walking, jumping, speaking, writing. Gary demonstrated each one with a charming lack of self-consciousness; the presence of the video cameras didn't inhibit him at all. For the first few actions he performed, I asked the heptapods, "What do you call that?" Before long, the heptapods caught on to what we were trying to do; Raspberry began mimicking Gary, or at least performing the equivalent heptapod action, while Flapper worked their computer, displaying a written description and pronouncing it aloud.

In the spectrographs of their spoken utterances, I could recognize their word I had glossed as "heptapod." The rest of each utterance was presumably the verb phrase; it looked like they had analogs of nouns and verbs, thank goodness.

In their writing, however, things weren't as clear-cut. For each action, they had displayed a single logogram instead of two separate ones. At first I thought they had written something like "walks," with the subject implied. But why would Flapper say "the heptapod walks" while writing "walks," instead of maintaining parallelism? Then I noticed that some of the logograms looked like the logogram for "heptapod" with some extra strokes added to one side or another. Perhaps their verbs could be written as affixes to a noun. If so, why was Flapper writing the noun in some instances but not in others?

I decided to try a transitive verb; substituting object words might clarify things. Among the props I'd brought were an apple and a slice of bread. "Okay," I said to Gary, "show them the food, and then eat some. First the apple, then the bread."

Gary pointed at the Golden Delicious and then he took a bite out of it, while I displayed the "what do you call that?" expression. Then we repeated it with the slice of whole wheat.

Raspberry left the room and returned with some kind of giant nut or gourd and a **gelatinous ellipsoid**. Raspberry pointed at the gourd while Flapper said a word and displayed a logogram. Then Raspberry brought the gourd down between its legs, a crunching sound resulted, and the gourd reemerged minus a bite; there were corn-like kernels beneath the shell. Flapper talked and displayed a large logogram on their screen. The sound spectrograph for "gourd" changed when it was used in the sentence; possibly a case marker. The logogram was odd: after some study, I could identify graphic elements that resembled the individual logograms for "heptapod" and "gourd." They looked as if they had been melted together, with several extra strokes in the mix that presumably meant "eat." Was it a multiword **ligature**?

Next we got spoken and written names for the gelatin egg, and descriptions of the act of eating it. The sound spectrograph for "heptapod eats gelatin egg" was analyzable; "gelatin egg" bore a case marker, as expected, though the sentence's word order differed from last time. The written form, another large logogram, was another matter. This time it took much longer for me to recognize anything in it; not only were the individual logograms melted together again, it looked as if the one for "heptapod" was laid on its back, while on top of it the logogram for "gelatin egg" was standing on its head.

"Uh-oh." I took another look at the writing for the simple noun-verb examples, the ones that had seemed inconsistent before. Now I realized all of them actually did contain the logogram for "heptapod" some were rotated and distorted by being combined with the various verbs, so I hadn't recognized them at first. "You guys have got to be kidding," I muttered.

"What's wrong?" asked Gary.

"Their script isn't word-divided; a sentence is written by joining the logograms for the constituent words. They join the logograms by rotating and modifying them. Take a look." I showed him how the logograms were rotated.

"So they can read a word with equal ease no matter how it's **rotated**," Gary said. He turned to look at the heptapods, impressed. "I wonder if it's a consequence of their bodies' radial symmetry: their bodies have no 'forward' direction, so maybe their writing doesn't either. Highly neat."

I couldn't believe it; I was working with someone who modified the word "neat" with "highly." "It certainly is interesting," I said, "but it also means there's no easy way for us to write our own sentences in their language. We can't simply cut their sentences into individual words and recombine them; we'll have to learn the rules of their script before we can write anything legible. It's the same continuity problem we'd have had splicing together speech fragments, except applied to writing."

I looked at Flapper and Raspberry in the looking glass, who were waiting for us to continue, and sighed. "You aren't going to make this easy for us, are you?"

To be fair, the heptapods were completely cooperative. In the days that followed, they readily taught us their language without requiring us to teach them any more English. Colonel Weber and his cohorts pondered the implications of that, while I and the linguists at the other looking glasses met via video conferencing to share what we had learned about the heptapod language. The videoconferencing made for an incongruous working environment: our video screens were primitive compared to the heptapods' looking glasses, so that my colleagues seemed more remote than the aliens. The familiar was far away, while the bizarre was close at hand.

It would be a while before we'd be ready to ask the heptapods why they had come, or to discuss physics well enough to ask them about their technology. For the time being, we worked on the basics: phonemics/graphemics, vocabulary, syntax. The heptapods at every looking glass were using the same language, so we were able to pool our data and coordinate our efforts.

Our biggest source of confusion was the heptapods' "writing." It didn't appear to be writing at all; it looked more like a bunch of intricate graphic designs. The logograms weren't arranged in rows, or a spiral, or any linear fashion. Instead, Flapper or Raspberry would write a sentence by sticking together as many logograms as needed into a giant **conglomeration**.

This form of writing was reminiscent of primitive sign systems, which required a reader to know a message's context in order to understand it. Such systems were considered too limited for systematic recording of information. Yet it was unlikely that the heptapods developed their level of technology with only an oral tradition. That implied one of three possibilities: the first was that the heptapods had a true writing system, but they didn't want to use it in front of us; Colonel Weber would identify with that one. The second was that the heptapods hadn't originated the technology they were using; they were illiterates using someone else's technology. The third, and most interesting to me, was that the heptapods were using a nonlinear system of orthography that qualified as true writing.

注：Unit 1 至 Unit 8 标题为编者所加，原著无标题。

☞ New Words

anatomist *n.* an expert in anatomy 解剖学家

barrel *n.* a tube through which a bullet travels when a gun is fired 炮管

burly *adj.* large and strong 高大结实的

buzz *n.* a low, continuous humming or murmuring sound, made by or similar to that made by an insect（昆虫或类似昆虫发出的）嗡嗡声

conglomeration *n.* things is a group of many different things, gathered together 聚集物，混合体

cootie *n.* a body louse 虱子

corduroy *n.* a thick cotton fabric with velvet ribs 灯芯绒

diorama *n.* a model representing a scene with three-dimensional figures 微型立体景（或电影布景）

ellipsoid *n.* a surface whose plane sections are all ellipses or circles 椭圆形球，椭圆体

gawk *v.* to gape or stare stupidly 呆呆地看着

gelatinous *adj.* of or like the protein gelatin（像）蛋白明胶的

hovercraft *n.* a vehicle that travels just above the surface of water or land, held up by air being forced downwards 气垫船，气垫运载工具

ligature *n.* a printed or written character consisted of two or more letters or characters joined together（印刷）连字

logographic *adj.* of or relating to logograms or logographs 语标的，词符的

nagging *adj.* continuing for a long time and difficult to cure or remove 纠缠不休的，难以摆脱的

orifice *n.* an opening or hole, especially one in your body such as your mouth（尤指身体上的）孔、口

pixel *n.* the smallest area on a computer screen that can be given a separate colour by the computer 像素

puckered *adj.* become wrinkled or drawn together 皱起来的

ridge *n.* a long narrow natural elevation or striation 脊状凸起（或隆起）

rotate *v.* to exchange (individuals or units) with others 替换

scorcher *n.* a day or period of very hot weather 炎热的一天，大热天，酷热的日子

vertebral *adj.* of or relating to or constituting vertebrae 脊椎的

Part Ⅰ Objectives

1. Understand the main plots of *Story of Your Life*.
2. Understand Fermat's principle and Sapir-Whorf Hypothesis.
3. Acquire some knowledge about linear narration and non-linear narration.
4. Develop the ability to appreciate science fictions and science movies.

Part Ⅱ Introduction to Ted Chiang and *Story of Your Life*

1. About the author and his fiction *Story of Your Life*

1) Ted Chiang

Ted Chiang, a Chinese American, is one of the most prominent science-fiction writers in contemporary American literature. He was born in 1967 in Jefferson County, New York City. After his graduation from Brown University as a computer science major, he immediately started his writing career in 1990. Chiang is not a prolific writer, although he has been writing for about 30 years since the publication of his first novelette the *Tower of Babylon*, which has won him great reputation in the field of science fiction in America. He has only published less than 20 novelettes, all of which are science fictions. Chiang is also not a best-seller writer, and few of his novels are popular with the mass, but he is highly recognized by the critics of American literature. He has won almost all the important awards for science fiction, like Hugo Award, Nebula Award, Theodore Sturgeon Memorial Award and John W. Campbell Award.

2) Synopsis of *Story of Your Life*

Story of Your Life, the masterpiece of Ted Chiang, is a medium-length science fiction, published in 1998. It is a beautifully organized and thought-provoking story, which happened when some aliens, called "Heptapods" by human, arrived on earth. In order to communicate with the "Heptapods", who spoke quite strange language, Louise, a linguist, was invited by the military to learn the aliens' language. With the help of Gary, a physicist, and other scientists, Louise gradually acquired the "Heptapods" language as well as their non-linear thought, and her world of thought totally changed, in which the past, the present and the future all are in the same plane, in other words, she could "see" the future. In work, Louise and Gary fell in love with each other. However, Louise could "see" they will have a lovely daughter, who will die in an accident at the age of 25. After a deep thought, Louse decided to accept her husband's suggestion to make a baby, because this is inevitable.

2. Watch the video about Ted Chiang's interpretation of the story and answer the following questions.

(Video link: https://www.bilibili.com/video/BV11441177h7/? p=5

or https://pan.baidu.com/s/1aHY_Bowm1Y8CiI-OcGDuCA 提取码：4bq3)

1) What originally inspires Ted Chiang to write the science fiction *Story of Your Life*?

2) What is the author's understanding of the past, the present and the future in terms of physics?

3) What's Sapir-Whorf hypothesis?

4) Do you believe in determinism or free will? Why do you believe so?

Part Ⅲ Questions for Reflection

1) The first unit is the most complicated part of the whole novel in timing. Can you mark out the 10 critical time points in it?

2) Unit 3 tells about the death of Louise's daughter. How is Unit 3 linked to Unit 2?

3) In Unit 4, when Louise and Gary were not sure whether they had misunderstood the aliens, it suggested an anecdote that Captain Cook misunderstood "kanguru". What other two anecdotes in the future was Louise reminded of?

4) In Unit 6, when they encountered some difficulties in studying the aliens' language, Louise suggested a new way: studying the written system of the aliens' language. Why does this suggestion lead to unit 7, which is her introduction of her boyfriend to her daughter?

5) What are the three major timelines of the narration of the story?

6) Louise recalled the unraveling of the aliens' language in the first person, while she tells her yet-to-be-born daughter what will happen to her in the second person. What effect can this shift from first person narration to second person narration create?

7) What's your understanding of the statement "From the beginning I knew my destination, and I chose my route accordingly. But am I working toward an extreme of joy, or of pain? Will I achieve a minimum, or a maximum"?

8) If you were Louise, what would be your attitude to the inevitable?

Part Ⅳ Movie Excerpt

Video link: https://pan.baidu.com/s/1ZbfCAfR4IeDRlxXTXO_5qg 提取码：vi2r

1. Summary

The movie starts with the ending of the story: the birth of the daughter, a short period of happy time with the daughter, and the death of the daughter at the age of 25.

Then with the transitional sentence "And now I'm not sure I believe in beginnings and endings", the movie returns to the very beginning of the story. Some aliens in 12 ships arrived on earth at different locations, which made the humans become alert and worried since they didn't know the real purpose of the aliens' arrival. In order to find it out, Louise, a linguist, and some other scientists were invited to learn the aliens' language. With great effort, Louise managed to do it.

2. The beauty of words

1) Then I'd love to tell you the story of this evening, the night you're conceived, but the right time to do that would be when you're ready to have children of your own, and we'll never get that chance.

2) I know how this story ends; I think about it a lot. I also think a lot about how it began, just a few years ago, when ships appeared in orbit and artifacts appeared in meadows. The government said next to nothing about them, while the tabloids said every possible thing.

3) I just mean that the human auditory system isn't an absolute acoustic instrument; It's optimized to recognize the sounds that a human larynx makes. With an alien vocal system, all bets are off.

4) Of course, the anecdotes my undergraduates will really want to hear are ones featuring the heptapods; for the rest of my teaching career, that' ll be the reason many of them sign up for my courses.

5) "Ah, I see. You mean Sharon was maid of honor?"

"Yeah, that's it. Can I be made of honor?"

6) Nelson is ruggedly handsome, to your evident approval.

7) And now I'm not sure I believe in beginnings and endings.

8) There are days that define your story beyond your life, like the day they (the aliens) arrived.

9) The story of Portuguese begins in the kingdom of Galicia in the middle ages when language was seen an expression of art.

10) So far there are 12 unidentified objects spread across the globe, and there is no obvious logic to their locations.

3. Questions for reflection

1) Can you retell the short life of the daughter, which has been presented in the very beginning of the movie?

2) "And now I'm not sure I believe in beginnings and endings". What do "beginnings" and "endings" respectively refer to?

3) What's the priority work for the team to contact with the aliens?

4) While the team led by Louise got to contact with the aliens directly, why did they take with them a bird in a cage?

5) What was the human's response to the arrival of the aliens?

6) What roles does the arrival of the aliens serve respectively in the novelette *Story of Your Life* and in the movie *Arrival*?

Part V　A Mini-project

Science fiction was originated in the period of Romanticism in the late nineteenth century, combining the tradition of imagination with scientific spirits, and now it has become one of the major literary forms. People like to read science fictions because of the unimaginable plots, profound scientific principles and philosophical ideas.

But to appreciate a science fiction is far from an easy thing. Readers of science fictions should have a fantastic imagination, a good reasoning power and a thoughtful mind. We just take *Story of Your Life* as an example. First, the story is narrated in a non-linear way, which makes the story hard for readers to follow because we are accustomed to linear narration. Second, the scientific principles, like Fermat's principle and Sapir-Whorf hypothesis, are strange to us. Last, the concept of non-linear world, in which there is no time order, and the past, present and the future all are in one plane and can be seen, is hard for us to imagine, let alone to accept.

In order to develop the ability to appreciate science fictions, everyone is asked to read a science fiction or watch a science movie following the procedure below.

Step 1 Select a Science Fiction(Movie)

1. Search for some resources about science fictions (or science movies), and make a list of some famous science fictions or movies.
2. Find some introductory articles about the science fictions(movies) on the list, so that you can get some primary knowledge about them.
3. Make out for your favourite one according to your interest and ability.

Step 2 Understand the Fiction

While you have made a decision on which science fiction (or movie) to read (or watch), don't immediately start to read intensively. Instead, you'd better look through it to get a general idea about the fiction.
Then try to figure out the important points: the plot, the science principles that support the story, and the theme of the story.
Read the story intensively, and try to get the details of the story, the logic and rationale of the story.

Step 3 Write a Book (or a Movie) Report

1. Write a summary of the story.
2. Find more detailed explanation of the science principles, which are the inspiration for the author to write the story.
3. Think about of the theme of the story, and try to give some comments on it.

Step 4 Share Your Ideas with the Classmates

First, introduce the main plots of the story.

Then, explain the science principles and the logic which support the story.

Lastly, analyze the themes of the story, and comment on them.

第四章
冒险精神与魔幻之旅

Harry Potter and the Sorcerer's Stone

J. K. Rowling

Chapter Eleven　Quidditch

As they entered November, the weather turned very cold. The mountains around the school became icy gray and the lake like chilled steel. Every morning the ground was covered in frost. Hagrid could be seen from the upstairs windows, defrosting broomsticks on the **Quidditch** field, bundled up in a long **moleskin** overcoat, rabbit-fur gloves, and enormous beaver-skin boots.

The Quidditch season had begun. On Saturday, Harry would be playing in his first match after weeks of training: Gryffindor versus Slytherin. If Gryffindor won, they would move up into second place in the house championship.

Hardly anyone had seen Harry play because Wood had decided that, as their secret weapon, Harry should be kept, well, secret. But the news that he was playing **Seeker** had leaked out somehow, and Harry didn't know which was worse—people telling him he'd be brilliant or people telling him they'd be running around underneath him, holding a mattress.

It was really lucky that Harry now had Hermione as a friend. He didn't know how he'd have gotten through all his homework without her, what with all the last-minute Quidditch practice Wood was making them do. She had also lent him *Quidditch through the Ages*, which turned out to be a very interesting read.

Harry learned that there were seven hundred ways of committing a Quidditch foul and that all of them had happened during a World Cup match in 1473; that Seekers were usually the smallest and fastest players, and that most serious Quidditch accidents seemed to happen to them; that although people rarely died playing Quidditch, referees had been known to vanish and turn up months later in the Sahara Desert.

Hermione had become a bit more relaxed about breaking rules since Harry and Ron had saved her from the mountain **troll**, and she was much nicer for it. The day before Harry's first Quidditch match the three of them were out in the freezing courtyard during break, and she had **conjured** them **up** a bright blue fire that could be carried around in a jam jar. They were standing with their backs to it, getting warm, when Snape crossed the yard. Harry noticed at once that Snape was limping. Harry, Ron, and Hermione moved closer together to block the fire from view; they were sure it wouldn't be allowed.

Unfortunately, something about their guilty faces caught Snape's eye. He limped over. He hadn't seen the fire, but he seemed to be looking for a reason to tell them off anyway.

"What's that you've got there, Potter?"

"It was *Quidditch through the Ages.*" Harry showed him.

"Library books are not to be taken outside the school," said Snape. "Give it to me. Five points from Gryffindor."

"He's just made that rule up," Harry muttered angrily as Snape limped away. "Wonder what's wrong with his leg?"

"Dunno, but I hope it's really hurting him," said Ron bitterly.

The Gryffindor common room was very noisy that evening. Harry, Ron, and Hermione sat together next to a window. Hermione was checking Harry and Ron's Charms homework for them. She would never let them copy ("How will you learn?"), but by asking her to read it through, they got the right answers anyway.

Harry felt restless. He wanted *Quidditch through the Ages* back, to take his mind off his nerves about tomorrow. Why should he be afraid of Snape? Getting up, he told Ron and Hermione he was going to ask Snape if he could have it.

"Better you than me," they said together, but Harry had an idea that Snape wouldn't refuse if there were other teachers listening.

He made his way down to the staff room and knocked. There was no answer. He knocked again. Nothing. Perhaps Snape had left the book in there? It was worth a try. He pushed the door ajar and peered inside—and a horrible scene met his eyes. Snape and Filch were inside, alone. Snape was holding his robes above his knees. One of his legs was bloody and mangled. Filch was handing Snape bandages.

"Blasted thing," Snape was saying. "How are you supposed to keep your eyes on all three heads at once?"

Harry tried to shut the door quietly, but—

"POTTER!" Snape's face was twisted with fury as he dropped his robes quickly to hide his leg.

Harry **gulped**. "I just wondered if I could have my book back."

"GET OUT! OUT!"

Harry left, before Snape could take any more points from Gryffindor. He **sprinted** back upstairs.

"Did you get it?" Ron asked as Harry joined them. "What's the matter?"

In a low whisper, Harry told them what he'd seen.

"You know what this means?" he finished breathlessly. "He tried to get past that three-headed dog at Halloween! That's where he was going when we saw him—he's after whatever it's guarding! And I'd bet my broomstick he let that troll in, to make a diversion!"

Hermione's eyes were wide. "No—he wouldn't," she said. "I know he's not very nice, but he wouldn't try and steal something Dumbledore was keeping safe."

"Honestly, Hermione, you think all teachers are saints or something," snapped Ron. "I'm with Harry. I wouldn't put anything past Snape. But what's he after? What's that dog guarding?"

Harry went to bed with his head buzzing with the same question. Neville was snoring loudly, but Harry couldn't sleep. He tried to empty his mind—he needed to sleep, he had to, he had his first Quidditch match in a few hours—but the expression on Snape's face when Harry had seen his leg wasn't easy to forget.

The next morning dawned very bright and cold. The Great Hall was full of the delicious smell of fried sausages and the cheerful chatter of everyone looking forward to a good Quidditch match.

"You've got to eat some breakfast."

"I don't want anything."

"Just a bit of toast," **wheedled** Hermione.

"I'm not hungry." Harry felt terrible. In an hour's time he'd be walking onto the field.

"Harry, you need your strength," said Seamus Finnigan. "Seekers are always the ones who get **clobbered** by the other team."

"Thanks, Seamus," said Harry, watching Seamus pile ketchup on his sausages.

By eleven o'clock the whole school seemed to be out in the stands around the Quidditch pitch. Many students had binoculars. The seats might be raised high in the air, but it was still difficult to see what was going on sometimes.

Ron and Hermione joined Neville, Seamus, and Dean the Westham fan up in the top row. As a surprise for Harry, they had painted a large banner on one of the sheets Scabbers had ruined. It said *Potter for President*, and Dean, who was good at drawing, had done a large Gryffindor lion underneath. Then Hermione had performed a tricky little charm so that the paint flashed different colors.

Meanwhile, in the locker room, Harry and the rest of the team were changing into their scarlet Quidditch robes (Slytherin would be playing in green).

Wood cleared his throat for silence. "Okay, men," he said.

"And women," said Chaser Angelina Johnson.

"And women," Wood agreed. "This is it."

"The big one," said Fred Weasley.

"The one we've all been waiting for," said George.

"We know Oliver's speech by heart," Fred told Harry, "we were on the team last year."

"Shut up, you two," said Wood. "This is the best team Gryffindor's had in years. We're going to win. I know it."

He glared at them all as if to say, "Or else". "Right. It's time. Good luck, all of you."

Harry followed Fred and George out of the locker room and, hoping his knees weren't going to give way, walked onto the field to loud cheers.

Madam Hooch was refereeing. She stood in the middle of the field waiting for the two teams, her broom in her hand.

"Now, I want a nice fair game, all of you," she said, once they were all gathered around her. Harry noticed that she seemed to be speaking particularly to the Slytherin Captain, Marcus Flint, a sixth year. Harry thought Flint looked as if he had some troll blood in him. Out of the corner of his eye he saw the fluttering banner high above, flashing Potter for President over the crowd. His heart skipped. He felt braver.

"Mount your brooms, please."

Harry clambered onto his Nimbus Two Thousand. Madam Hooch gave a loud blast on her silver whistle. Fifteen brooms rose up, high, high into the air. They were off.

"And the Quaffle is taken immediately by Angelina Johnson of Gryffindor—what an excellent **Chaser** that girl is, and rather attractive, too—"

"JORDAN!"

"Sorry, Professor."

The Weasley twins' friend, Lee Jordan, was doing the commentary for the match, closely watched by Professor McGonagall.

"And she's really belting along up there, a neat pass to Alicia Spinnet, a good find of Oliver Wood's, last year only a reserve—back to Johnson and—no, the Slytherins have taken the Quaffle, Slytherin Captain Marcus Flint gains the Quaffle and off he goes—Flint flying like an eagle up there—he's going to sc-, no, stopped by an excellent move by Gryffindor Keeper Wood and the Gryffindors take the Quaffle—that's Chaser Katie Bell of Gryffindor there, nice dive around Flint, off up the field and—OUCH—that must have hurt, hit in the back of the head by a **Bludger**—Quaffle taken by the Slytherins—that's Adrian Pucey speeding off toward the goal posts, but he's blocked by a second Bludger—sent his way by Fred or George Weasley, can't tell which—nice play by the Gryffindor Beater, anyway, and Johnson back in possession of the Quaffle, a clear field ahead and off she goes—she's really flying—**dodges** a speeding Bludger—the goal posts are ahead—come on, now, Angelina—Keeper Bletchley dives—misses—GRYFFINDORS SCORE!"

Gryffindor cheers filled the cold air, with howls and moans from the Slytherins.

"**Budge** up there, move along."

"Hagrid!"

Ron and Hermione squeezed together to give Hagrid enough space to join them.

"Bin watchin' from me hut," said Hagrid, patting a large pair of binoculars around his neck, "But it isn't the same as bein' in the crowd. No sign of the Snitch yet, eh?"

"Nope," said Ron. "Harry hasn't had much to do yet."

"Kept outta trouble, though, that's somethin'," said Hagrid, raising his binoculars and peering skyward at the speck that was Harry.

Way up above them, Harry was gliding over the game, squinting about for some sign of the Snitch. This was part of his and Wood's game plan.

"Keep out of the way until you catch sight of the Snitch," Wood had said. "We don't want you attacked before you have to be."

When Angelina had scored, Harry had done a couple of loop-the-loops to let off his feelings. Now he was back to staring around for the Snitch. Once he caught sight of a flash of gold, but it was just a reflection from one of the Weasleys' wristwatches, and once a Bludger decided to come **pelting** his way, more like a cannonball than anything, but Harry dodged it and Fred Weasley came chasing after it.

"All right there, Harry?" he had time to yell, as he beat the Bludger furiously toward Marcus Flint.

"Slytherin in possession," Lee Jordan was saying, "Chaser Pucey ducks two Bludgers, two Weasleys, and Chaser Bell, and speeds toward the—wait a moment—was that the Snitch?"

A murmur ran through the crowd as Adrian Pucey dropped the Quaffle, too busy looking over his shoulder at the flash of gold that had passed his left ear.

Harry saw it. In a great rush of excitement he dived downward after the streak of gold. Slytherin Seeker Terence Higgs had seen it, too. Neck and neck they hurtled toward the Snitch, all the Chasers seemed to have forgotten what they were supposed to be doing as they hung in mid-air to watch.

Harry was faster than Higgs—he could see the little round ball, wings fluttering, **darting** up ahead—he put on an extra spurt of speed—WHAM! A roar of rage echoed from the Gryffindors below—Marcus Flint had blocked Harry on purpose, and Harry's broom spun off course, Harry holding on for dear life.

"Foul!" screamed the Gryffindors.

Madam Hooch spoke angrily to Flint and then ordered a free shot at the goal posts for Gryffindor. But in all the confusion, of course, the Golden Snitch had disappeared from sight again.

Down in the stands, Dean Thomas was yelling, "Send him off, ref! Red card!"

"What are you talking about, Dean?" said Ron.

"Red card!" said Dean furiously. "In soccer you get shown the red card and you're out of the game!"

"But this isn't soccer, Dean," Ron reminded him.

Hagrid, however, was on Dean's side. "They oughta change the rules. Flint coulda knocked Harry outta the air."

Lee Jordan was finding it difficult not to take sides. "So—after that obvious and disgusting bit of cheating..."

"Jordan!" growled Professor McGonagall.

"I mean, after that open and revolting foul..."

"Jordan, I'm warning you—"

"All right, all right. Flint nearly kills the Gryffindor Seeker, which could happen to anyone, I'm sure, so a penalty to Gryffindor, taken by Spinner, who puts it away, no trouble, and we continue play, Gryffindor still in possession."

It was as Harry dodged another Bludger, which went spinning dangerously past his head, that it happened. His broom gave a sudden, frightening lurch. For a split second, he thought he was going to fall. He gripped the broom tightly with both his hands and knees. He'd never felt anything like that.

It happened again. It was as though the broom was trying to **buck** him off. But Nimbus Two Thousands did not suddenly decide to buck their riders off. Harry tried to turn back toward the Gryffindor goalposts—he had half a mind to ask Wood to call time-out—and then he realized that his broom was completely out of his control. He couldn't turn it. He couldn't direct it at all. It was zigzagging through the air, and every now and then making violent swishing movements that almost unseated him.

Lee was still commentating.

"Slytherin in possession—Flint with the Quaffle—passes Spinnet—passes Bell—hit hard in the face by a Bludger, hope it broke his nose—only joking, Professor—Slytherins score—Oh, no..."

The Slytherins were cheering. No one seemed to have noticed that Harry's broom was behaving strangely. It was carrying him slowly higher, away from the game, **jerking** and twitching as it went.

"Dunno what Harry thinks he's doing," Hagrid mumbled. He stared through his binoculars. "If I didn't know better, I'd say he'd lost control of his broom... but he can't have..."

Suddenly, people were pointing up at Harry all over the stands. His broom had started to roll over and over, with him only just managing to hold on. Then the whole crowd **gasped**.

Harry's broom had given a wild jerk and Harry swung off it. He was now dangling from it, holding on with only one hand.

"Did something happen to it when Flint blocked him?" Seamus whispered.

"Can't have," Hagrid said, his voice shaking. "Can't nothing interfere with a broomstick except powerful Dark magic—no kid could do that to a Nimbus Two Thousand."

At these words, Hermione seized Hagrid's binoculars, but instead of looking up at Harry, she started looking frantically at the crowd.

"What are you doing?" moaned Ron, gray-faced.

"I knew it," Hermione gasped, "Snape—look."

Ron grabbed the binoculars. Snape was in the middle of the stands opposite them. He had his eyes fixed on Harry and was muttering nonstop under his breath.

"He's doing something—**jinxing** the broom," said Hermione.

"What should we do?"

"Leave it to me."

Before Ron could say another word, Hermione had disappeared. Ron turned the binoculars back on Harry. His broom was vibrating so hard, it was almost impossible for him to hang on much longer. The whole crowd was on its feet, watching, terrified, as the Weasleys flew up to try and pull Harry safely onto one of their brooms, but it was no good—every time they got near him, the broom would jump higher still. They dropped lower and circled beneath him, obviously hoping to catch him if he fell. Marcus Flint seized the Quaffle and scored five times without anyone noticing.

"Come on, Hermione." Ron muttered desperately.

Hermione had fought her way across to the stand where Snape stood, and was now racing along the row behind him; she didn't even stop to say sorry as she knocked Professor Quirrell headfirst into the row in front. Reaching Snape, she crouched down, pulled out her wand, and whispered a few, well-chosen words. Bright blue flames shot from her wand onto the hem of Snape's robes.

It took perhaps thirty seconds for Snape to realize that he was on fire. A sudden yelp told her she had done her job. **Scooping** the fire off him into a little jar in her pocket, she scrambled back along the row. Snape would never know what had happened.

It was enough. Up in the air, Harry was suddenly able to clamber back on to his broom.

"Neville, you can look!" Ron said. Neville had been sobbing into Hagrid's jacket for the last five minutes.

Harry was speeding toward the ground when the crowd saw him clap his hand to his mouth as though he was about to be sick—he hit the field on all fours—coughed—and something gold fell into his hand.

"I've got the Snitch!" he shouted, waving it above his head, and the game ended in complete confusion.

"He didn't catch it, he nearly swallowed it," Flint was still howling twenty minutes later, but it made no difference—Harry hadn't broken any rules and Lee Jordan was still happily shouting the results—Gryffindor had won by one hundred and seventy points to sixty. Harry heard none of this, though. He was being made a cup of strong tea back in Hagrid's hut, with Ron and Hermione.

"It was Snape," Ron was explaining, "Hermione and I saw him. He was cursing your broomstick, muttering, he wouldn't take his eyes off you."

"Rubbish," said Hagrid, who hadn't heard a word of what had gone on next to him in the stands. "Why would Snape do somethin' like that?"

Harry, Ron, and Hermione looked at one another, wondering what to tell him. Harry decided on the truth.

"I found out something about him," he told Hagrid. "He tried to get past that three-headed dog on Halloween. It bit him. We think he was trying to steal whatever it's guarding."

Hagrid dropped the teapot. "How do you know about Fluffy?" he said.

"Fluffy?"

"Yeah—he's mine—bought him off a Greek **chappie** I met in the pub las' year—I lent him to Dumbledore to guard the..."

"Yes?" said Harry eagerly.

"Now, don't ask me anymore," said Hagrid gruffly. "That's top secret, that is."

"But Snape's trying to steal it."

"Rubbish," said Hagrid again. "Snape's a Hogwarts teacher, he'd do nothin' of the sort."

"So why did he just try and kill Harry?" cried Hermione.

The afternoon's events certainly seemed to have changed her mind about Snape.

"I know a jinx when I see one, Hagrid, I've read all about them! You've got to keep eye contact, and Snape wasn't blinking at all, I saw him!"

"I'm tellin' you, you wrong!" said Hagrid hotly. "I don' know why Harry's broom acted like that, but Snape wouldn' try an' kill a student! Now, listen to me, all three of you—you meddlin' in things that don' concern you. It's dangerous. You forget that dog, an' you forget what it's guardin', that's between Professor Dumbledore an' Nicolas Flamel—"

"Aha!" said Harry, "so there's someone called Nicolas Flamel involved, is there?"

Hagrid looked furious with himself.

注：小说《哈利·波特与魔法石》英文原版有两个版本：英国版标题为 *Harry Potter and the Philosopher's Stone*，美国版标题为 *Harry Potter and the Sorcerer's Stone*。这里的节选章节选用美国版本。

☞ New Words

bludger *n.* an aggressive, black ball in Quidditch 游走球

buck *v.* to move quickly and violently 猛然震荡

budge *v.* to make the slightest movement 稍稍移动

chappie *n.* fellow 家伙，伙计

chaser *n.* a player who is trying to capture the Quaffle (鬼飞球) in Quidditch 追球手

clobber *v.* to hit someone hard 猛揍

conjure up *v.* summon into action or bring into existence, often as if by magic 用魔法召唤

dart *v.* to move suddenly and quickly in a particular direction 猛冲，突进，飞奔

dodge *v.* to move quickly and suddenly to one side in order to avoid sb./sth. 闪开，躲开

gasp *v.* to breath laboriously 喘气

gulp *v.* to swallow air, often making a noise in your throat as you do so, because of nervousness or excitement (因担忧或兴奋) 倒吸气

jerk *v.* to move in short abrupt motions or with frequent jolts 颠簸地行进

jinx *v.* to cast a spell over someone or something 诅咒，念恶咒

moleskin: *n.* the dark grey dense velvety pelt of a mole, used as a fur 鼹鼠皮

pelt *v.* (~ sb. with sth.): to attack sb. by throwing things at them 投物攻击；向……投掷

Quidditch: *n.* an imaginary game in which players fly on broomsticks 魁地奇球赛

scoop *v.* to take out or move something as if with a scoop 取出

seeker *n.* a player who is trying to catch the Golden Snitch(金色飞贼)in Quidditch 找球手

sprint *v.* to run or swim a short distance very fast 快跑，冲刺

troll *n.* a large and evil creature that looks like an ugly person 巨怪

wheedle *v.* to use soft words or flattery 哄劝

Part Ⅰ　Objectives

1. Familiarize yourself with Rowling's magic world by reading *Harry Potter and The Philosopher's Stone*.
2. Compare Rowling's magic world and the real world and establish a link between the two.
3. Deepen your understanding of *Harry Potter and The Philosopher's Stone* by analyzing elements from European cultures and their implied themes.
4. Develop imaginative and creative skills by writing and performing a magic English lesson.

Part Ⅱ　Introduction to the Novel

1. About the author and her novel *Harry Potter and The Philosopher's Stone*

Photo source: *https://www.biographyonline.net/writers/j_k_rowling.html*

1) J. K. Rowling

J. K. Rowling (1965-) is a British novelist who won many awards such as The National Book Award for Children's Fiction, and Hans Christian Andersen Literature Award. From quite an early age, Rowling enjoyed reading fantastic adventure stories and had a fondness for the name Potter, with the ambition to be a writer. After her graduation from Exeter University with a degree in French, she took several jobs, for example, as a researcher, a bilingual secretary as well as an English teacher. It was in 1990 on a long train journey from Manchester to London that J. K. Rowling first conceived of the idea about Harry Potter, a boy wizard. Then she began writing about the magical adventures of the wizard. Since the publication of her first book *Harry Potter and The Philosopher's Stone* in 1997, her seven-book saga has gained worldwide popularity and caused a magic storm.

2) Synopsis

Harry Potter was sent to live with his aunt and suffered great pain since his birth. It was not until his eleventh birthday that Harry discovered he was a wizard and had a place at Hogwarts School of Witchcraft and Wizardry. He then got to know his parents were wizards and were killed by the evil wizard Voldemort. As a student in Hogwarts, Harry made two good friends Ron and Hermione, learned magic and riding a broom as well to play Quidditch. Finding that something very valuable was hidden somewhere inside the school and Voldemort was very anxious to lay his hands on it, the three decided to take some actions. With the help of his good friends as well as the love from his parents, Harry waged war against Voldemort and succeeded in protecting the sorcerer's stone.

2. Watch the video about J. K. Rowling and answer the following questions:

(*Video link: https://pan.baidu.com/s/1o4dnChH13NLShvQEWW8_Zg*

code: lxkw

Or

*https://www.bilibili.com/video/BV1mE411a7Fx? from=search&seid=*14617293201830293500)

1) Why did Rowling think she herself was the biggest failure by every usual standard at the beginning of her writing career?

2) How does Rowling become one of the most powerful celebrities and best-selling authors?

3) What will you do for your dream or passion when confronted with failure?

Part Ⅲ Questions for Reflection

1. Snape was limping the day before Quidditch when Harry, Ron and Hermione were out in the yard warming themselves from a magical blue fire. What happened to Snape? What conclusion did Harry draw? What do you think of Harry and his conclusion?
2. How do you define the relationship between Snape and Harry based on what happened in this chapter?
3. What do you know about Quidditch as a game? What role does Quidditch play in the magical world? What role does Chapter 11 play in the whole novel? Why?
4. The great event Quidditch took place between Gryffindor and Slytherin. What does the event imply? What do the two house names stand for in terms of the *Bible*?
5. Did Harry succeed in catching the snitch for the first time? Why does the author design such

a plot?

6. What happened to Harry's broomstick during the game? Why did his Nimbus 2000 roll over and lose control? How do you link the event to our actual world?
7. What is the final result of the Quidditch? What does it imply from the perspective of the theme?
8. The novel carries a variety of European cultures. How do you illustrate the cultural implications based on this chapter?

Part Ⅳ　Movie Excerpt (72m—87m, the whole runtime: 150 minutes)

Video link: https://pan.baidu.com/s/13fmuDpCSKG_QDrPDEMy0Ng

code: jjpr

1. Summary

At Hallowe'en feast, Prof. Quirrell hurried in and gasped that there was a troll in the dungeons, which caused an uproar, and finally silenced by Prof. Dumbledore. The troll was seen to enter the girls' bathroom, where Hermione happened to be crying due to a quarrel with Ron. Harry and Ron succeeded in saving Hermione with their bravery, intelligence and cooperation.

After weeks of training, Harry would be playing as the youngest seeker in his first match of Quidditch (Gryffindor versus Slytherin) in November. The day before the match, Harry happened to find Snape's leg was bloody and came to a conclusion that Snape had been after what the three-headed dog was guarding by letting in the troll as a diversion on Halloween.

The next morning Harry felt terrible and a bit scared while everyone else was cheerful, looking forward to a good Quidditch match. With a loud blast on Madam Hooch's silver whistle, the much-anticipated game began. Everything went on well until Harry's broom spun off its course suddenly while he was trying to catch the snitch for the first time. Then something strange happened. Harry couldn't get his broomstick under control at all. Hermione thought it was Snape who was jinxing Harry's broom and so she performed a magic to make Snape's robe on fire. Now able to control his broom, Harry almost swallowed the ball when he got the second chance to catch it. Gryffindor won the match! The old question haunted Harry again: what on earth was Snape trying to steal?

2. The beauty of words

1) She might not have needed saving if you hadn't insulted her.
—What are friends for?

2) Not many first-year students could take on a full-grown mountain troll and live to tell the tale.

3) You've proven yourself against a troll, a game of Quidditch should be easy work, even if it is against Slytherin.

4) It's a broomstick. It's not just a broomstick, Harry. It's a Nimbus 2000!

5) Now I want a nice, clean game from all of you.

6) Hermione had performed a tricky little charm so that the paint flashed different colors. (from Chapter 11)

7) The next morning dawned very bright and cold. The Great Hall was full of the delicious smell of fried sausages and the cheerful chatter of everyone looking forward to a good Quidditch match. (from Chapter 11)

8) Gryffindor cheers filled the cold air, with howls and moans from the Slytherins. (from Chapter 11)

9) It was zigzagging through the air and every now and then making violent swishing movements which almost unseated him. (from Chapter 11)

10) But in all the confusion, of course, the Golden Snitch had disappeared from sight again. (from Chapter 11)

3. Questions for reflection

1) Facing the dangerous monster in the girls' bathroom, Harry took a great running jump and managed to fasten his arms around the troll's neck from behind, his wand going straight up one of the troll's nostrils. How do you comment on Harry's acts? Why does the author use such details to create a hero and even a savior of the world?

2) With Harry's wand in the troll's nostril, Hermione's instruction of "swish and flick", and Ron's spell "Wingardium Leviosa", the troll was knocked out by the dropping club and fell flat on its face. How do you interpret the scene in terms of the theme development?

3) What is a Quidditch pitch like in a magic world? How is it related to the European culture in the real world?

4) The movie focuses more on the fantastic details or actions described in the novel to create a magic world. What effects do you think it intends to produce? Why?

5) What is the most impressive scene in the Quidditch game? How does the author use it to develop the theme of the novel?

6) Before the Quidditch began, Madam Hooch said, "Now I want a nice, clean game from all of you". What do you get from the referee's words as far as universal truths are concerned?

Part V　A Mini-project

Creating a Magic English Lesson

Fantasy fiction like *Harry Potter Series*, in the form of blockbusters and bestsellers, is enjoying an immense and growing popularity. It takes us on a journey of wonderment, suspense and new possibilities while reminding us of universal truths.

One of the objectives in reading fantasy fiction and viewing fantasy films is to develop imaginative and creative skills. Here comes your chance to achieve it, both as a fantasy fiction writer and a role player.

Form a group of 4-6 members and work together to create a new fantasy world by writing a 250-word story about a magic English lesson and then performing it. Don't be scared! Writing and performing your own fantasy story can be an incredibly exciting and rewarding process. Follow the steps below, and you will get to know how to develop your creative skills and put a twist on traditional tales with magic.

Step 1　Create a Strong Story

Outline your plot	It is of great help to create a skeletal outline to help you track what happens and to whom it happens in your story instead of relying too heavily on the fantastical elements.
Develop the conflict	A good conflict is critical for a strong plot as conflict helps motivate the characters, promote the story and create tension. It's more effective for conflict development to plan beforehand what characters want more than anything and why they can't get it.

续表

Create memorable characters	A clear motivation is essential for characters. Try to make your characters realistic and true to life with some contradictory or otherwise complicated qualities, or with a physical or emotional vulnerability.
Expand the plot	Fill your plot with vivid details and complex developments to bring your story to life. It's advisable to incorporate as many sensory details (sights, sounds, smells, tastes, etc) as possible to ensure readers share direct experience with your characters and your fictional world.
End the story logically	Make sure your characters resolve their conflicts and what might happen to the world you've created after the central conflict is resolved.

Step 2　Understand and Incorporate Elements of Fantasy

Read extensively within fantasy fiction and determine what magical elements can be contained in your story. (for example, in a magic English class: magic brush, flying chair/notebook, unusual competition/exam, nightmare/dream, invisible cloak, avenging angel/student and evil teacher, ghost/monster, etc.)
Plan out the magical elements thoroughly.
Catch readers' interest from the start by creating suspense.
Introduce your main characters before events happen and give them names with implications.
Identify the most important details and resist the urge to include everything.

Step 3　Revise and Edit Your Story

Set your story aside for a few days before revision so that you can approach it with fresh eyes.
Keep your tone consistent in the whole story.
Show rather than tell, letting the reader see things unfold between the lines.
Delete anything confusing or unnecessary.
Check minor details like wrong spelling and grammar, unnecessary adverbs or "empty" adjectives, etc.

Step 4　Act the Story Out

Determine your suitable roles among group members and act the story out.

Look forward to the birth of a brand new fantasy world from you!

◎ 参考文献

1. J. K. 罗琳 著. 哈利·波特与魔法石(英汉对照版)[M]. 苏农,译. 北京：人民文学出版社，2019.
2. Julia Martins, 2020. How to write a credible fantasy story. Retrieved July 13, 2020 from https://www.wikihow.com/Write-a-Credible-Fantasy-Story.
3. https://www.biographyonline.net/writers/j_k_rowling.html. Retrieved July 10, 2020.
4. https://www.jkrowling.com/about. Retrieved July 11, 2020.
5. https://www.britannica.com/biography/J-K-Rowling. Retrieved July 11, 2020.
6. https://harrypotter.fandom.com/wiki/Quidditch. Retrieved July 12, 2020.
7. https://www.creative-writing-now.com/how-to-write-a-story.html. Retrieved July 12, 2020.

第五章
正义与平等的教养

To Kill a Mockingbird

Nelle Harper Lee

Chapter 1

When he was nearly thirteen, my brother Jem got his arm badly broken at the elbow. When it healed, and Jem's fears of never being able to play football were **assuaged**, he was seldom self-conscious about his injury. His left arm was somewhat shorter than his right; when he stood or walked, the back of his hand was at right angles to his body, his thumb parallel to his thigh. He couldn't have cared less, so long as he could pass and **punt**.

When enough years had gone by to enable us to look back on them, we sometimes discussed the events leading to his accident. I maintain that the Ewells started it all, but Jem, who was four years my senior, said it started long before that. He said it began the summer Dill came to us, when Dill first gave us the idea of making Boo Radley come out.

I said if he wanted to take a broad view of the thing, it really began with Andrew Jackson. If General Jackson hadn't run the Creeks up the **creek**, Simon Finch would never have paddled up the Alabama, and where would we be if he hadn't? We were far too old to settle an argument with a fist-fight, so we consulted Atticus. Our father said we were both right.

Being Southerners, it was a source of shame to some members of the family that we had no recorded ancestors on either side of the Battle of Hastings. All we had was Simon Finch, a fur-trapping **apothecary** from Cornwall whose piety was exceeded only by his **stinginess**. In England, Simon was irritated by the persecution of those who called themselves Methodists at the hands of their more liberal **brethren**, and as Simon called himself a Methodist, he worked his way across the Atlantic to Philadelphia, thence to Jamaica, thence to Mobile, and up the Saint Stephens. Mindful of John Wesley's strictures on the use of many words in buying and selling, Simon made a pile practicing medicine, but in this pursuit he was unhappy lest he be tempted into doing what he knew was not for the glory of God, as the putting on of gold and costly **apparel**. So Simon, having forgotten his teacher's dictum on the possession of human **chattels**, bought three slaves and with their aid established a homestead on the banks of the Alabama River some forty miles above Saint Stephens. He returned to Saint Stephens only once, to find a wife, and with her established a line that ran high to daughters. Simon lived to an impressive age and died rich.

It was customary for the men in the family to remain on Simon's homestead, Finch's Landing, and make their living from cotton. The place was self-sufficient: modest in comparison with the empires around it, the Landing nevertheless produced everything required to sustain life except ice, wheat flour, and articles of clothing, supplied by river-boats from Mobile.

Simon would have regarded with impotent fury the disturbance between the North and the South, as it left his descendants stripped of everything but their land, yet the tradition of living on the land remained unbroken until well into the twentieth century, when my father, Atticus Finch, went to Montgomery to read law, and his younger brother went to Boston to study medicine. Their sister Alexandra was the Finch who remained at the Landing: she married a **taciturn** man who spent most of his time lying in a **hammock** by the river wondering if his trot-lines were full.

When my father was admitted to the bar, he returned to Maycomb and began his practice. Maycomb, some twenty miles east of Finch's Landing, was the county seat of Maycomb County. Atticus's office in the courthouse contained little more than a hat rack, a **spittoon**, a checkerboard and an **unsullied** Code of Alabama. His first two clients were the last two persons hanged in the Maycomb County jail. Atticus had urged them to accept the state's generosity in allowing them to plead Guilty to second-degree murder and escape with their lives, but they were Haverfords, in Maycomb County a name synonymous with **jackass**. The Haverfords had dispatched Maycomb's leading blacksmith in a misunderstanding arising from the alleged wrongful **detention** of a mare, were **imprudent** enough to do it in the presence of three witnesses, and insisted that the-son-of-a-bitch-had-it-coming-to-him was a good enough defense for anybody. They persisted in pleading Not Guilty to first-degree murder, so there was nothing much Atticus could do for his clients except be present at their departure, an occasion that was probably the beginning of my father's profound distaste for the practice of criminal law.

During his first five years in Maycomb, Atticus practiced economy more than anything; for several years thereafter he invested his earnings in his brother's education. John Hale Finch was ten years younger than my father, and chose to study medicine at a time when cotton was not worth growing; but after getting Uncle Jack started, Atticus derived a reasonable income from the law. He liked Maycomb, he was Maycomb County born and bred; he knew his people, they knew him, and because of Simon Finch's industry, Atticus was related by blood or marriage to nearly every family in the town.

Maycomb was an old town, but it was a tired old town when I first knew it. In rainy weather the streets turned to red **slop**; grass grew on the sidewalks, the courthouse sagged in the square. Somehow, it was hotter then: a black dog suffered on a summer's day; **bony** mules hitched to Hoover carts **flicked** flies in the sweltering shade of the live oaks on the square. Men's stiff collars **wilted** by nine in the morning. Ladies bathed before noon, after their three-o'clock naps, and by nightfall were like soft teacakes with frostings of sweat and sweet **talcum**.

People moved slowly then. They **ambled** across the square, **shuffled** in and out of the stores around it, took their time about everything. A day was twenty-four hours long but seemed longer. There was no hurry, for there was nowhere to go, nothing to buy and no money to buy it with, nothing to see outside the boundaries of Maycomb County. But it was a time of vague optimism for some of the people: Maycomb County had recently been told that it had nothing to fear but fear itself.

We lived on the main residential street in town—Atticus, Jem and I, plus Calpurnia our cook. Jem and I found our father satisfactory: he played with us, read to us, and treated us with courteous detachment.

Calpurnia was something else again. She was all angles and bones; she was nearsighted; she **squinted**; her hand was wide as a bed **slat** and twice as hard. She was always ordering me out of the kitchen, asking me why I couldn't behave as well as Jem when she knew he was older, and calling me home when I wasn't ready to come. Our battles were epic and one-sided. Calpurnia always won, mainly because Atticus always took her side. She had been with us ever since Jem was born, and I had felt her tyrannical presence as long as I could remember.

Our mother died when I was two, so I never felt her absence. She was a Graham from Montgomery; Atticus met her when he was first elected to the state legislature. He was middle-aged then, she was fifteen years his junior. Jem was the product of their first year of marriage; four years later I was born, and two years later our mother died from a sudden heart attack. They said it ran in her family. I did not miss her, but I think Jem did. He remembered her clearly, and sometimes in the middle of a game he would sigh at length, then go off and play by himself behind the car-house. When he was like that, I knew better than to bother him.

When I was almost six and Jem was nearly ten, our summertime boundaries (within calling distance of Calpurnia) were Mrs. Henry Lafayette Dubose's house two doors to the north of us, and the Radley Place three doors to the south. We were never tempted to break them. The Radley Place was inhabited by an unknown entity the mere description of whom was enough to make us behave for days on end; Mrs. Dubose was plain hell.

That was the summer Dill came to us.

Early one morning as we were beginning our day's play in the back yard, Jem and I heard something next door in Miss Rachel Haverford's collard patch. We went to the wire fence to see if there was a puppy—Miss Rachel's rat **terrier** was expecting—instead we found someone sitting looking at us. Sitting down, he wasn't much higher than the **collards**. We stared at him until he spoke:

"Hey."

"Hey yourself," said Jem pleasantly.

"I'm Charles Baker Harris," he said. "I can read."

"So what?" I said.

"I just thought you'd like to know I can read. You got anything needs readin' I can do it..."

"How old are you," asked Jem, "four-and-a-half?"

"Goin' on seven."

"Shoot no wonder, then," said Jem, **jerking** his thumb at me. "Scout **yonder**'s been readin' ever since she was born, and she ain't even started to school yet. You look right puny for goin' on seven."

"I'm little but I'm old," he said.

Jem brushed his hair back to get a better look. "Why don't you come over, Charles Baker Harris?" he said. "Lord, what a name."

"'s not any funnier'n yours. Aunt Rachel says your name's Jeremy Atticus Finch."

Jem scowled. "I'm big enough to fit mine," he said. "Your name's longer'n you are. Bet it's a foot longer."

"Folks call me Dill," said Dill, struggling under the fence.

"Do better if you go over it instead of under it," I said. "Where'd you come from?"

Dill was from Meridian, Mississippi, was spending the summer with his aunt, Miss Rachel, and would be spending every summer in Maycomb from now on. His family was from Maycomb County originally, his mother worked for a photographer in Meridian, had entered his picture in a Beautiful Child contest and won five dollars. She gave the money to Dill, who went to the picture show twenty times on it.

"Don't have any picture shows here, except Jesus ones in the courthouse sometimes," said Jem. "Ever see anything good?"

Dill had seen Dracula, a **revelation** that moved Jem to eye him with the beginning of respect. "Tell it to us," he said.

Dill was a curiosity. He wore blue linen shorts that buttoned to his shirt, his hair was snow white and stuck to his head like duckfluff; he was a year my senior but I towered over him. As he told us the old tale his blue eyes would lighten and darken; his laugh was sudden and happy; he habitually pulled at a **cowlick** in the center of his forehead.

When Dill reduced Dracula to dust, and Jem said the show sounded better than the book, I asked Dill where his father was: "You ain't said anything about him."

"I haven't got one."

"Is he dead?"

"No..."

"Then if he's not dead you've got one, haven't you?"

Dill blushed and Jem told me to hush, a sure sign that Dill had been studied and found acceptable. Thereafter the summer passed in routine contentment. Routine contentment was: improving our treehouse that rested between giant twin **chinaberry** trees in the back yard, fussing, running through our list of dramas based on the works of Oliver Optic, Victor Appleton, and Edgar Rice Burroughs. In this matter we were lucky to have Dill. He played the character parts formerly thrust upon me—the ape in Tarzan, Mr. Crabtree in The Rover Boys, Mr. Damon in Tom Swift. Thus we came to know Dill as a pocket Merlin, whose head teemed with **eccentric** plans, strange longings, and quaint fancies.

But by the end of August our repertoire was **vapid** from countless reproductions, and it was then that Dill gave us the idea of making Boo Radley come out.

The Radley Place fascinated Dill. In spite of our warnings and explanations it drew him as the moon draws water, but drew him no nearer than the light-pole on the corner, a safe distance from the Radley gate. There he would stand, his arm around the fat pole, staring and wondering.

The Radley Place **jutted** into a sharp curve beyond our house. Walking south, one faced its **porch**; the sidewalk turned and ran beside the **lot**. The house was low, was once white with a deep front porch and green shutters, but had long ago darkened to the color of the slate-gray yard around it. Rain-rotted **shingles** drooped over the eaves of the **veranda**; oak trees kept the sun away. The remains of a **picket** drunkenly guarded the front yard—a "swept" yard that was never swept—where johnson grass and rabbit-tobacco grew in abundance.

Inside the house lived a **malevolent phantom**. People said he existed, but Jem and I had never seen him. People said he went out at night when the moon was down, and **peeped** in windows. When people's **azaleas** froze in a cold snap, it was because he had breathed on them. Any stealthy small crimes committed in Maycomb were his work. Once the town was terrorized by a series of morbid nocturnal events: people's chickens and household pets were found **mutilated**; although the **culprit** was Crazy Addie, who eventually drowned himself in Barker's Eddy, people still looked at the Radley Place, unwilling to discard their initial suspicions. A Negro would not pass the Radley Place at night, he would cut across to the sidewalk opposite and whistle as he walked. The Maycomb school grounds adjoined the back of the Radley lot; from the Radley chickenyard tall **pecan** trees shook their fruit into the schoolyard, but the nuts lay untouched by the children: Radley pecans would kill you. A baseball hit into the Radley yard was a lost ball and no questions asked.

The misery of that house began many years before Jem and I were born. The Radleys, welcome anywhere in town, kept to themselves, a predilection unforgivable in Maycomb. They did not go to church, Maycomb's principal recreation, but worshiped at home; Mrs. Radley seldom if ever crossed the street for a mid-morning coffee break with her neighbors, and certainly never joined a missionary circle. Mr. Radley walked to town at eleven-thirty every morning and came back promptly at twelve, sometimes carrying a brown paper bag that the neighborhood assumed contained the family groceries. I never knew how old Mr. Radley made his living—Jem said he "bought cotton," a polite term for doing nothing—but Mr. Radley and his wife had lived there with their two sons as long as anybody could remember.

The shutters and doors of the Radley house were closed on Sundays, another thing alien to Maycomb's ways: closed doors meant illness and cold weather only. Of all days Sunday was the day for formal afternoon visiting: ladies wore **corsets**, men wore coats, children wore shoes. But to climb the Radley front steps and call, "Hey," of a Sunday afternoon was something their neighbors never did. The Radley house had no **screen** doors. I once asked Atticus if it ever had any; Atticus said yes, but before I was born.

According to neighborhood legend, when the younger Radley boy was in his teens he became acquainted with some of the Cunninghams from Old Sarum, an enormous and confusing tribe domiciled in the northern part of the county, and they formed the nearest thing to a gang ever seen in Maycomb. They did little, but enough to be discussed by the town and publicly warned from three **pulpits**: they hung around the barbershop; they rode the bus to Abbottsville on Sundays and went to the picture show; they attended dances at the county's riverside gambling hell, the Dew-Drop Inn & Fishing Camp; they experimented with stumphole whiskey. Nobody in Maycomb had nerve enough to tell Mr. Radley that his boy was in with the wrong crowd.

One night, in an excessive **spurt** of high spirits, the boys backed around the square in a borrowed **flivver**, resisted arrest by Maycomb's ancient **beadle**, Mr. Conner, and locked him in the courthouse outhouse. The town decided something had to be done; Mr. Conner said he knew who each and every one of them was, and he was bound and determined they wouldn't get away with it, so the boys came before the **probate** judge on charges of disorderly conduct, disturbing the peace, assault and battery, and using abusive and **profane** language in the presence and hearing of a female. The judge asked Mr. Conner why he included the last charge; Mr. Conner said they **cussed** so loud he was sure every lady in Maycomb heard them. The judge decided to send the boys to the state industrial school, where boys were sometimes sent for no other reason than to provide them with food and decent shelter: it was no prison and it was no disgrace. Mr. Radley thought it was. If the judge released Arthur, Mr. Radley would see to it that Arthur gave no further trouble. Knowing that Mr. Radley's word was his bond, the judge was glad to do so.

The other boys attended the industrial school and received the best secondary education to be had in the state; one of them eventually worked his way through engineering school at Auburn. The doors of the Radley house were closed on weekdays as well as Sundays, and Mr. Radley's boy was not seen again for fifteen years.

But there came a day, barely within Jem's memory, when Boo Radley was heard from and was seen by several people, but not by Jem. He said Atticus never talked much about the Radleys: when Jem would question him Atticus's only answer was for him to mind his own business and let the Radleys mind theirs, they had a right to; but when it happened Jem said

Atticus shook his head and said, "Mm, mm, mm."

So Jem received most of his information from Miss Stephanie Crawford, a neighborhood scold, who said she knew the whole thing. According to Miss Stephanie, Boo was sitting in the livingroom cutting some items from The Maycomb **Tribune** to paste in his scrapbook. His father entered the room. As Mr. Radley passed by, Boo drove the scissors into his parent's leg, pulled them out, wiped them on his pants, and resumed his activities.

Mrs. Radley ran screaming into the street that Arthur was killing them all, but when the **sheriff** arrived he found Boo still sitting in the livingroom, cutting up the Tribune. He was thirty-three years old then.

Miss Stephanie said old Mr. Radley said no Radley was going to any asylum, when it was suggested that a season in Tuscaloosa might be helpful to Boo. Boo wasn't crazy, he was high-strung at times. It was all right to shut him up, Mr. Radley conceded, but insisted that Boo not be charged with anything: he was not a criminal. The sheriff hadn't the heart to put him in jail alongside Negroes, so Boo was locked in the courthouse basement.

Boo's transition from the basement to back home was **nebulous** in Jem's memory. Miss Stephanie Crawford said some of the town council told Mr. Radley that if he didn't take Boo back, Boo would die of **mold** from the damp. Besides, Boo could not live forever on the **bounty** of the county.

Nobody knew what form of intimidation Mr. Radley employed to keep Boo out of sight, but Jem figured that Mr. Radley kept him chained to the bed most of the time. Atticus said no, it wasn't that sort of thing, that there were other ways of making people into ghosts.

My memory came alive to see Mrs. Radley occasionally open the front door, walk to the edge of the porch, and pour water on her **cannas**. But every day Jem and I would see Mr. Radley walking to and from town. He was a thin leathery man with colorless eyes, so colorless they did not reflect light. His cheekbones were sharp and his mouth was wide, with a thin upper lip and a full lower lip. Miss Stephanie Crawford said he was so upright he took the word of God as his only law, and we believed her, because Mr. Radley's posture was **ramrod** straight.

He never spoke to us. When he passed we would look at the ground and say, "Good morning, sir," and he would cough in reply. Mr. Radley's elder son lived in Pensacola; he came home at Christmas, and he was one of the few persons we ever saw enter or leave the place. From the day Mr. Radley took Arthur home, people said the house died.

But there came a day when Atticus told us he'd wear us out if we made any noise in the yard and commissioned Calpurnia to serve in his absence if she heard a sound out of us. Mr.

Radley was dying.

He took his time about it. Wooden **sawhorses** blocked the road at each end of the Radley lot, straw was put down on the sidewalk, traffic was diverted to the back street. Dr. Reynolds parked his car in front of our house and walked to the Radley's every time he called. Jem and I crept around the yard for days. At last the sawhorses were taken away, and we stood watching from the front porch when Mr. Radley made his final journey past our house.

"There goes the meanest man ever God blew breath into," murmured Calpurnia, and she spat meditatively into the yard. We looked at her in surprise, for Calpurnia rarely commented on the ways of white people.

The neighborhood thought when Mr. Radley went under Boo would come out, but it had another think coming: Boo's elder brother returned from Pensacola and took Mr. Radley's place. The only difference between him and his father was their ages. Jem said Mr. Nathan Radley "bought cotton," too. Mr. Nathan would speak to us, however, when we said good morning, and sometimes we saw him coming from town with a magazine in his hand.

The more we told Dill about the Radleys, the more he wanted to know, the longer he would stand hugging the light-pole on the corner, the more he would wonder.

"Wonder what he does in there," he would murmur. "Looks like he'd just stick his head out the door."

Jem said, "He goes out, all right, when it's pitch dark. Miss Stephanie Crawford said she woke up in the middle of the night one time and saw him looking straight through the window at her... said his head was like a skull lookin' at her. Ain't you ever waked up at night and heard him, Dill? He walks like this—" Jem slid his feet through the **gravel**. "Why do you think Miss Rachel locks up so tight at night? I've seen his tracks in our back yard many a mornin', and one night I heard him scratching on the back screen, but he was gone time Atticus got there."

"Wonder what he looks like?" said Dill.

Jem gave a reasonable description of Boo: Boo was about six-and-a-half feet tall, judging from his tracks; he dined on raw squirrels and any cats he could catch, that's why his hands were bloodstained—if you ate an animal raw, you could never wash the blood off. There was a long jagged scar that ran across his face; what teeth he had were yellow and rotten; his eyes **popped**, and he **drooled** most of the time.

"Let's try to make him come out," said Dill. "I'd like to see what he looks like."

Jem said if Dill wanted to get himself killed, all he had to do was go up and knock on the front door.

Our first **raid** came to pass only because Dill bet Jem The Gray Ghost against two Tom Swifts that Jem wouldn't get any farther than the Radley gate. In all his life, Jem had never declined a dare.

Jem thought about it for three days. I suppose he loved honor more than his head, for Dill wore him down easily: "You're scared," Dill said, the first day. "Ain't scared, just respectful," Jem said. The next day Dill said, "You're too scared even to put your big toe in the front yard." Jem said he reckoned he wasn't, he'd passed the Radley Place every school day of his life.

"Always runnin'," I said.

But Dill got him the third day, when he told Jem that folks in Meridian certainly weren't as afraid as the folks in Maycomb, that he'd never seen such scary folks as the ones in Maycomb.

This was enough to make Jem march to the corner, where he stopped and leaned against the light-pole, watching the gate hanging crazily on its homemade **hinge**.

"I hope you've got it through your head that he'll kill us each and every one, Dill Harris," said Jem, when we joined him. "Don't blame me when he **gouges** your eyes out. You started it, remember."

"You're still scared," murmured Dill patiently.

Jem wanted Dill to know once and for all that he wasn't scared of anything: "It's just that I can't think of a way to make him come out without him getting' us." Besides, Jem had his little sister to think of.

When he said that, I knew he was afraid. Jem had his little sister to think of the time I dared him to jump off the top of the house: "If I got killed, what'd become of you?" he asked. Then he jumped, landed unhurt, and his sense of responsibility left him until confronted by the Radley Place.

"You gonna run out on a dare?" asked Dill. "If you are, then—"

"Dill, you have to think about these things," Jem said. "Lemme think a minute... it's sort of like making a turtle come out..."

"How's that?" asked Dill.

"Strike a match under him."

I told Jem if he set fire to the Radley house I was going to tell Atticus on him.

Dill said striking a match under a turtle was hateful.

"Ain't hateful, just persuades him—'s not like you'd chunk him in the fire," Jem **growled**.

"How do you know a match don't hurt him?"

"Turtles can't feel, stupid," said Jem.

"Were you ever a turtle, huh?"

"My stars, Dill! Now lemme think... reckon we can rock him..."

Jem stood in thought so long that Dill made a mild concession: "I won't say you ran out on a dare an' I'll **swap** you The Gray Ghost if you just go up and touch the house."

Jem brightened. "Touch the house, that all?"

Dill nodded.

"Sure that's all, now? I don't want you **hollerin**' something different the minute I get back."

"Yeah, that's all," said Dill. "He'll probably come out after you when he sees you in the yard, then Scout'n' me'll jump on him and hold him down till we can tell him we ain't gonna hurt him."

We left the corner, crossed the side street that ran in front of the Radley house, and stopped at the gate.

"Well go on," said Dill, "Scout and me's right behind you."

"I'm going," said Jem, "don't hurry me."

He walked to the corner of the lot, then back again, studying the simple terrain as if deciding how best to effect an entry, frowning and scratching his head.

Then I sneered at him.

Jem threw open the gate and sped to the side of the house, slapped it with his palm and ran back past us, not waiting to see if his **foray** was successful. Dill and I followed on his heels. Safely on our porch, panting and out of breath, we looked back.

The old house was the same, **droopy** and sick, but as we stared down the street we thought we saw an inside shutter move. Flick. A tiny, almost invisible movement, and the house was still.

☞ New Words

amble *v.* to walk at a slow relaxed speed 缓行，漫步

apothecary *n.* a person who made and sold medicines in the past 药剂师，药商

apparel *n.* clothes, particularly those worn on a formal occasion(尤指正式场合穿的)衣服，服装

assuage *v.* to make an unpleasant feeling less severe 缓和，减轻(不快)

azalea *n.* a plant or bush with large flowers that may be pink, purple, white or yellow, grown in a pot or in a garden 杜鹃，映山红

beadle *n.* a minor parish official formerly employed in the Church of England to usher and keep order 教区的治安员

bony *adj.* very thin so that the bones can be seen under the skin 瘦骨嶙峋的

bounty *n.* generous actions 慷慨之举，乐善好施

brethren *n.* people who are part of the same society as yourself 兄弟们，同仁

canna *n.* a perennial tropical plant with luxuriant foliage 美人蕉

chattel *n.* something that belongs to you (个人的)财产，动产

chinaberry *n.* tree of northern India and China having purple blossoms and small inedible yellow fruits; naturalized in the southern United States as a shade tree 楝树

collard *n.* a variety of kale with a crown of smooth edible leaves 羽衣甘蓝

corset *n.* a piece of women's underwear, fitting the body tightly, worn especially in the past to make the waist look smaller 紧身内衣

cowlick *n.* a piece of hair that grows in a different direction from the rest of your hair and is difficult to make lie flat 翘起的一绺头发

creek *n.* a small river or stream 小河，小溪

culprit *n.* a person who has done something wrong or against the law 犯错的人，罪犯

cuss *v.* to swear at somebody 诅咒，咒骂

detention *n.* the state of being kept in a place, especially a prison, and prevented from leaving 拘留，扣押

drool *v.* to let saliva(= liquid) come out of your mouth 流口水

droopy *adj.* hanging downwards 下垂的，耷拉的

eccentric *adj.* considered by other people to be strange or unusual 古怪的

flick *v.* to hit something with a sudden quick movement, especially using your finger and thumb together, or your hand 轻击，轻拍

flivver *n.* a small, cheap, and usually old car(美俚)廉价小汽车

foray *n.* a short sudden attack 突袭

gouge *v.* to make a hole or cut in something with a sharp object in a rough or violent way 凿

gravel *n.* small stones, often used to make the surface of paths and roads 沙砾，砾石

growl *v.* to make a low sound in the throat, usually as a sign of anger 低声吼叫

hammock *n.* a type of bed made from a net or from a piece of strong material, with ropes at each end that are used to hang it between two trees, posts, etc. 吊床

hinge *n.* a piece of metal, plastic, etc., on which a door, lid or gate moves freely as it opens or closes 铰链；合叶

holler *v.* to call out or shout something 叫喊

imprudent *adj.* not wise or sensible 不明智的

jackass *n.* a stupid person 蠢人，笨蛋

jerk *v.* to move or to make something move with a sudden short sharp movement 急拉，猛推

jut *v.* to stick out further than the surrounding surface, objects, etc.; to make something stick out 突出，伸出

lot *n.* area of land 一块地

malevolent *adj.* having or showing a desire to harm other people 心肠坏的，恶毒的

mold *n.* a fungus that causes organic matter to decay 霉菌

mutilate *v.* to damage somebody's body very severely, especially by cutting or tearing off part of it (使)残废，毁伤

nebulous *adj.* not clear 模糊的，不清楚的

pecan *n.* the nut of the American pecan tree with a smooth pinkish-brown shell 美洲山核桃

peep *v.* to look quickly and secretly at something, especially through a small opening 窥视，偷看

phantom *n.* a ghost 鬼

picket *n.* a pointed piece of wood that is fixed in the ground, especially as part of a fence 尖桩栅栏

pop *v.* if your eyes pop or pop out, they suddenly open fully because you are surprised or excited (因激动、惊奇)张大，睁大

porch *n.* a small area at the entrance to a building, such as a house or a church, that is covered by a roof and often has walls 门廊

probate *n.* the official process of proving that a will is valid 遗嘱检验

profane *adj.* having or showing a lack of respect for God or holy things 亵渎神灵的

pulpit *n.* the Christian clergy considered as a group 教士，牧师

punt *v.* in football or rugby, to drop a ball and then kick it before it hits the ground 踢凌空球

raid *n.* a short surprise attack on an enemy by soldiers, ships or aircraft 突然袭击

ramrod *adj.* & *adv.* rigidly or stiffly 直挺，笔直不弯的

revelation *n.* a fact that people are made aware of, especially one that has been secret and is surprising 被曝光的秘闻

sawhorse *n.* a wooden frame that supports wood that is being cut with a saw 锯木架

screen *n.* a wire or plastic net that is held in a frame and fastened on a window, or a door, to let in air but keep out insects 纱门

sheriff *n.* (in the US) an elected officer responsible for keeping law and order in a county or town 城镇治安官(美国民选地方官员)

shingle *n.* a small flat piece of wood that is used to cover a wall or roof of a building 屋顶板

shuffle *v.* to walk slowly without lifting your feet completely off the ground 拖着脚走

slat *n.* one of a series of thin flat pieces of wood, metal or plastic, used in furniture, fences, etc. (家具、栅栏等上的)板条，窄条，横档

slop *n.* soft mud 稀泥，泥浆

spittoon *n.* a container, used especially in the past, for people to spit into 痰盂

spurt *n.* a sudden increase in speed, effort, activity or emotion for a short period of time 短时间激增，迸发

squint *v.* to look at something with your eyes partly shut in order to keep out bright light or to see better 眯着眼睛看

stinginess *n.* a lack of generosity; a general unwillingness to part with money 吝啬，小气

swap *v.* to replace one person or thing with another 替换

taciturn *adj.* tending not to say very much, in a way that seems unfriendly 不苟言笑的，沉默寡言的

talcum *n.* a toilet powder made of purified talc and usually scented; absorbs excess moisture 爽身粉

terrier *n.* a small active dog 㹴(一种活泼的小狗)

tribune *n.* a word used in the name of some newspapers 论坛报

unsullied *adj.* not spoiled by anything; still pure or in the original state 洁净如新的

vapid *adj.* lacking interest or intelligence 乏味的，枯燥的

veranda *n.* a platform with an open front and a roof, built onto the side of a house on the ground floor 走廊，游廊

wilt *v.* to droop or shrivel through lack of water, too much heat, or disease, or make a plant droop or shrivel 枯萎

yonder *adj.* & *adv.* that is over there; that you can see over there 那里的，远处的，在那边

Part Ⅰ Objectives

1. To understand the historical background about the racial discrimination in the southern town of America in 1930s.
2. To analyze and appreciate the theme, value systems and moral senses, symbolism, and other

basic elements of *To Kill a Mockingbird*.

3. To design and create a Newspaper based on the events in *To Kill a Mockingbird*.

Part Ⅱ　Introduction to the Novel

1. About the author and her novel *To Kill a Mockingbird*

1) Nelle Harper Lee

Nelle Harper Lee was born in 1926 in Monroeville, Alabama. Located in southwest Alabama about halfway between Montgomery and Mobile. Monroeville is thought to be the model for Maycomb in *To Kill a Mockingbird*. The youngest of four children, Lee studied law at the University of Alabama and studied one year at Oxford University. She spent the 1950s working for Eastern Airlines and writing short stories. Her father's sudden illness forced her to divide her time between New York and Monroeville. On the suggestion of her editor, Lee developed one of her short stories into the novel, *To Kill a Mockingbird*, which was published in 1960. *To kill a Mockingbird* won the 1961 Pulitzer Prize and stayed on the bestseller list for eighty weeks. The novel has been translated into forty languages.

2) Synopsis of *To Kill a Mockingbird*

The narrator and protagonist of the story is Scout Finch, a six-year-old girl (at the beginning of the story) who lives with her brother, Jem, and their widowed father, Atticus. The story takes place in the small Alabama town of Maycomb during the Great Depression.

Jem, Scout, and their friend Dill become fascinated with their recluse neighbor Arthur Radley, who is nicknamed Boo. He has not been seen outside of his house for years. The children act out the story of Boo Radley from rumors they have heard. The children find gifts in a knothole of a tree on the Radley property and imagine that Boo left them. Other incidents lead the children to believe that Boo Radley may not be the evil person the rumors suggest.

Atticus, a prominent lawyer, agrees to defend a black man named Tom Robinson, who has been unjustly accused of raping a white woman. As a result of Atticus's decision, Jem and Scout are harassed by other children, while their father faces disapproval and angry mobs. Atticus does his best to defend Tom Robinson.

Scout has faith in the goodness of the people in her community. As the novel progresses, this faith is tested by the hatred and prejudice that emerge during the trial. Scout eventually develops a more mature understanding that allows her to keep her faith in human goodness without being blind to human evil.

2. Please watch the video https://www.bilibili.com/video/av18306526/, and answer the following questions:

1) What are the four major lessons Scout has learned?

2) What are the literal and metaphorical meanings of "mockingbird"?

Part Ⅲ Questions for Reflection

1. What do you know about Alabama during the Civil War and in the time of the Great Depression?
2. Do you know anything about the Southern Gothic novels and the American bildungsromans?
3. Why do you think Scout and Jem are friends with Dill? What does Dill bring to the friendship?
4. In what way is the school in the book for the children of Maycomb County different from what it is today?
5. What type of relationship do Scout and Calpurnia engage in throughout the novel?
6. Why are the children so interested in Boo Radley?
7. How do Scout and Jem feel about their father?

8. In your opinion, what are important factors for Child Development?

Part Ⅳ　Movie Excerpt

链接：https://pan.baidu.com/s/1Z17wuZJVsqc4v1pRHxBIVQ　提取码:4ii6

1. Summary

Through the eyes of "Scout," a feisty six-year-old tomboy, *To Kill a Mockingbird* carries us on an odyssey through the fires of prejudice and injustice in 1932 Alabama. Presenting her tale first as a sweetly lulling reminiscence of events from her childhood, the narrator draws us near with stories of daring neighborhood exploited by her, her brother "Jem", and their friend "Dill". Peopled with a cast of eccentrics, Maycomb ("a tired and sleepy town") finds itself the venue of the trial of Tom Robinson, a young black man falsely accused of raping an ignorant white woman. Atticus Finch, Scout and Jem's widowed father and a deeply principled man, is appointed to defend Tom for whom a guilty verdict from an all-white jury is a foregone conclusion. Juxtaposed against the story of the trial is the children's hit and run relationship with Boo Radley, a shut-in who the children and Dill's Aunt Rachel suspect of insanity and who no one has seen in recent history. Cigar-box treasures, found in the knothole of a tree near the ramshackle Radley house, temper the children's judgment of Boo. "You never know someone," Atticus tells Scout, "until you step inside their skin and walk around a little." But fear keeps them at a distance until one night, in streetlight and shadows, the children confront an evil born of ignorance and blind hatred and must somehow find their way home.

2. The beauty of words

1) When enough years had gone by to enable us to look back on them, we sometimes discussed

the events leading to his accident.

2) She married a taciturn man who spent most of his time lying in a hammock by the river wondering if his trotlines were full.

3) Somehow, it was hotter then: a black dog suffered on a summer's day; bony mules hitched to Hoover carts flicked flies in the sweltering shade of the live oaks on the square.

4) They ambled across the square, shuffled in and out of the stores around it, took their time about everything.

5) Maycomb County had recently been told that it had nothing to fear but fear itself.

6) Thus we came to know Dill as a pocket Merlin, whose head teemed with eccentric plans, strange longings, and quaint fancies.

7) Rain-rotted shingles drooped over the eaves of the veranda; oak trees kept the sun away.

8) The remains of a picket drunkenly guarded the front yard—a "swept" yard that was never swept—where johnson grass and rabbit-tobacco grew in abundance.

9) Boo was about six-and-a-half feet tall, judging from his tracks; he dined on raw squirrels and any cats he could catch, that's why his hands were bloodstained.

10) Jem stood in thought so long that Dill made a mild concession: "I won't say you ran out on a dare an' I'll swap you The Gray Ghost if you just go up and touch the house."

3. Questions for reflection

1) Do you think Scout's character is inspired by Harper Lee's childhood?

2) Why does Harper Lee choose Scout, a 7-year-old kid as her narrator?

3) How does Harper Lee present Maycomb's attitudes towards the Radleys in *To Kill a Mockingbird*?

4) What are some examples of **courage** from *To Kill a Mockingbird* by Harper Lee?

5) What are the themes of the story?

6) What is the tone of Chapter 1 in the novel?

Part V A Mini-project

Newspaper

The events of *To Kill a Mockingbird* would have made the news, and likely some would have been front page in local or county newspapers. For this assignment, please try to form a group of 4-6 members and work together to create a local newspaper in 1930's Alabama. You can follow the steps below:

1. Select any major event in the novel, such as the fire at Miss Maudie's, Atticus's shooting of a mad dog, Atticus standing guard at the jail, Scout diffusing the lynch mob, Bob Ewell signing his name at the trial, the trial's verdict, the death of Tom Robinson, Bob's attack on Jem and Scout, Boo's appearance, and Scout escorting Boo home, etc.
2. Create the front page of a newspaper that features this story.
3. You can try to use evidence from the text, as well as quotes if necessary, to support your news story.
4. Be sure to include illustrations of scenes or portraits to accompany your headlines much like a real newspaper.
5. You may also want to include advertisements or news from Alabama around that time in order to set the events of the novel into the context of that period.

This is an example:

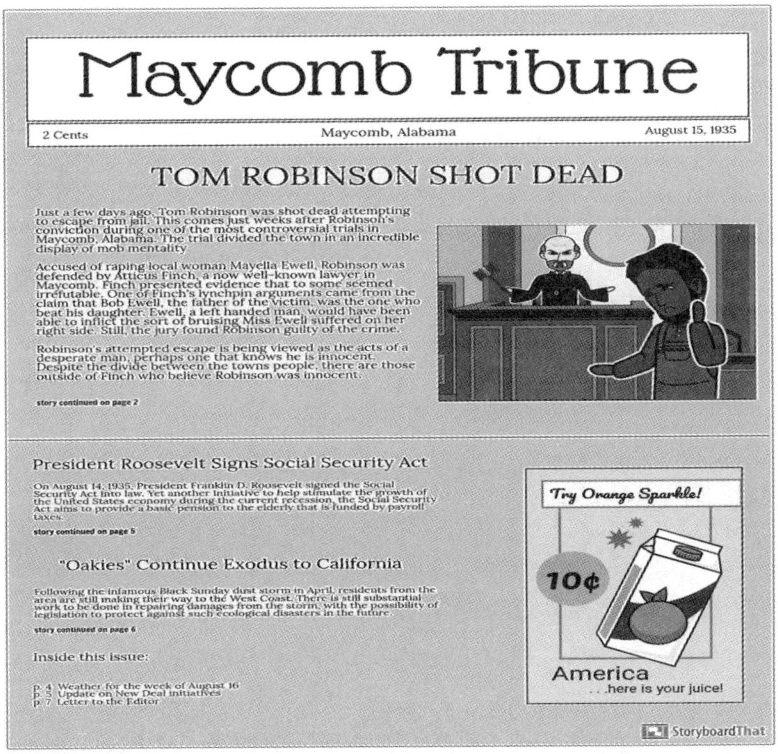

Maycomb Tribune

2 Cents | Maycomb, Alabama | August 15, 1935

TOM ROBINSON SHOT DEAD

Just a few days ago, Tom Robinson was shot dead attempting to escape from jail. This comes just weeks after Robinson's conviction during one of the most controversial trials in Maycomb, Alabama. The trial divided the town in an incredible display of mob mentality

Accused of raping local woman Mayella Ewell, Robinson was defended by Atticus Finch, a now well-known lawyer in Maycomb. Finch presented evidence that to some seemed irrefutable. One of Finch's lynchpin arguments came from the claim that Bob Ewell, the father of the victim, was the one who beat his daughter. Ewell, a left handed man, would have been able to inflict the sort of bruising Miss Ewell suffered on her right side. Still, the jury found Robinson guilty of the crime.

Robinson's attempted escape is being viewed as the acts of a desperate man, perhaps one that knows he is innocent. Despite the divide between the towns people, there are those outside of Finch who believe Robinson was innocent.

story continued on page 2

President Roosevelt Signs Social Security Act

On August 14, 1935, President Franklin D. Roosevelt signed the Social Security Act into law. Yet another initiative to help stimulate the growth of the United States economy during the current recession, the Social Security Act aims to provide a basic pension to the elderly that is funded by payroll taxes.

story continued on page 5

"Oakies" Continue Exodus to California

Following the infamous Black Sunday dust storm in April, residents from the area are still making their way to the West Coast. There is still substantial work to be done in repairing damages from the storm, with the possibility of legislation to protect against such ecological disasters in the future.

story continued on page 6

Inside this issue:

p. 4 Weather for the week of August 16
p. 5 Update on New Deal initiatives
p. 7 Letter to the Editor

Try Orange Sparkle!
10¢
America
. . .here is your juice!

StoryboardThat

（图片来源：https://www.storyboardthat.com/lesson-plans/to-kill-a-mockingbird-by-harper-lee/newspaper）

◎ 参考文献

1. Nelle Harper Lee. *To Kill a Mockingbird*[M]. HarperCollins US, 2002.
2. 哈珀·李(著). 杀死一只知更鸟[M]. 李育超，译. 南京：译林出版社，2017.
3. https://www.bilibili.com/video/av18306526/ Retrieved June 21, 2020.
4. https://www.biography.com/writer/harper-lee Retrieved June 22, 2020.
5. http://www.encyclopediaofalabama.org/article/h-3608 Retrieved July 10, 2020.
6. https://www.britannica.com/art/bildungsroman Retrieved July 12, 2020.
7. https://www. storyboardthat. com/lesson-plans/to-kill-a-mockingbird-by-harper-lee/Retrieved July 8, 2020.

第六章
常怀赤子之心

A Christmas Carol

Charles Dickens

Chapter One　Marley's Ghost (excerpt)

Scrooge took his melancholy dinner in his usual melancholy **tavern**; and having read all the newspapers, and **beguiled** the rest of the evening with his banker's-book, went home to bed. He lived in chambers which had once belonged to his deceased partner. They were a gloomy suite of rooms, in a lowering pile of building up a yard, where it had so little business to be, that one could scarcely help fancying it must have run there when it was a young house, playing at hide-and-seek with other houses, and have forgotten the way out again. It was old enough now, and dreary enough, for nobody lived in it but Scrooge, the other rooms being all let out as offices. The yard was so dark that even Scrooge, who knew its every stone, was **fain** to grope with his hands. The fog and frost so hung about the black old gateway of the house, that it seemed as if the Genius of the Weather sat in mournful **meditation** on the threshold.

Now, it is a fact, that there was nothing at all particular about the knocker on the door, except that it was very large. It is also a fact, that Scrooge had seen it, night and morning, during his whole residence in that place; also that Scrooge had as little of what is called fancy about him as any man in the City of London, even including—which is a bold word—the corporation, **aldermen**, and livery. Let it also be borne in mind that Scrooge had not bestowed one thought on Marley, since his last mention of his seven-years' dead partner that afternoon. And then let any man explain to me, if he can, how it happened that Scrooge, having his key in the lock of the door, saw in the knocker, without its undergoing any intermediate process of change: not a knocker, but Marley's face.

Marley's face. It was not in **impenetrable** shadow as the other objects in the yard were, but had a dismal light about it, like a bad lobster in a dark cellar. It was not angry or ferocious, but looked at Scrooge as Marley used to look: with ghostly spectacles turned up on its ghostly forehead. The hair was curiously stirred, as if by breath or hot-air; and, though the eyes were wide open, they were perfectly motionless. That, and its livid colour, made it horrible; but its horror seemed to be, in spite of the face and beyond its control, rather than a part of its own expression.

As Scrooge looked fixedly at this phenomenon, it was a knocker again.

To say that he was not startled, or that his blood was not conscious of a terrible sensation to which it had been a stranger from infancy, would be untrue. But he put his hand upon the key he had **relinquished**, turned it sturdily, walked in, and lighted his candle.

He did pause, with a moment's irresolution, before he shut the door; and he did look cautiously behind it first, as if he half-expected to be terrified with the sight of Marley's **pigtail** sticking out into the hall. But there was nothing on the back of the door, except the screws and nuts that held the knocker on, so he said "Pooh, pooh!" and closed it with a bang.

The sound resounded through the house like thunder. Every room above, and every **cask** in the wine-merchant's cellars below, appeared to have a separate peal of echoes of its own. Scrooge was not a man to be frightened by echoes. He fastened the door, and walked across the hall, and up the stairs; slowly too: trimming his candle as he went.

You may talk vaguely about driving a coach-and-six up a good old flight of stairs, or through a bad young Act of Parliament; but I mean to say you might have got a hearse up that staircase, and taken it broadwise, with the **splinter**-bar towards the wall and the door towards the balustrades: and done it easy. There was plenty of width for that, and room to spare; which is perhaps the reason why Scrooge thought he saw a locomotive **hearse** going on before him in the gloom. Half-a-dozen gas-lamps out of the street wouldn't have lighted the entry too well, so you may suppose that it was pretty dark with Scrooge's dip.

Up Scrooge went, not caring a button for that. Darkness is cheap, and Scrooge liked it. But before he shut his heavy door, he walked through his rooms to see that all was right. He had just enough recollection of the face to desire to do that.

Sitting-room, bed-room, **lumber-room**. All as they should be. Nobody under the table, nobody under the sofa; a small fire in the grate; spoon and basin ready; and the little saucepan of gruel (Scrooge has a cold in his head) upon the hob. Nobody under the bed; nobody in the closet; nobody in his dressing-gown, which was hanging up in a suspicious attitude against the wall. Lumber-room as usual. Old fire-guard, old shoes, two fish-baskets, washing-stand on three legs, and a poker.

Quite satisfied, he closed his door, and locked himself in; double-locked himself in, which was not his custom. Thus secured against surprise, he took off his **cravat**; put on his dressing-gown and slippers, and his night-cap; and sat down before the fire to take his gruel.

It was a very low fire indeed; nothing on such a bitter night. He was obliged to sit close to it, and brood over it, before he could extract the least sensation of warmth from such a handful of fuel. The fireplace was an old one, built by some Dutch merchant long ago, and paved all round with quaint Dutch tiles, designed to illustrate the Scriptures. There were Cains and Abels, Pharaoh's daughters, Queens of Sheba, Angelic messengers descending through the air on clouds like feather-beds, Abrahams, Belshazzars, Apostles putting off to sea in butter-boats, hundreds of figures to attract his thoughts; and yet that face of Marley, seven years dead, came like the ancient Prophet's rod, and swallowed up the whole. If each smooth tile had been a blank at first, with power to shape some picture on its surface from the disjointed fragments of his thoughts, there would have been a copy of old Marley's head on every one.

"**Humbug!**" said Scrooge; and walked across the room.

After several turns, he sat down again. As he threw his head back in the chair, his glance happened to rest upon a bell, a disused bell, that hung in the room, and communicated for some purpose now forgotten with a chamber in the highest story of the building. It was with great astonishment, and with a strange, inexplicable **dread**, that as he looked, he saw this bell begin to swing. It swung so softly in the outset that it scarcely made a sound; but soon it rang out loudly, and so did every bell in the house.

This might have lasted half a minute, or a minute, but it seemed an hour. The bells ceased as they had begun, together. They were succeeded by a clanking noise, deep down below; as if some person were dragging a heavy chain over the casks in the wine-merchant's cellar. Scrooge then remembered to have heard that ghosts in **haunted** houses were described as dragging chains.

The cellar-door flew open with a booming sound, and then he heard the noise much louder, on the floors below; then coming up the stairs; then coming straight towards his door.

"It's humbug still!" said Scrooge. "I won't believe it."

His colour changed though, when, without a pause, it came on through the heavy door, and passed into the room before his eyes. Upon its coming in, the dying flame leaped up, as though it cried, "I know him! Marley's Ghost!" and fell again.

The same face: the very same. Marley in his pigtail, usual **waistcoat**, tights, and boots; the **tassels** on the latter **bristling**, like his pigtail, and his coat-skirts, and the hair upon his head. The chain he drew was clasped about his middle. It was long, and wound about him like a tail; and it was made (for Scrooge observed it closely) of cash-boxes, keys, **padlocks**, **ledgers**, **deeds**, and heavy purses wrought in steel. His body was transparent; so that Scrooge, observing him, and looking through his waistcoat, could see the two buttons on his coat behind.

Scrooge had often heard it said that Marley had no **bowels**, but he had never believed it until now.

No, nor did he believe it even now. Though he looked the phantom through and through, and saw it standing before him; though he felt the chilling influence of its death-cold eyes; and marked the very texture of the folded kerchief bound about its head and chin, which wrapper he had not observed before; he was still incredulous, and fought against his senses.

"How now!" said Scrooge, **caustic** and cold as ever. "What do you want with me?"

"Much!"—Marley's voice, no doubt about it.

"Who are you?"

"Ask me who I was."

"Who were you then?" said Scrooge, raising his voice. "You're particular, for a shade." He was going to say "to a shade," but substituted this, as more appropriate.

"In life I was your partner, Jacob Marley."

"Can you—can you sit down?" asked Scrooge, looking doubtfully at him.

"I can."

"Do it, then."

Scrooge asked the question, because he didn't know whether a ghost so transparent might find himself in a condition to take a chair; and felt that in the event of its being impossible, it might involve the necessity of an embarrassing explanation. But the ghost sat down on the opposite side of the fireplace, as if he were quite used to it.

"You don't believe in me," observed the Ghost.

"I don't," said Scrooge.

"What evidence would you have of my reality beyond that of your senses?"

"I don't know," said Scrooge.

"Why do you doubt your senses?"

"Because," said Scrooge, "a little thing affects them. A slight disorder of the stomach makes them cheats. You may be an undigested bit of beef, a **blot** of **mustard**, a **crumb** of cheese, a fragment of an underdone potato. There's more of **gravy** than of grave about you, whatever you are!"

Scrooge was not much in the habit of **cracking** jokes, nor did he feel, in his heart, by any means **waggish** then. The truth is, that he tried to be smart, as a means of distracting his own attention, and keeping down his terror; for the **spectre**'s voice disturbed the very **marrow** in his bones.

To sit, staring at those fixed, glazed eyes, in silence for a moment, would play, Scrooge felt, the very **deuce** with him. There was something very awful, too, in the spectre's being provided with an **infernal** atmosphere of its own. Scrooge could not feel it himself, but this was clearly the case; for though the Ghost sat perfectly motionless, its hair, and skirts, and tassels, were still **agitated** as by the hot vapour from an oven.

"You see this toothpick?" said Scrooge, returning quickly to the charge, for the reason just assigned; and wishing, though it were only for a second, to divert the vision's stony gaze from himself.

"I do," replied the Ghost.

"You are not looking at it," said Scrooge.

"But I see it," said the Ghost, "not withstanding."

"Well!" returned Scrooge, "I have but to swallow this, and be for the rest of my days persecuted by a **legion** of **goblins**, all of my own creation. Humbug, I tell you! Humbug!"

At this the spirit raised a frightful cry, and shook its chain with such a **dismal** and appalling noise, that Scrooge held on tight to his chair, to save himself from falling in a **swoon**. But how much greater was his horror, when the phantom taking off the bandage round its head, as if it were too warm to wear in-doors, its lower jaw dropped down upon its breast!

Scrooge fell upon his knees, and clasped his hands before his face.

"Mercy!" he said. "Dreadful **apparition**, why do you trouble me?"

"Man of the worldly mind!" replied the Ghost, "do you believe in me or not?"

"I do," said Scrooge. "I must. But why do spirits walk the earth, and why do they come to me?"

"It is required of every man," the Ghost returned, "that the spirit within him should walk abroad among his fellow-men, and travel far and wide; and if that spirit goes not forth in life, it is condemned to do so after death. It is doomed to wander through the world—oh, woe is me! —and witness what it cannot share, but might have shared on earth, and turned to happiness!"

Again the spectre raised a cry, and shook its chain, and **wrung** its shadowy hands.

"You are **fettered**," said Scrooge, trembling. "Tell me why?"

"I wear the chain I **forged** in life," replied the Ghost. "I made it link by link, and yard by yard; I **girded** it on of my own free will, and of my own free will I wore it. Is its pattern strange to you?"

Scrooge trembled more and more.

"Or would you know," pursued the Ghost, "the weight and length of the strong **coil** you bear yourself? It was full as heavy and as long as this, seven Christmas Eves ago. You have laboured on it, since. It is a **ponderous** chain!"

Scrooge glanced about him on the floor, in the expectation of finding himself surrounded by some fifty or sixty **fathoms** of iron cable: but he could see nothing.

"Jacob," he said, imploringly. "Old Jacob Marley, tell me more. Speak comfort to me, Jacob."

"I have none to give," the Ghost replied. "It comes from other regions, Ebenezer Scrooge, and is conveyed by other ministers, to other kinds of men. Nor can I tell you what I would. A very little more, is all permitted to me. I cannot rest, I cannot stay, I cannot linger anywhere. My spirit never walked beyond our counting-house—mark me! —in life my spirit never **roved** beyond the narrow limits of our money-changing hole; and weary journeys lie before me!"

It was a habit with Scrooge, whenever he became thoughtful, to put his hands in his **breeches** pockets. Pondering on what the Ghost had said, he did so now, but without lifting up his eyes, or getting off his knees.

"You must have been very slow about it, Jacob," Scrooge observed, in a business-like manner, though with humility and deference.

"Slow!" the Ghost repeated.

"Seven years dead," mused Scrooge. "And travelling all the time?"

"The whole time," said the Ghost. "No rest, no peace. Incessant torture of **remorse**."

"You travel fast?" said Scrooge.

"On the wings of the wind," replied the Ghost.

"You might have got over a great quantity of ground in seven years," said Scrooge.

The Ghost, on hearing this, set up another cry, and clanked its chain so hideously in the dead silence of the night, that the Ward would have been justified in indicting it for a **nuisance**.

"Oh! captive, bound, and double-ironed," cried the phantom, "not to know, that ages of incessant labour by immortal creatures, for this earth must pass into eternity before the good of which it is susceptible is all developed. Not to know that any Christian spirit working kindly in its little sphere, whatever it may be, will find its mortal life too short for its vast means of usefulness. Not to know that no space of regret can make amends for one life's opportunity misused! Yet such was I! Oh! such was I!"

"But you were always a good man of business, Jacob," **faltered** Scrooge, who now began to apply this to himself.

"Business!" cried the Ghost, wringing its hands again. "Mankind was my business. The common welfare was my business; charity, mercy, forbearance, and benevolence, were, all, my business. The dealings of my trade were but a drop of water in the comprehensive ocean of my business!"

It held up its chain at arm's length, as if that were the cause of all its **unavailing** grief, and flung it heavily upon the ground again.

"At this time of the rolling year," the spectre said, "I suffer most. Why did I walk through crowds of fellow-beings with my eyes turned down, and never raise them to that blessed Star which led the Wise Men to a poor **abode**? Were there no poor homes to which its light would have conducted me!"

Scrooge was very much **dismayed** to hear the spectre going on at this rate, and began to quake exceedingly.

"Hear me!" cried the Ghost. "My time is nearly gone."

"I will," said Scrooge. "But don't be hard upon me! Don't be **flowery**, Jacob! Pray!"

"How it is that I appear before you in a shape that you can see, I may not tell. I have sat invisible beside you many and many a day."

It was not an agreeable idea. Scrooge shivered, and wiped the **perspiration** from his brow.

"That is no light part of my **penance**," pursued the Ghost. "I am here to-night to warn you, that you have yet a chance and hope of escaping my fate. A chance and hope of my **procuring**, Ebenezer."

"You were always a good friend to me," said Scrooge. "Thank'ee!"

"You will be **haunted**," resumed the Ghost, "by Three Spirits."

Scrooge's **countenance** fell almost as low as the Ghost's had done.

"Is that the chance and hope you mentioned, Jacob?" he demanded, in a faltering voice.

"It is."

"I—I think I'd rather not," said Scrooge.

"Without their visits," said the Ghost, "you cannot hope to shun the path I tread. Expect the first to-morrow, when the bell tolls One."

"Couldn't I take 'em all at once, and have it over, Jacob?" hinted Scrooge.

"Expect the second on the next night at the same hour. The third upon the next night when the last stroke of Twelve has ceased to vibrate. Look to see me no more; and look that, for your own sake, you remember what has passed between us."

When it had said these words, the spectre took its wrapper from the table, and bound it round its head, as before. Scrooge knew this, by the smart sound its teeth made, when the jaws were brought together by the bandage. He ventured to raise his eyes again, and found his supernatural visitor confronting him in an erect attitude, with its chain wound over and about its arm.

The apparition walked backward from him; and at every step it took, the window raised itself a little, so that when the spectre reached it, it was wide open.

It **beckoned** Scrooge to approach, which he did. When they were within two paces of each other, Marley's Ghost held up its hand, warning him to come no nearer. Scrooge stopped.

Not so much in obedience, as in surprise and fear: for on the raising of the hand, he became sensible of confused noises in the air; incoherent sounds of **lamentation** and regret; wailings inexpressibly sorrowful and self-accusatory. The spectre, after listening for a moment, joined in the mournful **dirge**; and floated out upon the bleak, dark night.

Scrooge followed to the window: desperate in his curiosity. He looked out.

The air was filled with phantoms, wandering hither and thither in restless haste, and moaning as they went. Every one of them wore chains like Marley's Ghost; some few (they might be guilty governments) were linked together; none were free. Many had been personally known to Scrooge in their lives. He had been quite familiar with one old ghost, in a white waistcoat, with a monstrous iron safe attached to its ankle, who cried piteously at being unable to assist a wretched woman with an infant, whom it saw below, upon a door-step. The misery with them all was, clearly, that they sought to interfere, for good, in human matters, and had lost the power for ever.

Whether these creatures faded into mist, or mist **enshrouded** them, he could not tell. But they and their spirit voices faded together; and the night became as it had been when he walked home.

Scrooge closed the window, and examined the door by which the Ghost had entered. It was double-locked, as he had locked it with his own hands, and the bolts were undisturbed. He tried to say "Humbug!" but stopped at the first syllable. And being, from the emotion he had undergone, or the fatigues of the day, or his glimpse of the Invisible World, or the dull conversation of the Ghost, or the lateness of the hour, much in need of repose; went straight to bed, without undressing, and fell asleep upon the instant.

☞ New Words

abode *n.* the place where somebody lives 住所；家

agitate *v.* to cause something to move vigorously or violently, e. g. by shaking or blowing it 摇动

Alderman *n.* in the UK, in the past, a member of a local government chosen by the other members (英国旧时的)高级市政官

apparition *n.* a ghost or an image of a person who is dead 鬼魂，幽灵

beckon *v.* to give somebody a signal using your finger or hand, especially to tell them to move nearer or to follow you 招手示意；举手召唤

beguile *v.* help (time) pass pleasantly 轻松消磨，愉快度过

blot *n.* a stain or spot caused by a drop of liquid 污点

bowel *n.* the tube along which food passes after it has been through the stomach, especially the end where waste is collected before it is passed out of the body 肠

breeches *n.* short trousers/pants fastened just below the knee 马裤

bristle *v.* stand up on end 竖立

carol *n.* a Christian religious song sung at Christmas 圣诞颂歌

cask *n.* a small wooden barrel used for storing liquids, especially alcoholic drinks 酒桶

caustic *adj.* critical in a bitter or sarcastic way 挖苦的，讥讽的，刻薄的

coil *n.* a series of circles formed by winding up a length of rope, wire, etc. 圈

countenance *n.* a person's face or their expression 面容，脸色

crack (a joke) *v.* to tell a joke 开(玩笑)

cravat *n.* a wide, straight piece of material worn loosely tied in the open neck of a shirt (系于开领衬衫上的)领巾，阔领带

crumb *n.* a very small piece of food, especially of bread or cake, that has fallen off a larger piece 食物碎屑

deed *n.* a legal document that you sign, especially one that proves that you own a house or a building (尤指房产)契约，证书

deuce *n.* something that is bad or unpleasant 不幸，遭殃

dirge *n.* a song sung in the past at a funeral or for a dead person 哀歌

dismal *adj.* causing or showing sadness 忧郁的；凄凉的

dismayed *adj.* very upset, disappointed, or annoyed about something surprising or shocking that has happened 惊愕的

dread *n.* a feeling of great fear about something that might or will happen in the future; a thing that causes this feeling 恐惧

enshroud *v.* to cover or surround something completely so that it cannot be seen or understood 遮蔽，笼罩

fain *adj.* obliged 勉强的，不得不的

falter *v.* to speak in a way that shows that you are not confident (嗓音)颤抖；结巴地说

fathom *n.* a unit for measuring the depth of water, equal to 6 feet or 1.8 meters 英寻

fetter *v.* to restrict somebody's freedom to do what they want 束缚，限制

flowery *adj.* too complicated; not expressed in a clear and simple way 过分复杂费解的

forge *v.* to shape metal by heating it in a fire and hitting it with a hammer; to make an object in this way 锻造，制作

gird *v.* to fasten something around somebody or something 束紧，系上

goblin *n.* (in stories) a small ugly creature that likes to trick people or cause trouble (传说中的)小妖精

gravy *n.* a brown sauce made by adding flour to the juices that come out of meat while it is cooking(调味)肉汁

haunt *v.* (of a ghost) manifest itself at (a place) regularly (鬼魂)经常出没于某处

hearse *n.* a vehicle used to carry a body in a coffin to a funeral 灵车，柩车

humbug *n.* dishonest language or behavior that is intended to trick people 谎言，花招

impenetrable *adj.* impossible to see through or go through 不能看透的，不能穿过的

infernal *adj.* having the qualities of hell 地狱的，地狱般的

lamentation *n.* an expression of great sadness or disappointment 悲伤，悲痛

ledger *n.* a book in which a bank, a business, etc., records the money it has paid and received 收支总账

legion *n.* a large number of people of one particular type 大量，大批

lumber-room *n.* a storage room for old furniture and junk 旧物储藏室

marrow *n.* the soft substance inside bones, where blood cells develop 骨髓

meditation *n.* the act of giving your attention to only one thing, either as a religious activity or as a way of becoming calm and relaxed 默念，冥想

mustard *n.* a thick cold yellow or brown sauce that tastes hot and spicy and is usually eaten with meat 芥末酱

nuisance *n.* behavior by somebody that annoys other people and that a court can order the person to stop 妨害行为

padlock *n.* a type of lock that is used to fasten two things together or to fasten one thing to another. Padlocks are used with chains on gates, etc. 挂锁

penance *n.* an act that you give yourself to do, or that a priest gives you to do in order to show that you are sorry for something you have done wrong 补赎，悔罪

perspiration *n.* drops of liquid that form on your skin when you are hot 汗

pigtail *n.* hair that is tied together into one or two bunches and twisted into a plait or plaits, worn either at the back of the head or one on each side of the head 辫子

ponderous *adj.* lumbering and laborious in movement 沉重的

procure *v.* to obtain something, especially by effort （努力）取得

remorse *n.* the feeling of being extremely sorry for something wrong or bad that you have done 懊悔

relinquish *v.* to give up something such as a responsibility or claim 放弃

rove *v.* to travel from one place to another, often with no particular purpose 漫游

spectre *n.* （US specter） a ghost 鬼，幻影

splinter *n.* a small, sharp, broken piece of wood, glass, plastic, or similar material（木头、玻璃、塑料等的）尖细条，尖碎片

swoon *n.* a sudden and usually brief loss of consciousness 昏迷

tassel *n.* a bunch of threads that are tied together at one end and hang from cushions, curtains, clothes, etc., as a decoration 流苏，穗

tavern *n.* a place where alcohol is sold and drunk 小酒店

unavailing *adj.* without success 徒劳的

waggish *adj.* funny, clever and not serious 诙谐的

waistcoat *n.* a short piece of clothing with buttons down the front but no sleeves, usually worn over a shirt and under a jacket, often forming part of a man's suit(西服的)背心

wring (**hands**) *v.* to hold hands together, and twist and squeeze them in a way that shows you are anxious or upset, especially when you cannot change the situation(尤指出于焦虑或烦恼)扭绞双手

Part Ⅰ　Objectives

1. Discover how Dickens made history part of his novel *A Christmas Carol*, especially the economic, political and cultural background of his time.
2. Compare the physical setting of *A Christmas Carol* with London at Victoria's time.
3. Analyze the character Scrooge, especially his transformation and the causes for the transformation.
4. Get a clear understanding of the images of the three Christmas spirits and their symbolic meanings.

Part Ⅱ　Introduction to the Novel

About the author and his novel *A Christmas Carol*

Photo source: http://novel.tingroom.com/writer/31.html
https://item.jd.com/29753990202.html

1) Charles Dickens

Charles John Huffam Dickens (7 February 1812 – 9 June 1870) is an English novelist and social critic, generally considered the greatest of the Victorian era. He created some of the world's best-known novels such as *A Christmas Carol*, *David Copperfield*, *Bleak House*, *A Tale of Two Cities*, *Great Expectations*, and *Our Mutual Friend*. His works enjoyed unprecedented popularity during his lifetime, and by the 20th century critics and scholars had recognized him as a literary genius. His novels and short stories are still widely read today. The range, compassion, and intelligence of his apprehension of his society and its shortcomings enriched his novels and made him both one of the great forces in 19th-century literature and an influential spokesman of the conscience of his age.

2) Synopsis

Originally published in 1843, *A Christmas Carol* is a short novel about the true meaning of Christmas. The story, suddenly conceived and written in a few weeks, is one of the outstanding Christmas stories of modern literature. An elderly miser Ebeneezer Scrooge is visited by the ghost of his former business partner Jacob Marley and the spirits of Christmas Past, Present and Yet to Come. Through a series of spectral visions, the Ghost of Christmas Past reveals Scrooge's early life as a schoolboy, an apprentice, and a young man in love; the Ghost of Christmas Present asks him to visit the homes of Bob Cratchit, Scrooge's much-abused clerk, and of his generous nephew Fred; the Ghost of Christmas Yet to Come shows Scrooge that he will die despised and unmourned. After reviewing his life, Scrooge realizes joy has little to do with wealth and he immediately starts mending his ways, becoming generous and thoughtful and thereby finding redemption and joy.

Charles Dickens (a short video)

Video link: https://pan.baidu.com/s/1f-ylycYmcdUUTznmaZf2HQ

Code: b1s3

《圣诞颂歌》作者查尔斯·狄更斯

Questions

1. What had young Dickens experienced as an apprentice?
2. How did his apprentice life affect his novels?
3. How is Victorian England reflected in his literary works?

Part Ⅲ Questions for Reflection

1. Scrooge had not bestowed one thought on Marley, since his last mention of his seven years' dead partner that afternoon. Is it possible? What's your interpretation of the author's hidden intention?
2. Is there anything special about Marley's face on the door? What does it symbolize?
3. How many times is the expression *humbug* used in the excerpt? Why did scrooge keep saying that?
4. What bizarre things had Scrooge witnessed before the arriving of Marley's ghost?
5. What was Marley's chain made of? Why did Marley carry them after his death?
6. What had Marley experienced during the past 7 years?
7. Why did Marley come to warn Scrooge of his fate?
8. When did Scrooge start his transformation?

Part Ⅳ Movie Excerpt（16m-29m, the whole runtime：95 minutes）

链接：https://pan.baidu.com/s/16ZOSi6f3tlQHMaAlTRUHVw

提取码：0ped

1. Summary

This part is about Marley's visit. Marley was not only Scrooge's business partner, but also quite similar to Scrooge. After his death, Scrooge helped with his funeral and forgot him completely.

Scrooge went back home on one Christmas Eve. Before and after he unlocked his door, something strange happened. The door knocker turned into Marley's face; Scrooge thought he saw a locomotive hearse going on before him; the bell swung and rang out loudly. When all these stopped, he saw his old friend, Marley.

Marley, feeling tired after 7 years' endless travelling, pleaded an opportunity to warn Scrooge not to relapse into his fate. Scrooge was skeptical about Marley's appearance and warning at the beginning of their encounter, but the chain worn by Marley shocked him. Besides, Marley's vivid description of his miserable seven years agitated and frightened him. He was like a child who suddenly realized that there would be punishment if one didn't behave himself. When Marley left, Scrooge went to bed with fear and uncertainty. To believe or not to believe, that's a question.

The word "humbug" appears many times in the novel. Before Marley entering his room, Scrooge had witnessed Marley's face on his doorknocker. Because he couldn't understand the merriment of Christmas, he viewed the appearance of Marley's face as humbug. As the story unfolds, it becomes clear the soft part inside him was awakened and his transformation began.

2. The beauty of words

1) Scrooge took his melancholy dinner in his usual melancholy tavern; and having read all the newspapers, and beguiled the rest of the evening with his banker's-book, went home to bed.

2) They were a gloomy suite of rooms, in a lowering pile of building up a yard, where it had so little business to be, that one could scarcely help fancying it must have run there when it was a young house, playing at hide-and-seek with other houses, and have forgotten the way out again.

3) The fog and frost so hung about the black old gateway of the house, that it seemed as if the Genius of the Weather sat in mournful meditation on the threshold.

4) Let it also be borne in mind that Scrooge had not bestowed one thought on Marley, since his last mention of his seven-years' dead partner that afternoon.

5) To say that he was not startled, or that his blood was not conscious of a terrible sensation to which it had been a stranger from infancy, would be untrue.

6) Up Scrooge went, not caring a button for that: darkness is cheap, and Scrooge liked it.

7) "Because," said Scrooge, "a little thing affects them. A slight disorder of the stomach makes them cheats. You may be an undigested bit of beef, a blot of mustard, a crumb of cheese, a fragment of an underdone potato. There's more of gravy than of grave about you, whatever you are!"

8) Scrooge could not feel it himself, but this was clearly the case; for though the Ghost sat perfectly motionless, its hair, and skirts, and tassels, were still agitated as by the hot vapour from an oven.

9) The truth is, that he tried to be smart, as a means of distracting his own attention, and keeping down his terror; for the spectre's voice disturbed the very marrow in his bones.

10) "I wear the chain I forged in life," replied the Ghost. "I made it link by link, and yard by yard; I girded it on of my own free will, and of my own free will I wore it. Is its pattern strange to you?"

3. Questions for reflection

1) Do the images of Scrooge and Marley in the movie meet your expectations? Why or why not?

2) How did Scrooge react to the appearance of Marley's face on the door in this movie clip? How about in the novel?

3) Describe the room of Scrooge. Is there anything strange about his room?

4) How did Marley show up in this movie? Is there any difference between his entrance in the movie and in the novel?

5) Why did Scrooge ask Marley to sit down and to look at the toothpaste?

6) How did Marley exit Scrooge's room? What had Scrooge seen after Marley's exit? What was his response?

Part V　A Mini-project

Film Promotion

A Christmas Carol is one of the best-known literature works all over the world due to the countless adaptations of the novel into films. It stands among the most frequently adapted stories in the history of film and television, and new versions appear regularly.

There are a thousand Hamlets in a thousand people's eyes. The same thing happened to Scrooge. Different directors interpreted Scrooge and *A Christmas Carol* from various angles. In order to understand Scrooge and the novel better, it is necessary to choose the best adaptation.

Form a group of 4-6 members and work together to promote the best adaptation of the novel. Find as many versions (movies, TV plays, dramas, etc.) as you can, choose the one you like most and design a plan to promote it.

Let's find who is the best promoter!

Step 1 Select a Movie

Collect movies	Find as many *A Christmas Carol* movies as you can.
Make a comparison	Compare the movies with the novel, find the differences and select the one you like most. You can consider the following factors before making a decision: Is the adaptation a complete or a partial interpretation of the novel? Can the adaptation stand alone, or is it necessary for a viewer to read the novel to understand the film? Does the adaptation capture the novel's formal elements: the theme, characterization, style, tone, and plot of the novel? Is the adaptation a quality film in its own right?

Step 2 Design a Poster

Each student chooses one character from the novel, finds all the descriptions of the character, and writes them down.
Draw a portrait of the character based on the description and develop it into a movie poster.
Put the posters on the wall, explain the design, then compare one with another.
Choose the best painter.

Step 3 Design a Trailer

Choose clips which you think are more attractive and touching from the movie. Several factors can be taken into consideration: plot, acting, setting, characterization, dialogue, the general vibe of the movie and the cinematography, etc.
Put the movie clips together. You can incorporate montage or other movie editing skills into your video.
Write a review for your video.
Edit music and voice-over into your video and make it a real trailer.

Step 4 Promote Your Movie

Explain your design and share your trailer with your classmates.

Can't wait to see your fabulous poster and trailer.

◎ 参考文献

1. Charles Dickens. *A Christmas Carol and Other Christmas Books* [M]. Oxford University Press, 2008.
2. http://www1.chapman.edu/~lhall/webpage/index.html
3. https://www.douban.com/note/650396354/? type=like
4. https://www.filminquiry.com/57-christmas-carol/
5. https://www.jianshu.com/p/b2419bd85918
6. https://www.marottaonmoney.com/marleys-ghost-was-haunted-by-regret/
7. https://www.quora.com/How-do-you-judge-if-a-movie-is-good-or-bad

下篇　小说创作荟萃：拓展延伸

荟萃一
魔法课堂习作

魔法课堂一

An Adventurous Night

欧咏东　张静娴　田　雨

I

At 6：30 pm of a Tuesday night，we went to Room 306，Teaching Building No. 5 as usual. As school's mid-term was coming，we were busy preparing our mid-term exams or finishing our assignments. Unlike the classes before，we were much quieter. It was clear that many of us didn't sleep well last night. Some of students even used their arms to support their head when dozing off. Seeing most of the students were too silent to do anything，the teacher knew that she must do something.

Suddenly，she said，"Cheer up，students！Today we are going to discuss the novel *Harry Potter.*"

She walked toward the door. Clack-clack-clack. Her high-heel shoes were knocking on the floor. The door was closed gently. "We'll come into the magic world." She finished the last sentence slowly with a mysterious smile.

All of us raised our head immediately because we could feel the atmosphere of the classroom changed. Our teacher held the novel mysteriously and our attention was focused on the book cover with two big words "Harry Potter". While she was opening the book, a streak of light was coming out in a sudden! I could hardly open my eyes, but I could feel someone was standing in front of me. I peeped and saw a boy with curly hair stood there. I opened my eyes fully, stared at him for a long time and found out that there was a scar on his forehead.

"Harry Potter!" Someone shouted. The classroom was in chaos in a second.

"Shuuuu!" Harry put his wand in front of his mouth. "Keep it secret! I have magic that can bring you all anywhere and see anyone you want. Do you guys want to go to Hogwarts? Follow me!" said Potter.

He closed his eyes and waved his wand in the air. There was no time for us to consider or answer. The next second, we were thrown into the air and blown away by a strong wind.

"Ahhhhhhhh!"

We arrived in a warm wooden house with oil lamps surrounding us. A giant stood still in front of us and smiled shyly. "It's Hagrid!" I could not believe that the people living in the book was standing in front of me! Hagrid was really so tall that I thought he can touch the sky!

"Hello kids!" he cleared his voice and said. Then, we started our amazing adventure.

Hagrid and Potter taught us how to use the broomsticks. I flew in the sky and watched the beautiful view of Hogwarts. I could see every scenery that was described in the book. We nearly clashed into the whipping Willows! It was so exciting. Every of us was full of energy again and laughed happily.

"Before we say goodbye, who do you guys want to meet? I can help you!" Hogwarts said.

"Can we meet that three-headed dog?" a voice came out. It was our classmate, Sam.

"Ummmm... Of course! But you guys need to be quiet. They are very shy and sensitive." Hagrid warned.

Then, we were brought to the basement. We didn't have the courage to breath loudly. The three-headed dog was sleeping and snoring loudly, very large and scary. Suddenly, I felt my nose was itching. I couldn't control myself and sneezed. A loud noise was made. Everyone looked at me. In the meantime, I saw the three-headed dog woke up and turned his three heads to our side!

"Run!" I shouted! I heard a spell was made by Potter after a loud barking. Then, we all sat in the classroom again. "Phew, so lucky." Harry said.

Ⅱ

Just coming back from a fantastic journey, I still felt like I was dreaming. Harry turned his head and smiled at me "Who do you want to meet?" Though still pondering over the wonders of the wizarding world, I quickly replied, "I want to see Scarlett." To be honest, the dazzlingly red land appealed to me as there were amazing stories and charming landscape.

"Close your eyes", Harry said gently. I closed my eyes and felt a gust of wind blowing across my face. When I opened my eyes, a figure appeared in my field of vision. It was Scarlett. Her head was rested silently on the arm of a chair, murmuring, "Rhett, I can't leave you."

I couldn't bear to see Scarlett collapse. So, I came forward to comfort her, only to find Scarlett couldn't see me.

I cocked an interrogative eye at Harry, and he just shrugged.

With nothing to do, I followed Scarlett and watched her pack her belongings for Tara.

In Tara, taking my request into consideration, Harry cast a spell so as to make the cotton grow better. Hardly could I restrain my excitement; I gave Harry a wink and a cheerful smile. I thought Scarlett must be surprised tomorrow. However, unexpectedly, Scarlett lost her temper on the plantation the next day as more than half of the leaves of cotton had fallen off.

It was astonishing that magic backfired, so I couldn't help trying to figure it out with Harry. "Maybe it's because we can't interfere too much with the protagonist's growth," Harry sighed, "and that's also why we can't communicate with or help the protagonist."

"Because, this is what they have to go through, right?" I looked into Harry's eyes and stared at him intently.

Harry looked grave. "Yes", he added, "Our help would produce the opposite effect."

I withdrew my eyes and looked at the distance. Scarlett was instructing the workers to replant cotton. The light of hope in her eyes had not been extinguished. Rhett and Tara, were the things she loved most in the world. Finally, I knew I didn't have to stay any longer.

"Come on, let's leave", I said to Harry.

Ⅲ

"One last chance! Where do you want to go and who do you want to meet before the lesson ends? " Harry Potter asked. An idea occurred to me again.

"Can we meet Gatsby?" I said without thinking. "Maybe we can go to help Gatsby to realize his dream!" I added.

"Of course!" Harry muttered a spell and we appeared at Gatsby's party. That was quite a carnival. The castle was lit, the diamonds were shinning, the women were dancing and the men were toasting to each other. Everyone was laughing except the host. We saw him standing by the

French-style window, ignoring the crowd. We knew that he was overlooking Daisy's house.

"We should do something, guys. Come on!" one of us said.

"We want to talk to Mr. Gatsby." Harry said to a maid politely.

"Let me tell him, would you please wait for a moment." she answered.

After a few minutes, the housekeeper came to invite us. Gatsby received us warmly though he did not know who we were.

"Well, I know maybe my appearance is so abrupt. But I want to talk about Daisy." I spoke.

"Daisy?" hearing the name, he raised his eyebrows. Then, his eyes darkened.

"Yes, I know you love her so much. But, you cannot go and see her husband. You can bring her to a new place and have your own life far away from these people." I said, agitated.

"Who are you?" Gatsby looked at me doubtfully.

"You don't need to know, just do as I tell you. Or you will be killed." I could feel my voice was trembling.

"That's enough! No matter who you are, no matter who appoints you, what I can say is. I love Daisy. I will be with her, no matter how difficult it is. I will be here with her. We won't go anywhere." Gatsby answered firmly.

"I am Tom's killer. He asked me to kill you when you go to the city tomorrow. You will die if you go there!" I shouted.

There was quite a long silence.

"You know what, when I first saw Daisy, I knew she can't be replaced by anyone. She has been my dream, a part of my life. I cannot give up though I know I will be killed. Maybe someday, you will have something that you chase it the whole life, then you will know this feeling." He looked into my eyes deeply. Then, he sipped the wine and left.

"You looked unhappy. " Harry said. "Do you know that Magic cannot do anything? Magic can bring you here to persuade him, but magic cannot change his love."

I lowered my head with disappointment. Suddenly, I felt dizzy and the floor was bending. Then, I became unconscious.

When I woke up, I was sleeping on my bed already. I stared at the ceiling for a long time. "The dream is so real." I murmured. I still had the feeling of sadness after seeing both Scarlet and Gatsby. "I thought I can change the plot or ending. How silly I am." I laughed with a sigh.

I took out my mobile phone. The screen showed that it was Wednesday. I sat up immediately and found that my left hand was clutching a piece of paper.

Hope you enjoy our adventure last night.

Potter

魔法课堂二

温向阳　杨　迪　张　涛

"Tonight, the class will be moved to Room 308. 5, Teaching Building No. 5, come here!"

Ding! Xiao Zhang received an unsigned message, but he cared more about the weird Classroom 308. 5 than who sent it. He was full of doubts. Was there such a classroom?

At night, Xiao Zhang searched the whole building, but could not find the so-called Room 308. 5. As a result he had to wander anxiously near Room 308. When he was in a trance, a strangely dressed girl suddenly appeared in front of him, smiling mysteriously at him and saying, "Have you never seen *Harry Potter*?"

After that, she ran towards the wall between 308 and 309 and then miraculously disappeared. Xiao Zhang was stunned, wondering if it was similar to the nine and three-quarters of the Harry Potter platform. Like the girl, he rushed to the wall with his eyes closed. A moment later, Xiao Zhang amazingly found himself in a completely new world.

Before Xiao Zhang made sense of the situation, another unexpected thing happened. Harry, Hermione, and Ron trickled out from the other wall one after another. They were all awkward, gasping with their clothes tattered. It seemed as they had just come from a horrible disaster.

Xiao Zhang felt incredible, but very excited. He couldn't wait to go up and say hello. Nevertheless, before he could even speak, Hermione interrupted him and said hurriedly, "Sorry sir, but there is no time. We beg you to save something." Ron looked suspicious next to him, with a face full of disbelief, "Hermione, are you sure this will work?" Hermione gave him a blank glance and said, "This is the bookworld of Lolomia, and once any artifact is given to the person in the book, it will become stuff of the book. It's just like everything we see outside is just a picture in a book. You can't take out anything outside."

Xiao Zhang felt puzzled, "You said I'm in the book? But you are the real people in the book". They were too anxious to notice Xiao Zhang's confusion, and hurriedly drew the wand from Harry's school uniform. Harry said nervously, "Sir, this is Voldemort's wand. We will leave it to you, so the magic wand will become stuff in the book; he can no longer use it; now our college is in danger; please help us..."

At this time, the wall was suddenly torn apart by the huge force, revealing a terrifying power. Hermione was fearfully saying "Voldemort is coming, hurry!" Xiao Zhang was also frightened. He quickly took the wand, hearing a roar. In the crack of the wall, Voldemort's horribly distorted face appeared in the cracks of the wall. Xiao Zhang yelled "What should I do!" Hermione said loudly, "Harry, Ron, let's get out and close the book, hurry up!" After that, Harry took out his own wand and produced a series of spells. Xiao Zhang felt a strong light in front of him, and when he opened his eyes, they had disappeared. The torn wall cracks were slowly disappearing. Voldemort's ugly face gradually faded. Then the whole room began to twist. When he came to himself, he was already standing outside of Classroom 308. He ran to the wall again, but he was knocked out. The surrounding was deadly calm as if nothing happened, but the wand in his hand reminded him that everything was not a dream.

Xiao Zhang couldn't help but start to doubt himself. They said I was the person in the book. Really? But they were the ones in the book. Did the butterfly dream of me, or did I dream of the butterfly?

What Xiao Zhang didn't know was that there was a mysterious power that made him slowly forget this until one day he could no longer remember the adventure of that day and threw this wand out of his house as a waste product. A little boy found it and felt a mysterious power the moment he touched it, "Wow, it seems to have something to tell me".

Maybe a new story would be going on.

魔法课堂三

Daydream Adventure

李旭东

Bertold Galbrezu Sangerel, a high school student and a big fan of *Harry Potter*, was noted for his fantastic ideas.

In class while other students were thinking about the complicated mathematical problems, his mind was just full of broomsticks, wands or the incantations such as "Blasting Curse, Legilimens and Tarantollegra..." He's obsessive about the magic world in such a degree that he even can not distinguish the real world and the world in his mind. One night he stayed up late to finish the new fantastic book *Illusionary Lesson* which made him very slouch the next day.

I

"Wake up! Bertold Glabrezu." said his best friend Serralia, who often helped Galbrezu with his English lessons. "Be prepared for the next class quickly or you will be punished."

"Prepare what?" Galbrezu replied in confusion as he found himself in strange surroundings.

"It's English class next time, don't you remember?" She waved her wand as she spoke. Then something magical happened. The books were floating in the air just like butterflies and feathers. She made an emerald book fly to Galbrezu. He was totally shocked by what happened in front of his eyes and the next scene surprised him even more. As he opened the book, an elf flied out and introduced him today's lecturers and the their expectations, which included eating some memory bread, traveling to the magic English world and making some friends to practice more.

"So what is the memory bread?" asked Galbrezu, with curiosity on his face.

"A bread that can help us remember things quickly and permanently, even the thing you show no interest in or the thing hard to remember, anyhow I will show you."

Serrolia took off some ordinary bread and she put them on the page full of difficult English words. After she pressed on the bread and took it up, all the words were printed on the breads. She ate it and miracles happened. She could recite the whole page fluently without any mistakes, which definitely shocked Glabrezu, as he hadn't been able to think straight. Serraliao asked him to give his hands and held his hands tightly, jumping down into the opened emerald book. It was as if they had gone through a time warp in the meantime: they travelled to another world where everything was composed of English words and sentences, including the roller coasters, ferry wheels, pirate ships and so on. Serralia explained that if he wanted to learn English well he must immerse himself in the English world. Eldorado the erudite dwarf created this magic English world and it's called Azurard.

"Whatever," Glabrez, just too excited to wait, rushed to the park to enjoy himself with the entertainment facilities, learning English at the same time.

Ⅱ

While he was having a good time at the English amusement park, a monster like a telegraph pole called "Lazy" appeared and it was attempted to destroy the English park with a weapon like a sword. Glabrezu asked Serrolia what he should do. In a trembling voice she shook her head and told him she had no ideas and Glabrezu realized that he must defeat it by himself. Nervous and scared, he did not know how to vanquish the big monster by himself. Suddenly he came up with an idea that in a magical world, maybe the incantations could help. Then he shouted loudly:

"Cave inimical"

"Cllprtus..."

But it was useless; the monster was approaching. It was a crisis and the monster could destroy the magical world whenever it wanted. Then Glabrezu looked back upon his English learning process, realizing that he always gave up learning halfway and it was "Lazy" that stopped him from moving forward.

After a moment's thought, an idea came into his mind.

He shouted out the most powerful incantation from the bottom of his heart: "I swear I'll learn English well and I'll never be lazy again!"

Soon the monster was defeated and disappeared to nowhere. Serrolia smiled at him with adoring eyes.

Ⅲ

"Wake up", Serrolia pushed Glabrezu.

"Ohh. you know what, I just saved the world." Glabrezu said with his slavering mouth.

"You are really a daydreamer, wake up now if you don't want to be punished; and the next class is English." said Serrolia, with her mouth twitching.

She was surprised that Glabrezu had never taken English as seriously as he did today.

魔法课堂四

段晗露　黄永康　刘冰伦　杨玉杰

Characters: Professor Leo, Student Ava, Student Johanna and Narrator.

Narrator:

Here is the world famous magic school Hogwarts. You've all heard the story about Harry Potter's victory over Voldemort 100 years ago. Nowadays, Students from all over the world come here to learn how to control the supernatural power that they were born with. Although it is the first class in the morning, students are much less sleepy than their muggle schoolmates who major in Math or Physics. The first class is a Transfiguration Class, where students are taught how to change the appearance of their targeted object. Before the class starts, let's take a look here!

[Student Ava sits i'n her chair, preparing for the class, while Johnna hurries in, with a weird furry toy in her arm]

Ava: What's that? Why do you bring a toy to our class?

Johanna: Well... it was my owl...

Ava: [take over the toy] Are you kidding me? What happened?

Johanna: [try to get the toy back] Last week I tried a new spell and I successfully transfigured my owl into this...

Ava: It is cute and...?

Johanna: And I couldn't turn it back ...

Ava: At least you are the only one who have a duck as your messenger ...

[The Bell's ringing. Professor Leo walks into the classroom, tired and sleepy.]

Professor: [Yawning] Morning, everyone. [He goes onto the platform and opens the book.] May I have your attention, please? Today we'll learn how to cast transformation spell on creatures and counteract on it. Before we start today's lesson, let's have a review of yesterday's class. Ava, would you please tell us what you've learnt in our last class?

Ava: [Confidently] Yes, professor. We learnt how to transform an object into animals.

Professor: Good! Now, do you mind showing us this wonderful magic? [Smiling]

Ava: [Become nervous suddenly] Hmmm, I'd love to, sir, but... [Murmuring]

Professor: Ah, don't be shy. We're expecting your excellent magic. [Still smiling]

Ava: Okay, sir, if you insist. [Taking out a chopstick but not a wand. Casting a spell for several times, nothing happened.]

Ava: Sorry, professor Leo, I can't do it. [With a low voice, somewhat like awhisper]

Professor: [Disappointed, a little mad] Let's see what the problem is. Dear! Of course, you can't do it right. What should you expect from a chopstick? You can't even have your supper with it because it's not in a pair! [Mad] What happened to your wand?

[Everyone is laughing]

Ava: [A little scared] After yesterday's class, I tried to transform my wand into a hamster, and I did it, then...

Professor: [Interrupt] Uh-Huh?

Ava: [Taking a deep breath] Then it was eaten by a cat coming out of nowhere.

Professor: A cat? Then what did you do with the cat?

Ava: I was very mad at that time, so I caught that little beast and threw him into the forbidden forest.

[Hearing this, Johanna stops laughing and looks shocked.]

Professor: [Trying to calm down] OK, OK, that's enough.

I believe you've learned your lesson for losing your wand, which is like a friend to you. And you all shall remember, don't mess with your own wand! Now, Johanna, why don't you show us this magic we learnt yesterday? [Turn to Johanna.]

Johanna: [Standing up slowly, nervous and hesitant.]

Professor: Come on, we don't have a whole day to wait.

[Johanna takes out another chopstick.]

Professor: [Almost crazy] For the love of the god! Now you two get a pair! What's your story then?

Johanna: I transformed my wand into that cat...

Professor: [Interrupt] Enough, I've got your story. Fine, let's just start today's class right away, though it's nearly over. [He clears his voice and picks up his book.] As we all know, though a transfiguration spell is powerful, it is very easy to break when it is casted on a living thing. A simple wave of your wand with any counter-spell, like "*specialis revelio*", will break it immediately. *Specialis revelio*, do you get it? [students repeat the spell] Great! Let's have a try. I'll transform one hand of everyone in the class into a cat claw, and your job is trying to counteract it. [Waving a wand to cast the spell *vela verto*]

Narrator:

With the tip of the wand pointing to students, they find one of their hands is gradually transformed into a furry cat claw. Everyone is laughing and enjoying while the counter-spell *specialis revelio*' is casted. And just like what the professor said before, it isn't difficult at all to do so, except for those two with no wand to cast the spell, who are sitting right at their chair, perplexed.

Professor: Bravo, it looks like everyone has counteracted successfully.

Ava & Johanna: Professor, we haven't managed it.

Professor: Oh, yes, my dear, that's your problem. You shall have your hands back till you get your wand back. Class is dismissed!

[Bells ringing again, the class is over.]

魔法课堂五

张依聘　曾康妮　姚翀　周桢宇

Ⅰ

"Open your textbooks and turn to Page 13". Before the bell for class rang, Professor Camille entered the classroom and started her class. "Today we will come to Chapter 2, how to go into the book by using magic." While she is talking, some students are still lost in the last lesson and continue chatting. "Why can't I make the leaves blue, I spoke the right spell..."

"Silence!" She growled, throwing an angry look at those naughty students. "This magic is very important. It can help you experience certain atmosphere described by a writer. Let's read the spell first. Follow me, exister livre."

"Exister livre."

"Louder please."

"Exister livre!"

"Great, now take out the book you have prepared and find the plot you want to experience. Then wave your wand like this." Professor Camille stands on the platform with an open book placed in front of her. As she utters the spell, she draws a circle on the page of the book by her wand, and tapped the middle of the circle. Suddenly, she disappears, leaving a complete silent class for a few minute until her strident voice comes from the book. "It's your turn to do the exercise. Don't be afraid, just do what I have done and speak the spell clearly."

Ⅱ

Chaos, that was my first impression of France in 1789. Blood and violence was everywhere. People in rags were running and shouting at us and beside us, because I didn't have a physical form there. A prisoner was escorted to the guillotine bypassing me. He was not a bit scared but seemed very honored, though people spat at him, cursed him and threw whatever they got at him, when he was heading for the killing machine. It didn't take long to have everything ready for the knife to fall upon the neck. He smiled like it was his salvation.

The angry crowd knew him as Charles Darnay, an aristocrat sentenced to death, but I knew him as Sydney Carton, a guardian of his love. I heard a carriage rushing to Britain far away, fading away.

Ⅲ

I wanna see a literatus in Wei and Jin Dynasties.

This boy writes it down while he is wandering.

The masses were gathering on a plaza. It was nevertheless deadly silent all around. Visible alone was a decapitator standing high, more murmuring in my ears.

The music of Chinese Qin started, echoing under the heaven.

The boy feels touched and inspired, as the music was all in harmony, purified with no hatred, tranquil with no disturbance, distant with no constraint. It was altogether natural and free, the ideals of Taoism. The boy finds himself immersed in the impression and feels breaking away from all the trivialities and worries, his soul rising.

Ⅳ

With the smoke is fading away, all the students have come back to the classroom. Staying in their chairs, students were talking about their "trip" excitedly. It is like dreams which ends with sweetness.

"Silence!" said Professor Camille, " I believe that you have done so well that you've witnessed worlds of books in different ages. I am afraid that the only thing we can do is to have a look at it, but not change that world. This is also what I want you to remember. If some of us tried to make changes and somehow managed to do so, the whole book would become a mess. Though it would make no difference in our world, the characters in the book would face many difficulties. Don't treat my words as a joke. Imaging that if our world is also a book, you wouldn't like anyone else to disturb your own path of life, right?"

With a high pitch in her voice, she continues, "Alright, that's the end of the class. Next time we will have a small quiz. I hope you will all get ready for it. See you next time."

荟萃二
《乱世佳人》续写

续写一

成羽攸

On a vast expanse of red land, a woman crouched. She was picking cotton with her bare and soft hand. She didn't wear a hat. The sun was scorching on her face, and sweat kept coming out.

She's still Scarlett, strong and courageous. Although the past five years had left some traces on her face, she was still breathtakingly beautiful.

But she was not that Scarlett, who had been spoiled and loved by men.

"Tomorrow is another day. He will come back." She mumbled to herself.

In the past five years, she had not had a good sleep. At night, she always dreamed of love in the eyes of the man she loved most in the world, his helplessness and abandonment.

So Scarlett could only forget her sorrows by putting her hopes on tomorrow.

She waited carefully, hoping that a strange and familiar knock would ring at her door one day.

Autumn was a harvest season. She worked hard to plant a variety of cotton, but she knew that her heart was indeed a desolation.

A tall black man was watching her in the distance. His eyes were bright, and his moustache was playful and grave. He was accompanied by a woman.

“You’ve been here for five years.” the woman said, “To see her day and night?”

The man said, “no, to see the land. The land is full of brilliant greens.”

“But remember, I am your fiancee.”

Rhett laughed. “So you made a five-year bet with your fiance?”

Emily glanced away. She came from the south, and her family had been married to Rhett’s for generations. She was not a weak woman, just like Scarlett, full of rebellion in her heart. But gradually, she found out how attractive Rhett was.

The only disappointment was that he had someone in his mind.

Emily had her own pride. So five years ago, she came here with Rhett from the South and made a five-year bet. If Scarlett did not find him and ask for his forgiveness within five years, they would go back to the South and have a wedding.

She was indeed a good girl, with her own unique share of courage, Rhett thought. There were less than three days left for the five-year bet. But Rhett never thought he would lose.

Scarlett drank a little wine.

In fact, she recognized him and her crush two years ago. And besides him, there was a woman, perhaps another woman he fell in love with.

But she couldn’t accept it, so she fooled herself. Rhett didn’t come back. He was still in the south.

Today she saw him again. She knew it was Rhett.

“Why do you always look at me?”

“ To laugh at me? But you’re wrong. I’m doing well. ”

“You see, I have a lot of cotton.”

“I keep some livestock, and they are healthy.”

“I have free time to drink a little wine. This wine is made by myself.”

She said, with her mouth curled, trying to show satisfaction and joy.

“I’d rather have you than anything else.”

“It is the last day.” Emily looked at Rhett, “ Aren’t you worried?”

“What?” Rhett yawned. “She’ll be here today. Even if she doesn’t come, it’s not bad to live with you. At least we have bread every day.”

Emily gave a smile. Was she going to make it? But she didn’t seem to feel the joy she deserved.

The light was quiet at night, and Rhett and Emily kept silent.

“Shall we go back to the South tomorrow?”

Before her voice had died away, there was a clear knock on the door. All of a sudden, Rhett's eyes flashed, and he immediately suppressed it.

Emily went to open the door. A woman with messy hair was standing at the door. She looked a little nervous. But the green eyes were really beautiful, even in the wind and rain.

Emily was a little surprised. It was the first time she saw Scarlett face to face. She's really beautiful.

"You're looking for Rhett?"

Scarlett rubbed her hands. "Is he really here?" Then she became alert. "Are you his wife?"

Emily looked at Scarlett and wanted to laugh. This girl really didn't hide her emotions at all.

Scarlett was a little stunned. After battling with herself for such a long time, she planned to come to see him and finally got the worst situation she imagined.

Maybe she shouldn't have come.

"I'm so sorry. It's too windy. I tied my turban just now, so I frowned inadvertently. If I offended you, Madame, please forgive me." Scarlett said.

"What are you doing here?" Emily said kindly.

Scarlett was at a loss. "I just..."

She was silent for a moment. "Madame, it's all past. I owe him an apology and I also want to beg his forgiveness. You are lucky. He is a good man. I just want to tell him that I have been longing for his forgiveness all the time for the past five years. But now that he has a new woman of love, I..." Scarlett said incoherently. Her heart told her that these words should not be said to the woman in front of her, but she could not help it.

She wanted to tell the woman that Rhett had loved her.

But she didn't want to hurt two more persons, so she kept emphasizing that it had all passed.

Emily's mouth rose slightly. "I know all about you two."

Scarlett froze. Did he really put it down? Otherwise, he would not tell her these things.

"You met a good man." Scarlett took a breath and tried to hold back the tears in her eyes. "I'll leave now." She didn't wait for the lady's reply, and ran away in confusion.

She had her own stubbornness. She did not want to show her sadness in front of this pair of eyes. Maybe Rhett would watch her cry and laugh at her.

She felt than she has run far enough. She stopped and burst into tears.

"You have put it down. How can you put it down?"

“You should put it down. After all, I hurt you.”

“Tomorrow is another day. But I would rather live in yesterday. ”

She didn’t find a man right behind her.

“Would you? but I wasn’t there yesterday, do you still want to live yesterday?” The voice full of magnetism came in her ears.

Scarlett’s whole body trembled. The voice was so familiar to her.

“Is that you, Rhett?”

“Well.” Rhett hugged her tightly. “You didn’t let me down. You never let me down.”

“But...?” Scarlett thought of the women.

“I would explain these later.” Rhett knew her.

The wind at night started to stop.

Rhett never thought he would lose the bet.

Emily stood at the porch, looking at the couple hugging in the distance. She wondered that she was not disappointed at all. Instead, she felt a sense of relief.

“Maybe they are made for each other.” She sighed.

《乱世佳人》续写二

欧咏东

It was late autumn. A chilly wind was blowing so mercilessly that Rhett sneezed. It had been thirty years since Rhett stood on Tara's red earth again. He had been to quite a few places. He had stayed in Paris, moved to Charleston and finally settled down in England in his sixties. However, his heart never settled down and felt lonely all the time. Now, he was in grey hair and lost most of his energy. He knew that his day was not long anymore. This place changed so much that Rhett could hardly recognize it. Nevertheless, he could strongly feel the land under his foot was stronger than before. At this time, Rhett was standing in the middle of the path, looking around with mixed feelings.

Suddenly, a pony was running toward Rhett. He narrowed his eyes and saw a little girl chasing behind it. The little girl held her hat in one hand and the other hand was busy lifting her pink dress. "Young and lovely." Rhett murmured and smiled. When the pony ran near him, he grabbed the rope and stopped it.

"What a naughty one." he said and patted the restless pony. Huffing and puffing, the little girl reached Rhett and stared at him. She bowed towards Rhett and opened her mouth with hesitation.

"Thank you so much, Sir." Rhett found her eyes was beautiful and familiar, just like the ones he had seen before.

"Why are you here alone, my dear?" Rhett asked softly.

"Oh, I am too bored, so I run away from home secretly. My pony must be excited like me. It cannot control itself." The little girl looked up and replied sweetly with a smile.

"Escaped from home? You'd better go home now. Your parents must be worried about you." Rhett squatted down and looked into the pretty eyes of the little girl.

"My parents left Tara. Granny is sick and lying on the bed, she said she cannot play with me anymore." She lowered her voice and her head.

Rhett patted her head gently, "Dear, come on, be a strong lady! Let me take you home. It's late now."

The little girl raised her head and stared at Rhett. She laughed and said, "You are speaking just like Granny. She always tells me to be a strong and brave lady."

She held Rhett's hand suddenly, "Okay! Let's go home together. Granny must be very glad to see you!" Rhett was shocked, but nodded toward the cheerful girl with kindness, as he could feel the energy through her hands.

They stopped by a gorgeous house.

" Go and find your granny. A slight reminder, don't bring stranger to your house again." Rhett smiled and said in a low voice.

"Oh! You are not a stranger. I know you! The portrait of you and Granny are still hanging on the wall!" She smiled brightly.

Rhett paused, held her shoulder tightly and nervously. "Tell me, what's your name?"

"Bonnie Wilkes. My name is given by Granny. Actually, my grandmother in-law died a long time ago and my grandfather followed her. My papa has just left me to Granny Scarlett, just like my real grandmother."

"Bonnie... Scarlett... " Familiar names came to Rhett's mouth. The old memories flashed back. The views in front of him blurred. Rhett knelt down as if he were worn out.

There was a long silence.

Suddenly, a crying voice came out from the house.

"Lady! Bonnie! Bonnie!" It was Prissy's voice. She is shouting agitatedly and urgently.

"Jesus, you are here, come to see Granny. Granny is... " she was crying loudly.

Bonnie ran toward the house immediately.

"Scarlett-" Rhett had a bad anticipation and ran behind the girl. He stopped in front of a room, and saw the portrait of them, holding hands sweetly.

"Granny! No, you can't leave me!"

"Shoo! Bonnie, it's okay. Your papa will pick you up." A weak voice replied.

Rhett walked into the bedroom when he heard Scarlett's voice. Scarlett was lying on the bed with a pale face that he had never seen before.

He held Scarlett's hands, which were bony, wrinkled and cold. "Scarlett, I am back." Rhett spoke softly.

"Is that you? Rhett?" Scarlett's voice was trembling and her eyes was full of tears in a second. She kept asking the same question with uncertainty.

Scarlett looked at the ceiling, and spoke slowly "Rhett, I love you. I love you. You are right, I was just too young and stupid in the past. I was always scared you would tease me when

I said I love you. But I really do. I was happy seeing you come home, having our baby daughter, Bonnie. In the past years, I've been working hard, trying to forget everything about the wartime and the foolish things. I hope I can wipe the past away. But I keep thinking of us when I stopped working or when I am alone. I selfishly call Melanie's granddaughter Bonnie, as if our girl were still with me, and I am not alone..."

"Stop, Scarlett... You are not alone. I am here and it will be alright." Rhett brought her hands to his lips and kissed it gently. "My darling, my love, I am here now." Rhett fondled her bale face.

Scarlett turned her head and looked at Rhett and tears came out, "Is that really you, Rhett? I love you. I didn't lie." she cried like a baby. Rhett wiped her tears, "Dear, I know. I love you too. I am so sorry for leaving you."

Suddenly, Scarlett burst into laughter and said, "You are so old. Look at your wrinkles and your grey hair."

Rhett replied, "Yes, I am an old man now. But you are still pretty as before, as always."

Scarlett smiled. "It seems like we are getting older together and have never been apart."

"Yes. And we will be together forever and ever." Rhett rubbed her hand with his beard and said in a weak voice.

"Rhett, I am so tired..." Scarlett's eyes were closing.

Rhett closed his eyes, "Me too. Darling, how about have a sweet dream together? Let our bad memories gone with the wind."

"Promise me, hold my hands again when I wake up." Scarlett's closed her eyes slowly.

"I promise. I promise..." he was holding her hand and whispered. Rhett's head dropped after Scarlett had her last breath.

《乱世佳人》续写三

刘思远

"I'll think of it tomorrow, at Tara. I can stand it then. Tomorrow, I'll think of some way to get him back. After all, tomorrow is another day."

Scarlett chose to throw herself into the bed, drifting off to dreamland quickly.

"Land is the only thing in the world worth working for, worth fighting for, worth dying for. because it's the only thing that lasts!" When the words of Gerald O'Hara came to her dream, it reminded her of the moments when she was sixteen.

Even in her dream, Scarlett clearly remembered that she replied in a discontent tone years ago, grumbling about how Irish her father was. As she slowly matured through all these years, this time she said, "Pa, should I devote my life to Tara?"

"Oh my dear, if I have my vote, I won't say that." His voice sounded just like before, gentle but dignified. "I know you have gone through too much tribulation. After three marriages, do you understand what love is?"

"If the feeling I have for Rhett isn't love, I don't know what else can love be. If only I had him I wouldn't even mind being impoverished or cold or hungry again. If I lose him, nothing else matters!" She almost cried out.

"My poor little thing, I perfectly comprehend your feelings. But don't you realize timeless love must be a two-way emotion?" Mr. O'Hara gently petted and smoothed her hair, "I am so sorry to tell you that you had made a huge mistake. Marriage needs much more communication than any other relationships. It must take a great deal of time for Mr. Butler to make such decisions. A 45-year-old man can't change his view in an easy way."

"Pa, do you mean I should let it go?"

"Let go of him, Sweetie. Let him go. Let him go, Scarlett."

Scarlett woke up in tears. It took her almost a whole morning to recall the dream.

Everything was just like a dream. Tara was thriving and prospering with the hard work of Scarlett. She had never met Rhett again, and never tried to meet him again. Only in the foggy nights did Scarlett dream of a life she could never have. In the dream, there were Bonnie and

Rhett, Mr. and Mrs. O'Hara, Mammy and Big Ben, Melony and Ashley. In the dream, there was no war.

Postscript Note:

I was hesitating whether to write a reasonable ending or not. I even argued with my mother since she is a huge fan of *Gone with the Wind*. I mean, the novel. We have different understandings of the main idea and the concept "Feminism".

In her opinion, women are born to be more emotional and so is Scarlett. Especially, Scarlett's love story is one of the main story-lines of this fiction. That is the reason why she thinks Scarlett can't live without romance in the rest of her life.

Of course, I agree with her conclusion. If she has the same homework as me, she will definitely write an ending that Scarlett and Rhett lived happily ever after. This ending is both good and rational. In other words, I choose to write an unreasonable ending for I disagree with some of her reasons.

In a long period, women are considered to be superficial and inherently immoral. They choose to abandon themselves to romance, hanging around with men through their life. However, there are still lots of women who show their courage and accomplishment just like men. Except for focusing on their families, they convey solicitude to the world.

Throughout the whole book, one of the main ideas is that land is the only thing that lasts. In my opinion, all the emotions and relationships have possibilities of changing. Although Scarlett finally became a successful woman, she still couldn't survive without love and hadn't got the ability to handle a marriage like Rhett. I hold the view that it may be a great choice for Scarlett to let go of love and devote herself to the land which would last forever and be worth fighting for. I know an ending like that must be unreasonable in the background of this fiction. But please let this short sequel not only be Scarlett's dream, but also be my dream, in which women at that time could live independently and find happiness on their own.

《乱世佳人》续写四

卢小石

Scarlett had experienced a lot since that awful day when she lost two of her beloved ones. After Melanie's burial, she took Ashley and little Beau back to Tara immediately. Though she had discovered her true mind and wasn't so fond of Ashley as she used to be, she still regarded Melanie's family as her own family. She sent a handful of servants to take care of Ashley, but took little Beau by her side even in her busiest time to negotiate with some annoying stingy merchants. However, unfortunately, without Melanie's company, Ashley quickly became worn out and passed away the next year.

After Ashley's death, Scarlett treated Beau more patiently as he were her unborn child. Occasionally she thought she could raise Beau to be an intelligent and charming man just like Rhett. Oh Rhett. What a bittersweet word! Scarlett always stopped thinking here to hold back her impulsion to crazily run after her Rhett and forget all the other things. She wasn't confident of winning him back then and at least she should earn more money. So, she just purposely dedicated to her business heart and soul to distract her mind from this man temporarily.

Two years passed. Scarlett's business had already taken off. Her plantation was so productive that she was the first woman merchant to be invited to an annual party, where shrewd merchants gathered to discuss business. Maybe Rhett would be present, she thought as she was overlooking her plantation from the window of her big empty bedroom.

"Do I look good?" The voice of Scarlett was trembling slightly. She sat on the carriage to the annual party, dressed up in bright red, with her hands sweating. Though having experienced the war and tough days after that, Scarlett was still a girl in some way. A long-lost anxiety grabbed her heart just as the day when Rhett left. She definitely had ached with desire to meet him again since they separated, but she couldn't help thinking that she wasn't young anymore. A buried fear gripped her heart that those ugly wrinkles would drive Rhett away and he would be spellbound by other younger and more beautiful girl as she used to be fascinated by Ashley.

"You always look so gorgeous, Miss Scarlett." Mammy said without hesitation, and gave Scarlett a big hug. "You can always get whatever you want. Just smile!"

Scarlett rested her head on mammy's breast, which was always a source of strength for her.

She stared at mammy's face. Those wrinkles beside her eyes, her grey hair and the roughness of her skin both implicated that mammy was old. Anyway, Scarlett didn't want to worry mammy, so she wore a smile and kissed her goodbye.

When Scarlett reached her destination and entered the dancing hall, suddenly but unsurprisingly, everyone couldn't help keeping their eyes off this seductive woman in red dress. However, her sight went through the crowd and fell on just one man. He wasn't as vigorous as he was the day when they had first met. He just gave her a glance and continued to listen to the whisper of a green-eyed girl in his arms.

Some disappointment, a bit of sorrow together with a sense of envy mixed up and the bitter mixture dragged her heart deep down into her stomach. She could merely understand the man in front of her clearly, nodding with a fake rigid smile and started to dance in a daze. It was not until during the exchange of partner that her hands were held by a pair of familiar big hands that she came back to earth. Her eyes were immediately lit up with utter delight.

"Rhett" She murmured with her emerald green eyes, shiny against the bright chandelier. Silence accompanied by the music flew between them. She gazed at her lost lover's deep eyes, in which her face was a blurry reflection.

"Be quiet, lovely kitty." An inconspicuous light of ridicule flashed through his eyes when his finger slid slightly beside the corner of her eyes.

Smile lit up her face softly. Scarlett raised her eyebrow and said deliberately, "No."

Rhett chuckled with his mouth no longer a straight line and this small change obviously brightened Scarlett's heart. She winked at Rhett and enjoyed this dance till the music faded out.

Rhett released Scarlett and backed a step, smiling, "Have a good night, Scarlett."

Scarlett was stiff for a while, "We—"

"No, not this time." Rhett reached his hand into pocket and produced her a little box, "I'm glad to see that you are still so young and captive at the age of 30."

Then Rhett left again, alone. Scarlett opened the gift and felt like dancing upon the soft clouds. She knew for sure that chances were good to chase Rhett back. All she needed was more patience.

Scarlett took out the delicate gift and put it on. Ultimately, she turned her eyes from Rhett's back and started to chat with other merchants. Everyone present at the party would remember this great businesswoman as well as her beautiful emerald necklace.

《乱世佳人》续写五

唐海玲

Melanie's funeral was arranged by Scarlett. Ashley lost himself in the pain of Melanie's death. For three days, in front of Melanie's tombstone, his soul seemed to have been taken away. Scarlett did not shed a single tear at Melanie's funeral. When Melanie's coffin was covered by the last scratch, Scarlett sighed gently, and at the same time it felt like one piece of her heart was missing. Melanie, no one will love her like Melanie.

Scarlett was sitting in the carriage to Tara with Ashley and Bo. She kept urging the driver. When the carriage stopped, Scarlett almost forgot about lady manners, dashing to the door. But only Lauren and her child were in the house.

"Where is Mama?"

Hearing that, a trace of sadness flashed in Lauren's eyes, Scarlett was keenly aware, and her heart sank suddenly. Lauren took her to black Mama's room. She passed away after saying "Mr. Butler loves you, cherish him."

The people she loved and the people who loved her all left her. Rhett maybe was the only person in the world who loved her now, Melanie and Mammy couldn't be wrong. Scarlett decided to set off tomorrow to go to Charleston. She believed that as long as she appeared in front of Rhett, he would come back. However, when she arrived in Charleston, she found that Butler had never returned to Charleston. Scarlett didn't know what to do. Where would he go, Britain or France or somewhere else?

Scarlett decided to wait for him here for a month. She decided to change her personality and showed an approachable lady style. In only two weeks, Scarlett was welcomed by everyone and was invited to their dance. At a dance, Scarlett met Butler's sister. She quickly became friends with her. She confessed to her sister that she was Rhett's wife and came here this time to find his beloved Rhett. She learned from her sister that Rhett was in England and was very sick.

Scarlett was heartbroken again. She bought a ticket to England. A month later, Scarlett stood at the door of Butler's apartment, hesitating whether to knock on the door or not. What was she going to say? Would she give him a kiss and ask him to come back to her? She knew she should do it, but her pride came to haunt her again.

“No matter what, I must see him today.” She said to herself.

A maid looked at the beautiful lady suspiciously. Scarlett heard a violent cough coming from the room.

“That must be Butler's voice, I can't be wrong.”

Scarlett introduced herself to the maid and entered Butler's apartment. She finally saw her Rhett. Rhett closed his eyes, lying on the bed. The beard and hair that should have been taken care of for a long time was growing untidy. Scarlett realized how deeply she missed him, and that her feeling was like a bird released from a cage, almost causing her to cry.

“Is it May, please give me a glass of water?”

Rhett's eyes were still closed.

Scarlett poured a glass of water and handed it to him.

Rhett slowly opened his eyes. Scarlett's green eyes were gleaming under the fire. Rhett looked at Scarlett incredulously, with shock, panic, and even joy mixed in his eyes. But soon, Rhett hid his emotion.

“My dear wife, why are you here? Are you eager to come and divorce me, and then marry Ashley?”

Although he tried his best to pretend to be very relaxed, he was actually struggling.

“No, no, Rhett. I didn't come here to divorce you. Ashley and I will never be together because I love you.”

“Stop, please. Are you here to make a joke of me? Oh, Miss Scarlett, now that you see it, then leave me alone please. Ashley is waiting for you. Didn't Melanie entrust him to you before she passed away?”

Rhett's words broke Scarlett's heart. She knelt down in front of Rhett's bed with a cry of tears and said: “Who cares about Ashley, Rhett, all I want is you, I miss you”. Butler stared at Scarlett, whose eyes reflected his face, a weak, embarrassed face.

“You are really a good actor, Miss Scarlett. Go, please leave yourself some dignity, you are not youself.” Rhett turned his face, not looking at her anymore.

Scarlett felt frustrated: “Why is Rhett so stubborn?”

But Scarlett didn't intend to give up like this. She never knew what failure was. Scarlett came again the next day. He asked the maid to clean up a room for her and said, “I am Mr. Butler's wife. I will take care of him here until he is recovered.”

Rhett was awakened by footsteps and voices. He saw Scarlett standing in the living room, directing the workers to move furniture.

"Be careful, don't smash it," the commanding tone was as usual. "Good morning, Mr Butler. They make your apartment come alive, don't they?"

"Miss Scarlett, I won't pay you for doing this."

"Oh, I just want to live more comfortably. We have not divorced yet. Legally, we are still husband and wife."

Rhett let out a laugh: "Miss Scarlett, I didn't know you understand law. Well, you can live here, but please don't disturb me."

Rhett entered the room. "After a while, she will lose interest."

To Rhett's surprise, Scarlett did not go out to have fun. Most of the time, she was with him. Every morning, she floated into Rhett's room like a butterfly, opened the curtain and had breakfast with him. Sometimes, when Rhett's condition went bad, she stayed in front of his bed, being with him all night. Rhett had seen Scarlett in love with Ashley, and it was the tenderness he had never dared to expect extravagantly. Now, he didn't know if it was his illusion. He felt that Scarlett looked at him with that kind of tenderness.

Gradually, under Scarlett's meticulous care, Rhett was getting better and better. He had been melting inside, even though he didn't want to admit it. But memories stung him from time to time.

On this day, Scarlett received a letter from Tara. The letter said that something went wrong at Tara. Scarlett needed to go back.

She bid farewell to Rhett, hoping that he could return to Tara with her. However, he refused.

"You should have gone back long ago, Miss Scarlett, don't waste time here."

After Scarlett left, Rhett received a letter from Charleston. It was written by his younger sister. She mentioned Scarlett in the letter: "A beautiful lady named Scarlett came to Charleston to ask me about you. She said that she was your wife. It seems that she cares about you very much……" Butler couldn't believe that Scarlett was such an arrogant person. Rhett finally understood Scarlett's heart. He decided to give a chance to their tortuous love.

On a sunny morning, Scarlett went downstairs for breakfast as usual. In front of the living room window, a man blocked the sunlight. Scarlett was a little confused: "Sir?"

The man slowly turned around, and Rhett was bathed in the sun, a familiar smile on his face, "Good morning, Miss Scarlett."

荟萃三　书评两篇

The Everlasting Green Light, Another Interpretation of the American Dream

——Book Review of *The Great Gatsby*

顾　宇

The most impressive scene depicted in the novel *The Great Gatsby*, as for me, is the everlasting green light at the dock of Daisy, flashing in the mist. Gatsby stood at the end of his dock, reached out for the green light, which seemed close enough to be touched within the reach of his hands but actually was far away in the other side of the bay. Obviously, the green light is not only the light itself but also a compound symbol which represents Gatsby's pursuit of Daisy and property, his iealized imaginations of love, as well as the American Dream.

The story of *The Great Gatsby* was set in 1920s, an era known for widespread economic prosperity, the development of jazz music, the intensification of social polarization and the loss of belief. Material abundance and spiritual emptiness made youths in America indulge themselves in wine and sensuality in those days. Gatsby, who came to New York to realize his "American Dream", had to gain a large fortune through illegal means such as bootlegging. The American Dream, which used to refer to winning freedom and happiness through honest work, now declined into superficial pursuit of money and social status, which was a pathetic reality at that time.

Literature is endowed with special charm when a writer naturally incorporates the background of the times and a nation into it. I enjoy reading Kafka writing about Austria, Milan Kundera writing about Czech, and also Fitzgerald writing about the Jazz Age. At the end of the story, Fitzgerald mentioned, "Gatsby believed in the green light, the orgastic future that year by year recedes before us. It eluded us then, but that's no matter— tomorrow we will run faster, stretch out our arms farther... And one fine morning. So we beat on, boats against the current, borne back ceaselessly into the past." The green light, which Gatsby failed to catch, was the symbol of thousands of illusory American dreams at that time. Fitzgerald vividly depicted the loss and confusion of young people in 1920s, making *The Great Gatsby* one of the immortal masterpieces in the history of American literature.

The Review of *The Great Gatsby*

任舒霞

When I first read *The Great Gatsby*, I indulged in the joys and sorrows of the characters in the story as well as the romance, emptiness and desire hidden behind the golden age of America.

This novel tells the story of an impoverished young man who became successful overnight. But what he only cared about was the beloved girl on the other side of the river. Gatsby spared all his money, fame or even life to pursue his former lover, but in the end, we found that the goddess in his heart was just a worldly material girl who caused his final irretrievable tragedy.

Some people may think that Gatsby is vain and artificial and they don't understand the greatness of such a person. But in reality, Gatsby represented thousands of young Americans who were struggling with their dreams on the land of America at that time. I believe that Gatsby's greatness lies in courage and a simple mind.

We all know that Gatsby has a beautiful dream in his heart and Daisy is the embodiment of it. In foreign countries and on the battlefield, his love to Daisy supports him in his struggle against fate. After his success, this pursuit also supports him to maintain his original heart. His yearning is written in the book like this: "Toward the dark water two arms stretched out, like that really strange, and even though I was long gone, I can swear he was trembling. I couldn't help but look toward the sea, what all can't see, in addition to a lamp that green light, and small and far, maybe is the end of the dock." How strong and enthusiastic it is! In his lifetime of fight against solitude, Daisy is a representative of his pursuit of a dreamed life, which enables him continuously longing for it until his death.

The plot of the novel is very simple, but my feelings are complicate. With ordinary characters, the author honestly portrays the vanity and complex human nature in Jazz age. The simple yearning of Gatsby, a farmer's son from the west, is very moving compared with the celebrities who are flashy but empty. He does his best to pursue his dreams and generously share them with the public. In contrast to a group of people who are cold, numb, hypocritical, and worshiping money, his unreasoning passion and generous kindness make his image more charming and greater than those rich men.

I cried for Gatsby's sad ending after I read this book, but now I am still willing to believe that dreams will never lose their values even if they cannot be realized. Even though everything in the world blocks us, we should always be indomitable. There is a classic sentence at the end of the novel—" So we beat on, boats against the current, borne back ceaselessly into the past.", which may require us to interpret and understand it constantly for a lifetime.

参考答案

Gone with Wind

Part Ⅲ

1. Rhett was sitting in the darkness after he came back home. He and Scarlett had been to Melanie's house to pay their last respect when she was dying. There he saw Scarlett threw herself into Ashley's arms and crying for their mutual loss. Rhett was devastated at the scene and felt deeply hurt again as Scarlett had unknowingly broken his heart numerous times. So when he came back home, he was in no mood to light the candles. He was thinking of leaving home for ever.
2. Scarlett had never said "I love you" to Rhett before she realized the true love in her heart was Rhett. She meant to say those words and declared her love to Rhett, but Rhett's coldness and forlorn manner stopped her from doing so.
3. Because Rhett saw no hope in their marriage. It seemed they had been at a cross-roads. They had misunderstood, quarreled and fought with each other for so long ever since their honeymoon. Rhett was afraid of being crushed in Scarlett's hand if he had declared his love to her. The death of Bonnie took the last possibility for a happy marriage between them. As he said, it's not possible to fix a broken glass.
4. The long dialogue between Rhett and Scarlett shows the inevitability of their tragic ending. Rhett would leave Scarlett at that moment. Scarlett made several attempts to make Rhett understand her love and welcome her back as a loving wife, but Rhett was unmoved by her tears and pleas. Scarlett's lifelong love towards Ashley seemed to have poisoned their happiness.
5. Because Rhett said the death of Bonnie took away everything from him. Bonnie's death took away the pride of a father, the love of a husband, and the happiness of a man. Rhett felt he was worn out by life and by his struggle to be happy with Scarlett.

   It's the first time for Scarlett to understand a human being because she had never thought of matters in this light. Her life gaol in the world was to make money so that she could be rich.

Scarlett was willful and self-centered to a large extend. She was unable to understand a man, not even Ashley who she believed she had loved since her girlhood.

6. Rhett meant that Scarlett had got all she wanted, yet she paid a high price for it. She lost three husbands, a daughter and her best friend though she had her own way finally. It's a too high a price for a woman to be independent to pay.
7. Rhett's dream was to go back to his hometown and be reconciled with his family and folks there. He became a changed man. Once he laughed at old tradition and stayed away from hometown to live in exile. However, he'd like to make peace with the past at an older age. It seems he was not as rebellious as when he was young.
8. The answer is open.

Part Ⅳ

2. Questions for reflection

1) The first one is that Rhett and Scarlett made much more exchanges in the novel than in the film. The second one is that Rhett was more a beaten man by life than a dashing figure in the film. The third one Scarlett in the novel experienced much more emotional undercurrents in the novel than in the film. The differences are caused by different modes of narration. One is made by words and the other is made by visual images.
2) The answer is open.
3) The answer is open.
4) Rhett didn't care about Scarlett at that moment. He was determined to leave her.
5) The foggy outside is both symbolic and suggestive. It suggests the uncertainty of their future and the uncertainty of Rhett's destination as well.
6) The answer is open.

The Great Gatsby

Part Ⅲ

1. In this chapter, Gatsby's identity was revealed. He was the son of a farmer from North Dakota rather than the son of a millionaire as he once told Nick. Though his birth name was revealed, the source of his wealth was still unknown. So Gatsby was still mysterious to a certain extend.
2. Gatsby met Cody when he was trapped in an incoming storm. Gatsby saved Cody from the possible disaster. He learned manners of a rich man from Cody. Besides, he got worldly education from Cody too, for example, to stay sober, to say "old sports" to friends, and so on.
3. Cody was a self-made man too. He got his wealth from the gold rush. His fortune was made by copper business when the western frontier was explored in the nineteenth century. He was like a godfather to Gatsby since Gatsby learned worldly matters from him. After his meeting with Cody, Gatsby was Gatz no more.
4. Tom, Mr. Sloane and a pretty woman were of the same clan, who were rich from old money. They were the leisure class in the 1920s, who indulged themselves in pleasure seeking and consumerism. They held a condescending attitudes towards Gatsby. Gatsby became rich from new money, so he didn't have a horse. He was discriminated from the wealthy upper class by this fact.
5. Tom was unhappy at the news that his wife Daisy knew Gatsby. He thought women would run wild if they mingled with a man like Gatsby, who was definitely not one of their own class.
6. Daisy's voice was seductive and luring to a man. Her voice sounded like the play of money.
7. Because the only way for a nobody like Gatsby to get rich in those days was through bootlegging. Nick half believed and half doubted his words.
8. Gatsby was a imaginative and sensitive man. He believed that with his huge wealth, he could be good enough for Daisy. Unfortunately, he didn't realize that they came from different social classes. The social barrier couldn't be overcome by his newly found wealth.

   Five years ago, Gatsby and Daisy fell in love. Since then, Daisy had become Gatsby's dream of a better life that he imaged for himself as a son of God rather than a son of a farmer.

Part Ⅳ

2. Questions for reflection

1) The first one is some characters in the novel are missing in the film, for example, the newspaper reporter. The second one is the plot is simplified in the film. For example, Gatsby's encounter with Cody is more richly narrated in the novel. The third one is that Daisy is a much more complex character in the novel than in the film, where she is just a selfish pretty woman.

2) The answer is open.

3) Tom borrowed a pen from Daisy to write the address of pretty women. From this, it can be seen that Tom was both a playboy and a cheating husband.

4) The answer is open.

5) Gatsby threw a party on every Saturday night in the hope that Daisy would come one day. Partying was the lifestyle for the rich in the Jazz age.

6) The green light represents Gatsby's ultimate aspiration: to win Daisy's love. Nick's first vision of Gatsby is of his neighbor's trembling arms stretched out toward the green light. Later, after Daisy and Gatsby's successful reunion, a mist conceals the green light, visibly affecting Gatsby. Nick observes, "Possibly it had occurred to him that the colossal significance of that light had now vanished forever.... Now it was again a green light on a dock. His count of enchanted objects had diminished by one". This image suggests Gatsby realizes he must face the reality of Daisy, rather than the ideal he created for her.

The Story of Your Life

Part Ⅱ

1. The original aspiration for Ted Chiang to write *Story of Your Life* is Fermat's Principle and variational principles he had read a long time ago. Usually we are accustomed to causal explanation for physical phenomena, but in fact we can also describe physical phenomena by picking two ends points.
2. The laws of physics are all that they call time-symmetric. You could reverse of the arrow of time in all physical equations. So at a fundamental physical level, there is not a difference between the past and the future.
3. The language you speak determines how you think, and shape your thought processes.

Part Ⅲ

1. Sentence 1 and Sentence 3 are in present tense; Sentences 2, 9 and 10 are in past tense, which are mainly about the background of the story; other sentences are in future tense, which are about the story of the to-be-born daughter.
2. The phone call is the joint point.
3. The first one is that she will teach her future students Heptapods' language and will tell them the anecdote when she first began to study it; the second anecdote is about child language acquisition: her daughter will misunderstand "maid of honor" as "made of honor".
4. In Unit 6, Louise suggested studying the aliens' written system as well instead of merely studying their spoken language, which was absolutely a NEW WAY OF COMMUNICATION; while in Unit 7, Louise's daughter will tell her friend to ask "what you think the weather will be like tonight" instead of "what you think of Mom's date", which is also a NEW WAY OF COMMUNICATION.
5. The first timeline is the timeline of narration, which happens between a question and an answer:

   Gary: "Do you want to make a baby?" and Louise: "Yes."

   The second timeline: the arrival and departure of the aliens and human's study of their language

   The third timeline: the birth and departure of Louise and Gary's daughter and several anecdotes during her growing process

6. It helps to create an atmosphere of mystery.
7. The answer is open.
8. The answer is open.

Part Ⅳ

1) After the marriage of Louise and Gary, they will give birth to their daughter. With the daughter, Louise will have a short happy time. At the age of 25, the daughter dies of a mysterious disease in a hospital.
2) The "beginnings" refers to the arrival of the aliens, and the "endings" refers to the death of the daughter.
3) The priority work for the communication team is to get to know what the aliens want and where they are from.
4) The possible reason is that birds are very sensitive to the change of atmosphere, such as the air and radiation.
5) The humans are very alert and worried about the arrival of the aliens, so they take many measures to deal with the possible dangers humans might face.
6) In the novel, Ted Chiang just takes advantage of the arrival of the aliens to express the theme of the novel, while in the movie, the arrival of the aliens stimulates the development of the story, and the whole story is mainly about how to solve the problem.

Harry Potter and the Sorcerer's Stone

Part Ⅱ

2. Story of J. K. Rowling

1) Many factors contribute to her failure: her mother's death, her short-lived marriage, being jobless and living on state benefits, writing in cafes with her daughter sleeping in the pram, etc.

2) She kept on writing her story about Harry Potter and even manually typed out each version to send to publishers. The indomitable perseverance gains her success.

3) The answer is open.

Part Ⅲ

1. Harry concluded that Snape was looking for something the three-headed dog was guarding by letting in the troll to create a diversion at Halloween. The judgement sounds reasonable but may be wrong since it takes time to find the truth.
2. It's something like hostility. Harry concluded that Snape was on the evil side.
3. Quidditch is a wizarding sport played on broomsticks in the Harry Potter series. It is the most popular game among wizards and witches, the equivalent to Muggles' passion for football. It is played by 2 teams, and each team has 7 members (a goalie/goalkeeper, three chasers, two beaters and a seeker, played with three different balls—Quaffle, Golden Snitch and Bludger. The object of the game is to score more points than your opponents. Each goal is worth ten points and catching the Golden Snitch is worth one-hundred and fifty points. The game ends when the Snitch is caught or an agreement is reached between the captains of both teams.

   Chapter 11 is vitally important to the whole novel because it displays the Quidditch match between Gryffindor and Slytherin, symbolizing the conflict between the good and the evil.
4. According to ancient Greek mythology, Gryffindor refers to a creature of half lion and half eagle, later used by Christians to symbolize Jesus, whereas Slytherin means a moving serpent, the incarnation of the Christian devil Satan. The opposition between Jesus and Satan in the Christian culture finds expression in the Quidditch match between Gryffindor and Slytherin Houses.

5. No. Harry was almost knocked off his broomstick when he was stopped by Marcus Flint, the Slytherin leader, and lost the snitch. The author aims to shape Harry as a hero or a savior who has to undergo all kinds of hardships.
6. Harry lost control of his broomstick because of Quirrell's curse. Hermoine thought Snape made the curse and she used her magic wand to set Snape's robes on fire. The event suggests a lot of universal truths in the real world, for example: life is full of hardships and unexpectedness; we cannot judge a person by appearance; a friend in need is a friend indeed; and only those who don't give up can fulfill their dreams.
7. Gryffindor won the match with the final score 170 to 60, representing the victory of the good against the evil, which is a very important theme running through the whole novel.
8. Various European cultural elements are reflected in the novel, such as hero archetype, Christian culture, witchcraft and Gothic style. That's to say, the story is set in the context of the traditional European culture.

Part Ⅳ

3. Questions for reflection

1) Harry was really adventurous and self-sacrificing in the face of such a monster. The cooperation of the three friends leads to their success in fighting against the troll. Actions speak louder than words. The author makes full use of the details like this to show Harry's qualities as a hero, e. g. leadership, bravery, resourcefulness and so on.

2) Nothing is impossible with unity and cooperation. The scene helps to develop the theme of friendship and cooperation.

3) A Quidditch pitch is typically in the shape of an oval, 500 feet long and 180 feet wide, with a small central circle of approximately 2 feet in diameter, from which all the balls are released at the start of the game. At each end there are 3 hooped goal posts of different heights, surrounded by a scoring area. It shares a lot of similarities with a soccer pitch in the real world.

4) The movie intends to capture audience's attention with those powerful audiovisual effects created by the fantastic details in the magic world. That's the difference between literature and movie. The former focuses on understanding and analysis of words while the latter on audiovisual experience.

5) The answer varies from person to person. For me, the most impressive scene in the Quidditch game is when Harry loses control of his broom, which the author uses to develop the theme of perseverance, or of the conflict between the good and the evil.

6) Fair play is a rule applicable to all competitions, both in the magic world and the real one.

To Kill a Mockingbird

Part Ⅱ

2. 1) Lesson1: Put yourself in other persons' shoes.

   Lesson 2: Don't kill mockingbirds.

   Lesson 3: Keep fighting even if you know you'll lose.

   Lesson 4: The world is very unfair.

2) Literal meaning: The kids were allowed to shoot whatever birds they want, but not mockingbirds. Because mockingbirds don't eat anyone's plants or harm anything. All they do is make music.

   Metaphorical meaning: Anyone who is weaker and defenseless. To kill a mockingbird in that sense is to take advantage of someone weaker than you.

Part Ⅲ

1. Alabama was a Confederate state during the Civil War. At that time, most white residents in Alabama viewed slavery as an integral part of their economic and social systems, and they opposed attempts to abolish it. Alabama contributed about 100,000 troops to the Confederacy, and perhaps 25% of them died during the Civil War. During the 1930s, race relations between blacks and whites were still strained and marked by prejudice. As depicted in *To Kill a Mockingbird*, there were many white people during this time who believed in and supported racial equality, but many people were still prejudiced against blacks.

   The time of the Great Depression is in the early 1930s. One of the causes of the Great Depression was the stock market crash. From the end of World War I in 1919, the stock market prices kept rising. On October 24, 1929, the stock market crashed. Stock prices plummeted. On that one day, the value of stocks fell fourteen billion dollars. Businesses started to lay off people. Small stores closed their doors. Millions of people lost all their savings. The southerners also lived on the edge of poverty. Many people ended up sleeping in shelters for the unemployed, standing in breadlines, and eating in soup kitchens.

2. Southern Gothic is a subgenre of Gothic fiction in American literature that takes place in the American South. Common themes in Southern Gothic literature include deeply flawed, disturbing or eccentric characters who may be involved in hoodoo, decayed or derelict

settings, grotesque situations, and other sinister events relating to or stemming from poverty, alienation, crime, or violence.

Bildungsroman is a class of novel that depicts and explores the manner in which the protagonist grows morally and psychologically. The German word Bildungsroman means "novel of education" or "novel of formation." The bildungsroman traditionally ends on a positive note, though its action may be tempered by resignation and nostalgia. If the grandiose dreams of the hero's youth are over, so are many foolish mistakes and painful disappointments, and, especially in 19th-century novels, a life of usefulness lies ahead. In the 20th century and beyond, however, the bildungsroman more often ends in resignation or death. Classic examples include *Great Expectations* (1861) by Charles Dickens, *Anne of Green Gables* (1908) by Lucy Maud Montgomery, *Sons and Lovers* (1913) by D. H. Lawrence, *Member of the Wedding* (1946) by Carson McCullers, *Catcher in the Rye* (1951) by J. D. Salinger, *To Kill a Mockingbird* (1960) by Harper Lee, *Oranges Are Not the Only Fruit* (1985) by Jeanette Winterson, and *Black Swan Green* (2006) by David Mitchell.

3. Dill and Scout are childhood friends. Dill hails from Meridian, Mississippi, and Scout sees him every summer when he stays with his aunt, Miss Rachel. Dill is Scout's senior by a year, and he adds excitement to the games Scout and Jem play. Dill is resourceful and has a flair for making the children's play sessions more interesting. Dill is a supportive figure in the most important experiences in Scout's life.
4. The answer is open.
5. Like Atticus, Calpurnia is a strict but loving teacher, particularly in regard to Scout, whose enthusiasm sometimes makes her thoughtless. Calpurnia disciplines Scout, and at times, Scout rebels against that teaching. Scout shares her feeling with Atticus who wisely sides with Calpurnia.
6. At the beginning of the novel, Jem, Sout, and Dill are enthralled and fascinated with their mysterious neighbor Boo Radley. They become curious about him after hearing the various rumors throughout the community. The children attempt to see and make contact with Boo Radley several times throughout the story. Atticus warns the children to leave the Radleys alone and not to bother them, but this only fuels their curiosity. As with most children, when an authority figure says to stay away from something, children only become more intrigued by the "forbidden" thing. This concept explains why the children are so interested in Boo Radley.

7. In the beginning of *To Kill a Mockingbird*, Jem and Scout think of their father as boring and dull. They also feel he is much too old to play with them. They feel he is uninteresting as compared to the other fathers in the neighborhood. As the story progresses, they begin to see their dad in a different light. When he shoots the rabid dog, Jem and Scout are impressed. They had no idea that their dad was a sharp shooter. This is an instance that changes their mind about their dad being old and feeble. Instead, they see Atticus as a hero. They admire his shooting skills. They gain a new respect for him as the novel ends. Both Jem and Scout realize what a great man Atticus is. They realize he is a good person who works hard to defend Tom Robinson. They are proud of their dad.
8. The answer is open.

Part Ⅳ

2. 1) It is widely understood that Harper Lee based the character of Scout Finch largely around herself, so it would certainly stand to reason that they would have similar experiences in their respective childhoods. Both were raised in Alabama, but perhaps the similarity that stands out the most between the two is that both Lee's and Scout's fathers were attorneys who defended black men, something considered extraordinarily controversial at the time. It can be inferred from this that the character of Atticus Finch is most likely heavily based upon Lee's real father. In fact, Harper Lee's father once defended nine black men who were accused of raping two white women. Though there was medical evidence of innocence, all but one of the men were sentenced to death. This event shares striking similarities with the trial in the novel.

2) Choosing a 7-year-old child as the story's narrator allows the story to be told from an unsophisticated, uncomplicated, and innocent point of view. Scout does not understand the intricate histories or reasons for systemic racism, thus when she talks about it she presents it exactly as she sees it. This can help the reader to see the situation for what it really is, without a speaker trying to manipulate the story to make a specific point.

3) Harper Lee uses a variety of characters to comment on the Radleys throughout the novel. Their comments display the Maycomb community's attitudes towards the Radley family. Lee uses the character of Stephanie Crawford to convey the negative rumors about Boo Radley that are shared throughout the community. Miss Stephanie tells Jem that Boo stares into her window at night, and Scout mentions that every small crime committed in the county is blamed on the mysterious Boo Radley. Stephanie explains Boo's checkered past which

propagates his negative perception. In Chapter 1, Scout mentions that when Mr. Radley died, Calpurnia said, "There goes the meanest man God ever blew breath into." Miss Maudie tells Scout that Mr. Radley was a "foot-washing Baptist" and was a very strict man who punished his son severely for his childhood pranks. Scout comments that the Radleys were not social people which made them different from their community members.

Lee even uses the children throughout the novel to convey Maycomb's negative perception of the Radleys. At the beginning of the novel, Walter Cunningham Jr. comments that he almost lost his life because he ate one of the Radley's poisonous pecans. Jem and Dill's horrific description of Boo is a combination of the nasty rumors spread about him and their overactive imaginations. Even Atticus comments that the children should leave the Radleys alone, and thinks it's best not to return Boo's blanket after he gives it to Scout. Maycomb's negative perception of the Radleys stems from the fact that they are different. Maycomb is a highly prejudiced community that views anybody or anything different as negative. Their intolerance towards the Radleys not only affects Boo's reputation but hurts his chances of gaining friends throughout the community.

4) Some examples of courage from *To Kill a Mockingbird* are Atticus's shooting of a rabid dog, Mrs. Dubose's decision to free herself of her addiction before she dies, and Atticus's defense of Tom Robinson.

5) The main themes in *To Kill a Mockingbird* are prejudice, moral complexity, and innocence.

- Prejudice: Maycomb's citizens display many forms of prejudice, including racism, classism, and sexism. Lee uses their intolerance as a counterbalance to the more progressive main characters.
- Moral Complexity: Through their interactions with individuals in town, Scout and Jem learn that appearances can be deceiving and that few people can be simply characterized as "good" or "bad".
- Innocence: Though Scout and Jem ultimately lose some of their childhood innocence as they are exposed to the intolerance in Maycomb, they manage to retain their hope as they enter the adult world.

6) The tone of Chapter 1 is reminiscent and humorous. The tone shows the author's attitude toward the subject. In the first chapter of *To Kill a Mockingbird*, Scout is an adult looking back on her childhood. She describes her town, Maycomb, and her family in great detail. She gives a lot of history of both the town and family. When Scout looks back at the events of her childhood, it is with a combination of pleasure and sadness. She has fond memories, but there are some difficult ones, too. The tone of this first chapter helps to establish this.

A Christmas Carol

Part Ⅱ

Charles Dickens

1. He worked in a black factory where shoe polish was manufactured. People around him were sinister and they bullied young Dickens. The horrific conditions in the factory haunted him for the rest of his life.
2. His bitter experiences were reflected in many of his novels, such as *David Copperfield*, *Oliver Twist*. This period in his life greatly affected his attitudes towards poor people, royal family and capitalist. It is believed *David Copperfield* is his most autobiographical novel.
3. He was the one who created literature London. He combined his early life experiences with London and England. The city in his novels was always a mixture of darkness, prosperity and evil.

Part Ⅲ

1) It's possible. Scrooge is a cruel miser, who is reluctant to spend a penny and never think about others.

2) Marley's hair was curiously stirred, as if by breath of hot-air and his eyes were motionlessly wide open.

3) Four times. Scrooge kept saying that because he was frightened and tried to hide his horror.

4) He saw Marley's face on each tile in his room and the bells in his room begun to ring.

5) Marley's chain was made of cash-boxes, ledges, deeds, etc. Because he forged the chains during his life time and he was punished then.

6) He travelled around with his chains. He couldn't rest, stay and linger anywhere.

7) Marley knew exactly what would happen after one's death, for he had suffered a lot after his death. He came to warn Scrooge because he regretted what he had done before and he hoped Scrooge could avoid the same fate. This was his own redemption.

8) Even though Scrooge wouldn't admit, he started his transformation after Marley told him of his experience.

Part Ⅲ

1. Open.
2. Scrooge stretched his fingers to touch the face of Marley, but the face opened its mouth suddenly. Scrooge was frightened and fell to the ground. In the novel, Scrooge might feel startled, but he did not demonstrate that.
3. Scrooge's room is gloomy and without much furniture. The walls are very tall, and the audience can only see a small part around the dimmed light. The room is just like the inside world of Scrooge, dark and cold.
4. Marley entered the room after several chained cases flied and fell heavily on the floor. This is more shocking than his appearance in the novel. In the novel, Marley came on through the heavy door and passed into the room. Besides, the dying flame leaped up, as though it recognized Marley.
5. To figure out whether Marley was a ghost or not.
6. Marley flied out from the window. After that, Scrooge saw many other phantoms flying about, he felt scary and went straight to bed, without undressing.

新时代外国文学与文化系列教材

（丛书主编：王爱菊）

《莎士比亚戏剧与西方社会》

《英语诗歌欣赏》

《日本文化漫谈》

《电影中的俄罗斯文学》

《近现代日本社会与文化》

《俄罗斯社会与文化十讲》

《中西民俗文化对比赏析》

《中日文化交流史话》

《英国历史文化》

《跨文化交际礼仪》

《国外新闻业与新闻英语导读》

《英文小说名篇导读：从文字到光影的嬗变》